El Último Vuelo
A

Puerto Rico

F.A.H

Esta es una obra de ficción basada en personajes imaginarios y personajes históricos reales en situaciones imaginadas. Las similitudes con personas, lugares o eventos reales son totalmente coincidentes.

El Último Vuelo a Puerto Rico

Primera Edición. 14 de noviembre de 2024

Derechos de autor © **F. Adorno. H. Publishing, 2024**

ISBN: 9781737033790

Escrito por F.A.H.

Editado por: La Sra. Judith Torres y la Dra. Luz Ruíz, PhD

Diseño de Arte y Portada: Alland N. Adorno & Ethan N. Adorno

Fotos por Eric D. Adorno

Contenido

LOS ROLOS

Agapito   Pedro   María Lao   Casiano   Fela

Este libro está dedicado a mí familia Los Adorno (Rolos) del barrio Quebrada Negrito en Trujillo Alto, Puerto Rico. Vivieron todas sus vidas en este lugar y dejaron atrás una familia muy extensa que continúa residiendo allí. Agapito (Pito) era el mayor de los hermanos y crecí visitando su hogar desde muy temprana edad; y siempre me trató como si fuera uno de sus nietos. Pedro (Pello) era mi abuelo paterno y una de las personas más importantes de mi vida, al cual extraño, aun después de 19 años de su partida. A María La O (Lao) la conocí en el ocaso de su vida, y puedo decir con certeza que era una mujer sabia, luchadora, humilde de insuperable decencia. Casiano, el menor de los varones era un hombre decente y muy cordial al que siempre visitaba para saber cómo estaba, nunca me negó unos minutos de su tiempo. Felicita (Fela) era bien callada, pero como dicen por ahí, tremenda persona. Todos ellos eran conocidos como "Los Rolos." No sé de dónde vino el sobrenombre, pero sé que hemos aprendido a apreciarlo como parte de nuestra identidad familiar. Creo que hemos vivido en el barrio Quebrada Negrito de Trujillo Alto desde antes de los 1800s. Ojalá que esto siga siendo así y de que no exista un futuro en el que ninguno de nosotros llame a este lugar su casa.

José Aníbal Henández Hernández

Por mi padrino José Aníbal "Cheo" Hernández Hernández (1953), uno de los mejores ejemplos de lo que es ser una persona trabajadora y decente. Mi padrino Cheo, me compraba comics en español (los cuales conocíamos como paquines) todas las semanas, y sin saberlo me enseñó a amar la lectura cuando yo era un niño.

Nota del Autor

Nosotros los seres humanos somos y siempre hemos sido criaturas de hábitos. Uno de los hábitos más importantes para el ser humano es el de sentirse valorado entre las personas que componen su núcleo de apoyo. Por eso vamos a la escuela a educarnos, y formar relaciones que esperamos sean ventajosas para nuestros futuros. Vamos a actividades como carnavales (Las Patronales), juegos deportivos para sentirnos parte de algo que se extiende más allá de nuestras personas conocidas. También asistimos a la iglesia arrastrados por la necesidad de extender nuestras vidas de una manera moral y/o eterna. En medio de todos estos hábitos está nuestra cultura, que es la que determina de la manera que miramos nuestras vidas y establecemos expectativas para el presente y para el futuro.

De nuestra cultura vienen nuestras comidas, nuestra seguridad emocional y nuestras esperanzas para vivir la vida de la manera más correcta de acuerdo con esta. Es dicho en muchos lugares del mundo que las personas de origen latino ponen mucho énfasis en su núcleo familiar, algunas veces más que otras culturas alrededor del planeta. Es por eso por lo que a nadie se le puede olvidar una de las partes más importantes de su cultura, y eso es el lugar adonde nacemos y crecemos desde nuestra niñez. Esto es muy importante para nuestros hábitos, pues los lugares donde vivimos son una de las mayores influencias en nuestra felicidad individual.

De ahí aprendemos la historia de nuestro país, aunque con muchas omisiones. Conocemos los nombres de personas que contribuyeron de una u otra manera al desarrollo de nuestra cultura. Nombramos a nuestros hijos como estas personas porque queremos que sean un poquito como ellos. Y hasta identificamos algunos de nuestros sueños con los sueños que éstos tuvieron en sus vidas. Es por eso por lo que los nombres siempre son importantes para el ser humano. Otra cosa que viene de nuestra cultura es la música, algo que forma parte de todas las culturas del mundo. A través de esta contamos historias y/o aprendemos algo acerca de nosotros mismos. Y por último nuestro idioma proviene del lugar donde nacemos. Todos estos aspectos se combinan para formar nuestras percepciones de vida. Por eso, los lugares, los nombres, la música y el idioma son tan esenciales para el ser humano. Entonces me atrevo a preguntar:

¿Quién no recuerda la casa de su abuelita? O ¿el parque de pelota donde jugaban con una bola de tenis y el bate era un palito o los puños? ¿Quién puede olvidar el olor placentero de una comida especial que disfrutamos de la cocina de nuestra madre y/o alguna tía? ¿Quién olvida sus primeros encuentros con las ilusiones amorosas de niño o con las decepciones que sufrimos como adultos? ¿Las canciones que nos conmueven? y ¿Las canciones que nos enseñan algo? Menciono todo esto, pues sé que esos lugares por los que un extraño pasa sin mirar al lado, son a veces los sitios más importantes en la vida de una persona. Algún nombre insignificante para alguien puede ser el nombre de nuestra abuela a la que extrañamos con toda el alma. Una canción en la radio que alguien ignora trae recuerdos de algún momento importante o una etapa de nuestras vidas. Y de nuestro idioma, eso no hay que explicarlo.

Y en momentos de debilidad me pregunto hasta preocuparme *¿Qué pasaría si algún día quisiera regresar a mi Isla y no puedo?* Así como la cantante cubana Celia Cruz, que murió añorando regresar a su tierra a abrazar a su mamá una última vez. *¿Cómo se afectaría mi alma por la imposibilidad de regresar a la tierra que me vio nacer? ¿Qué estaría dispuesto a hacer en esa situación?* Y por último *¿Qué haríamos todos si se anuncia que hay un **Último Vuelo** a nuestra ciudad natal y la boleta necesaria para montarse en el avión está atada a la suerte que nunca hemos poseído?* Es por eso por lo que te exhortó a acompañar a Raúl en su búsqueda de regresar a través de esta historia.

Calor, Fríos, Humos

El reloj estalló en chillidos que rompieron el semi silencio que existía en la habitación. Raúl aun semi dormido escuchó los gritos de chi, chi, chi desde su subconsciente, y este le envió un mensaje de emergencia a su corazón, lo que ocasionó un pequeño brinco que le levantó su brazo derecho en busca del reloj para darle un cocotazo que le callara su boca. Ya estaba despierto de su sueño profundo y de lo que había sido una noche tranquila de calores infernales en la que entre el cansancio y sudores se durmió con su alma esperanzada en que la próxima mañana por fin seria su día de suerte. Aunque éste abrió sus ojos de inmediato, se quedó recostado en su cama de una sola plaza. Era un hombre solo que contaba con casi cuarenta años. Era trigueño, esbelto que media un metro seis de altura. Tenía cabello lacio y una complexión que se podía identificar como de herencia taíno, aunque la barba y bigotes frondosos no lo dejaran ver como tal. No tenía hijos, ni a nadie que sostener, pues su última atadura mortal fue su mamá Manuela, la cual había muerto esperando como él, por el mismo sueño fugaz que nunca llegó en su vida.

En su cuarto de hombre soltero se podía observar un reguero de ropa sucia o limpia tirada por los rededores. Unas camisas estrujadas colgaban de una tabla de planchar abierta en una esquina, mientras que en otra esquina había un montón de ropa arrumbada de manera horizontal que ya formaba un semi triangulo de un metro de altura desde el suelo. En la mesita de noche donde se encontraba el desafortunado reloj había varios artículos de medicina de farmacia como lo eran la manteca de ubre, el alcoholado, el Vaporub y una botellita de agua maravilla para los mareos. Al lado opuesto de esta mesita se encontraba otra que tenía un purificador de aire en el que una lucecita amarillenta parpadeaba anunciando que ya era hora de cambiarle el filtro y también una lampara de estilo campana. Raúl con sus ojos abiertos miraba alrededor aun envuelto en los humos de sus sueños fugaces, pero aún no se decidía a levantarse de la cama para darle un comienzo oficial a su lunes de trabajo.

Fue así como miró hacia la ventana y en esta pudo notar la condensación que se acumula, cuando el aire caliente y húmedo hace contacto con una superficie fría. *"Carajo, otro día más de esos"*; se dijo a sí mismo para luego buscar en su mesita de noche el control remoto de la televisión. Luego de encontrarlo, se lo apuntó a la misma y presionó el botón para prenderla. La televisión también se despertó de su sueño y comenzó a hablar cosas incoherentes, hasta que Raúl presionó el botón que decía "mute" para darse tiempo a sincronizar el canal de las noticias de última hora, para verificar lo que ya él sabía. Finalmente encontró la transmisión que buscaba donde una muchacha de apariencia física agradable le informaba al pueblo lo obvio de la situación. Según la meteoróloga, la temperatura en la noche anterior fue de unos 99° grados Fahrenheit y había cambiado haciendo un giro total en contra de lo que era normal unas décadas atrás. En aquella mañana el termostato apuntaba a una temperatura de 18° grados Fahrenheit. Encima de esto todavía los bosques del hemisferio norte parecían un infierno real de esos de los que hablaba la Biblia; y con cada cuerda de terreno que se quemaba, el humo que llegaba al apartamento de Raúl ocasionaba una quemazón pulmonar irritante de la que la prensa hacía advertencias ofreciendo un sin número de colores que iban desde el amarillo hasta el rojo escarlata.

Raúl se sentó al borde de su cama y se puso ambas manos en el rostro para tratar de arrancarse el morbo del sueño una última vez antes de ponerse de pies para ir al baño a orinar, darse una corta ducha y comerse un desayuno simple de café y galletas con mantequilla. Este hábito lo había aprendido de su papá Ramón a través de su juventud en un barrio de Puerto Rico. Y aunque Ramón había fallecido en un accidente mientras trabajaba en la factoría de máscaras para respirar, Raúl aun mantenía la costumbre viva de desayunar como lo hacía su querido viejo. Ya dentro de la cocina de su apartamento Raúl observó el desastre de vivir en la soledad. En la cafetera podía observar el café de la noche anterior todavía ensuciando el colador. Tendría que botar las borras del café y limpiar la cafetera para hervir más café como se lo enseño su mamá. Pero eso no era todo, pues en la mesa que le servía para comer cuando estaba en su apartamento, había empaques de comida comprada adonde ya las cucarachas y las moscas se habían dado un banquete mientras Raúl dormía, pues éste olvidó poner las sobras en la nevera. Miró esto con desmayo, agarró las sobras para depositarlas en la basura, la cual tenía que botar en camino a su trabajo si no quería que las hormigas también llegaran a hacer fiesta en su mesa, mientras él trabajaba.

Luego de completar la faena de limpiar rápidamente y colar su café Yaucono como lo hacía siempre, Raúl se fue a sentar en la sala para comerse su desayuno de galletas con mantequilla y café negro puya[1]. Ya en la sala se entretuvo por unos segundos mirando los cuadros que colgaban de las paredes. En los mismos se encontraban fotos de sus padres Ramón y Manuela. Sus abuelos maternos Don Salvador y Doña Fortunata y sus abuelos paternos Agapito y Candelaria. Y una cantidad de fotos de lugares históricos y turísticos de la Isla de Puerto Rico. Fotos del Castillo San Felipe del Morro, La Fortaleza, El Yunque, El Parque Ceremonial Indígena de Caguana y por sobre todo el puente de acero de su pueblo construido en el año 1941. En el centro de todos aquellas fotos y recuerdos había una tablilla con una urna de cenizas inscrita con el nombre de su madre rodeada de santos de la iglesia católica, pues esa era la religión de su difunta madre y otra urna más que no tenía nombre inscrito. Mientras se comía su desayuno, pensó en su mamá y en cuanto la extrañaba. Y el carcomillo de un remordimiento le incomodaba el alma. Entonces miró su reloj y se dio cuenta de que ya era hora de salir. Se paró del sofá y plantó un beso en

---

[1] café negro puya: Café negro sin azúcar.

las yemas de los dedos para luego tocar la urna de las cenizas de su madre antes de pronunciar estas palabras: *"Bendición vieja, perdóneme que no he podido cumplir con su deseo, pero estoy tratando."*

Luego de esto preparó su bulto mochila con lo necesario para irse a trabajar. Puso dentro de la misma una camisa sin mangas, unos pantalones cortos y unas chancletas de goma. Además, llevaba una máscara para respirar en el calor y una para el frio extra, por si acaso pasaba algo con la que llevaba puesta. Empacando todas estas cosas, Raúl se atrevió a recordar unas décadas anteriores y todas las advertencias que la comunidad científica había hecho acerca del calentamiento global y las posibilidades de un planeta con un clima impredecible. *"Desgraciados se llenaron de ignorancia selectiva y nos jodieron a todos."* Pensó en voz alta a la vez que cerraba su mochila, se ponía su mascara para respirar en el frio y abría la puerta rumbo a su trabajo en la fábrica de máscaras para respirar como lo hacía su papá Ramón muchos años atrás, cuando fue asignado a este trabajo por el gobierno local. Raúl no quería desempeñar este trabajo, pero para los Puertorriqueños como él las opciones eran pocas y a él no le gustaba limpiar las alcantarillas de la ciudad de Nueva York, pues allí apestaba a miles de mierdas diferentes.

Fue así como éste salió a la calle a eso de las 8 AM. y entre miles de peones de caras tristes, el tráfico controlado del estado y el humo de los infiernos de los bosques canadienses que continuaban quemándose; se dirigió a su trabajo caminando entre todos aquellos obstáculos humanos en busca de la factoría en la que había sido empleado por los últimos quince años de su vida. El humo en la calle era denso y pesado, aunque se llevara una máscara puesta. Por esta razón Raúl caminaba rápidamente y por un camino lleno de atajos de costumbre para llegar a tiempo y no ser castigado económicamente si llegaba tarde. Al entrar por la puerta del almacén, puso su mano en el escáner de identidad que leía la mano como una santera del pasado para identificar a los empleados. En la pantalla de computadora apareció su nombre y posición: *Raúl Canales-Ramos- Línea de montaje-Sector #3.* Despúes de verificar su llegada caminó adentro de la factoría y casi de inmediato se encontró con su amigo Ángel, al cual saludó como de costumbre:

- *¡Buenos días compadre! ¿cómo amaneció hoy?*

-*Jodió, pero no es tu culpa.* -respondió Ángel con su acostumbrado humor de hombre feliz.

- *¿De qué se queja hombre si hoy puede ser el día de su suerte?*

- *¡Ah! no me digas que vas a volver a jugar la lotería.*

- *¿Por qué no, si uno no juega no tiene chance de ganar?*

-*Compadre usted como que vive en un mundo de fantasía, ¿qué a poco tú no tienes un espejo?*

-*Yo no necesito un espejo para jugar la lotería, lo que me hacen falta son $200 dólares para una boleta.*

- *¿Usted se va a gastar un día de pago en esa falacia? Debería comprarse un espejo. Eso sería una mejor inversión.*

- *No entiendo, ¿para qué me hace falta un espejo? Usted está medio tostao[2].*

-*Chico pa' que veas que gente como nosotros no nos ganamos esa lotería.*

-*Hay que tener fe como decía mi mamá.*

- *¿Ahora te me vas a volver religioso como mi vieja? Eso decía ella.*

-*Por algo lo decían las dos.*

-*Porque eran personas de otros tiempos. Pero usted no se me va a poner a predicar y mucho menos a rezar, ¿verdad?*

-*Con tal de ganarme esa lotería yo le rezo a Jesucristo, Al-ah, Buda o cualquier otro pendejo que me conceda este deseo del alma.*

-*Tú sabes que esas máquinas tienen cámara pa' ver quien compra la boleta.*

---

[2] Tostao: loco

-*Eso es un mito, eso no es verdad. Eso son estupideces de la gente.*

-*Compadre usted no ha visto quienes son los que se ganan esa lotería. Ninguno de ellos se parece a usted o a mí, ni tampoco son unos pelaos³.*

-*Alguna gente como nosotros se la ha ganado. ¿y por qué yo no?*

-*Eso es pa' que no digan que está arreglá, pero usted sabe que aun en Texas, Florida y aquí en New York adonde hay tantos de nosotros, se puede contar la gente como nosotros que se ha ganado esa lotería.*

-*Pero hay quien se la gana. Es por eso por lo que hay que tener fe.*

- *¡Ay, ay, ay, Raúl! A la verdad que te me estás volviendo loco de remate. Míralo a él, después de to' estos años se me ha puesto religioso.* -dijo Ángel sarcásticamente.

-*Bueno, bueno lárguese a trabajar y hablamos luego, no me agüe la fiesta con su pesimismo.*

-*Está bien, que tenga un buen día y nos vemos a la salida, pa' llevarlo a comprarse un espejo, aunque sea de bolsillo. Yo se lo pago si no tiene chavos.*

-*Valla hombre y déjese de estar jodiendo.*

Al despedirse de su amigo Raúl se envolvió en sus propios pensamientos acerca de lo que éste le comentaba. Y aunque la lógica estaba más cerca de lo que comentaba Ángel, para Raúl soñar con lo improbable se había convertido en una necesidad existencial de la que dependía su alma y una promesa que había hecho años atrás. Así se pasó el día pensando en todas las cosas que habían ocurrido en su vida, comenzando con su niñez en el barrio Los Infiernos en un pueblo de Puerto Rico. Éste vivía rodeado de su familia principal como lo eran sus abuelos maternos y paternos, una gran cantidad de tíos; además de un sin número de primos y amigos de los rededores. Fue así como le llegaron un montón de imágenes a la mente y entre estas las caras de sus abuelos, sus tíos, sus primos y amigos. Algunos reían en aquellas

---

³ Pelaos: pobres

memorias y otros lloraban. Raúl se quedó parado recordando y de repente la imagen de su abuelo Agapito sentado debajo de un árbol de flamboyán mascando tabaco de hoja vino a su mente. La imagen de ese hombre al que él adoraba y el cual murió en su ausencia se quedó atascada en su mente por unos instantes y éste volvió a escuchar la voz de su abuelo dándole consejos de vida. Añorando un abrazo más de aquel viejito Raúl dejó escapar una lagrima de añoranzas debajo de su mascara de protección, algo que solía hacer por mucho tiempo ya.

Dentro de todos aquellos recuerdos que vivían claramente en su memoria, él podía ponerle un principio a su situación presente y todo había comenzado en el año 2017 con el cierre súbdito de su escuela intermedia La Segunda Unidad Rafael Cordero. En aquel momento el departamento de Educación de la Isla estaba bajo el mando de una extranjera a la que pusieron al mando de educar a una sociedad que a ella no le importaba y la cual a su vez no la entendía a ella. Eso continuaba siendo uno de los mayores obstáculos para la sociedad puertorriqueña, pues su clase política y la de alta sociedad siempre parecían estar atascados en complejos de inferioridad, transfiriendo sus responsabilidades a personas que, por razones inexplicables, ellos consideraban superiores. Por razones como esta tomaban decisiones perjudiciales para el pueblo y muchas veces trataron de copiar ideas extranjeras que no aplicaban, ni tenían uso en la cultura de la gente local; y esto causaba daños irreparables al futuro educacional de los niños del país. La vida de Raúl se vio afectada inmediatamente por aquel súbdito cambio de realidad escolar. Fue así, como un recuerdo llegó a su mente haciendo ruidos como un trueno después de un relámpago.

-*Raúlito ven acá.* -llamaba su mamá Manuela.

-*Voy mami, ¿qué pasó?* -respondió Raúl.

-*Doña Cándida me dijo que van a cerrar un montón de escuelas.*

- *¿Y?*

-*Que a lo mejor cierren la tuya y la de Pedrito.*

-*Ah, pues mejor pa' mí. Así no voy más a la escuela.*

-*Muchacho no digas eso que aprender es importante.*

-*A mí no me gusta la escuela.*

- *¿Y por qué no te gusta aprender?*

-*No es que yo no quiera aprender, es que me enseñan un montón de cosas que a mí no me importan.*

- *¿Cosas cómo cuáles?*

-*Los otros días estábamos leyendo de una tal Liza Minelli o Misely, o qué sé yo. Una cosa bien aburrida. Nadie en la clase conocía a esa vieja y hasta Mrs. Cruz parecía que no quería enseñarnos eso. Yo creo que na' deso vale la pena.*

-*A la escuela se va a aprender. Acaso quieres terminar como tu papá y yo, que no sabemos nada de letras.*

-*Pero maí, ya yo sé leer y escribir, ya yo no tengo que ir más a estudiar.*

-*Debe de haber más que aprender por eso es por lo que...*

De repente la reportera apareció en la pantalla de la televisión de la sala con un anunció importante del departamento de educación. Luego de un pequeño resumen de lo que era la noticia total, la televisión presentaba una lista de escuelas que habían de permanecer cerradas después de que se acabara el receso de verano. Cuando por fin la lista llegó a enseñar el barrio Los Infiernos, los nombres de las escuelas eran muchos más de lo que Manuela esperaba. En el barrio Los Infiernos, las escuelas clausuradas son las siguientes:

*Escuela Segunda Unidad Intermedia Alejandro Tapia y Rivera.

*Escuela Elemental Segunda Unidad Rafael Cordero.

*Escuela Intermedia Segunda Unidad Rafael Cordero.

Con esa lista la sentencia era efectivamente pronunciada, todos los estudiantes del barrio Los Infiernos se habían quedado deambulantes del saber. Manuela se mostró preocupada de inmediato, mientras que su hijo brincaba de la alegría, pues como niño al fin no entendía las consecuencias que aquel momento habría de tener en su vida. Pasaron unos años y los padres de Raúl pasaban muchos trabajos para poder llevar a sus dos hijos a la escuela, pero estaban dando la lucha para mantenerse en la Isla. Eventualmente Ramón fue despedido de su trabajo en el municipio del pueblo, víctima de la privatización de los servicios públicos. Desempleado y lleno de deudas, éste le propuso a su esposa Manuela mudarse a los Estados Unidos para buscar trabajo y también para que sus hijos terminaran la escuela sin tantas dificultades. Al principio ésta se mostró reticente a la idea de irse del lado de sus padres y su familia inmediata. Pero eventualmente aplastada por la realidad económica del lugar, Manuela comenzó a ceder. Y en el año 2020 se convirtió en una de las 550, 421 personas que se fueron de la Isla por las mismas razones en esa década. Recordando todos aquellos eventos, Raúl se quedó parado frente a su máquina de comprimir las máscaras y otro pensamiento invadió su mente:

- *"Que pendejo era yo, celebrando el momento en que se me destruyó la vida."* -se dijo Raúl a sí mismo en medio de aquel repaso mental. De repente un pito sonó indicando que ya era la hora del almuerzo, pero antes el capataz tenía que verificar la productividad de los empleados. Eso no era ningún inconveniente para Raúl, pues él era uno de los empleados más efectivos armando las máscaras para respirar en el sector #3. Fue así como éste miró a su área de trabajo y sin quererlo o saberlo, su mente se volvió a ir en un recorrido en el pasado. En aquella ocasión ya era un hombre de veintinueve años en el verano del año 2032. El momento en el que el mundo entero fue testigo de su ignorancia colectiva cuando comenzaron a suceder cambios climatológicos que pondrían en riesgo a millones de personas en el hemisferio del norte, tal como lo habían estado gritando los científicos a los oídos sordos de una sociedad que vivía atrapada en el mundo cibernético en el que ya todos estaban acostumbrados a vivir de la ignorancia a la vez que aborrecían el conocimiento.

Raúl se encontraba caminando por el alto Manhattan en dirección al apartamento en el que vivía solo después de que su última pareja sentimental le saliese huyendo a su falta de compromisos serios. A eso de las 8 PM, en las calles todos estaban celebrando los colores de la bandera americana con fuegos artificiales y borracheras de las que no tendrían conceptos el próximo día. Reporteros de diferentes canales de televisión & internet intentaban entrevistar a los ciudadanos que caminaban con caras de júbilo y emoción. Sin embargo, casi ninguno de ellos sabía que era lo que se celebraba en aquel 4 de julio del 2032. El día histórico solo era un pretexto para emborracharse y drogarse hasta perder las nociones de tiempos y razón. La ignorancia de la población era evidente es sus respuestas a las preguntas de la prensa. Nadie ya sabía que significaba el día, ni el año 1776 o quien fue George Washington. Ni tan siquiera la versión romántica que enseñaba que la guerra de la independencia fue para obtener la libertad, lo cual ocultaba razones más obscuras para aquella guerra que definió a esta nación. La nación americana había pasado a ser un lugar adonde sus ciudadanos eran eruditos de ideologías fatulas. Ya nada estaba basado en la realidad y así la sociedad continuaba destruyéndose a sí misma.

La temperatura era de unos 95° grados mientras que Raúl observando todo aquel reguero de gentes caminada con su paso más rápido a su hogar para darse un baño, cambiarse de ropa y salir a parrandear como todos los demás en aquel día tan festivo. Pero cuando él estaba llegando a la cuadra, sintió algo tan espeluznante que su corazón comenzó a brincarle dentro del pecho a la vez que su cuerpo reaccionaba a un frio tan intenso que todo su cuerpo comenzó a temblar descontroladamente. Lo primero que pensó fue que estaba sufriendo un percance médico, pero él no sentía ningún dolor o incomodidad. Hizo un inventario mental de todo su estado físico y determinó que no era que estaba enfermo. Entonces se dio cuenta de que la temperatura había cambiado de manera drástica. Aun envuelto en la sorpresa de aquel cambio de temperatura, Raúl comenzó a correr desesperadamente a la vez que miraba a muchas gentes a su alrededor buscando albergue a aquel clima tan anormal. Algunas personas corrían a sus vehículos, otros a los edificios con puertas abiertas. Otros corrían a las iglesias con sus manos persignándose mientras corrían. Envuelto en todo aquel corre y corre, Raúl llegó a su apartamento, apagó su sistema de aire acondicionado y cerró todas las ventanas que había dejado abiertas en su apartamento del tercer piso. Acto seguido trató de mirar por las ventanas, pero ya estas estaban cubiertas de escarchas de hielo. Pasó su mano varias veces para limpiar el vidrio y observó a varias personas cayendo al suelo, víctimas de un frio infernal. Raúl corrió a buscar su abrigo y sin pensarlo salió disparado a la calle a socorrer a aquellos extraños, aunque muchas veces había dicho que él no arriesgaría su vida por ningún desconocido.

En el primer piso y con su corazón latiendo desesperadamente Raúl abrió la puerta principal del complejo y de inmediato sintió como el frio le quemaba sus pómulos y sus pulmones adentro de su pecho. En aquel momento se dio cuenta de que intentar ayudar a alguien era un intento suicida. Defraudado en sí mismo cerró la puerta nuevamente y se disponía a dirigirse a su apartamento cuando escuchó un fuerte golpe en la puerta que él había cerrado unos segundos atrás. Corrió a la puerta y la abrió para observar a una jovencita caer a sus pies casi muerta y congelada. De inmediato Raúl cerró la puerta nuevamente, se quitó su abrigo y se lo puso a la joven antes de recogerla del suelo y llevarla corriendo a su apartamento. Ya en el mismo, Raúl la acostó en su cama y le tiró encima todas las colchas que pudo encontrar en su cuarto. Luego se dirigió a su cocina y puso a hervir lo único que él se tomaba caliente, café. Regresó a la habitación y buscó debajo de las colchas, agarró una de las manos de la muchacha y encontró un pulso débil pero estable.

Pasaron unos minutos interminables y Raúl trataba de encontrar alguna información que le explicara aquel evento atmosférico. Los canales de televisión estaban en el mismo estado de pánico que toda la nación. En la pantalla solo se podía ver la estática que se observa cuando no hay señal de imágenes. Las redes sociales estaban en constante búsqueda de una actualización que no llegaba y la radio murmuraba sonidos inaudibles. Raúl desesperado alternaba su tiempo entre tratar de informarse y atender a su huésped de emergencia. Caminó a la cocina y buscó un poco de café. Entonces recordó las miles de películas en las cuales el agua se convertía en un elemento muy valioso. Por eso buscó una olla y trató de llenarla de agua, pero las tuberías hicieron un ruido de estómago con hambre y no soltaron ningún líquido. Esto le añadió más preocupación a una situación que no necesitaba nada. Volvió a la sala y todavía la televisión, la radio y su celular estaban en estado de sorpresa como lo estaba él. De repente escuchó a la muchacha tosiendo sin control a la misma vez que lloraba de miedo o asombro. Al escuchar los gemidos de la joven, Raúl dejó escapar un suspiro de alivios, pues la niña no se le murió adentro de su hogar, eso sería el colmo, pensó. Caminó hacía la habitación y encontró a la muchacha en una esquina asustada, se le aproximó lentamente para no causarle más pánico y la muchacha comenzó a gritar. Entonces él trató de calmarla:

-*Calma niña, cálmate que yo no te voy a hacer nada.*

- *Who are you?[4], How did I get here?[5]* -gritó la muchacha asustada.

- *Don't you remember what happened?[6]* -preguntó Raúl en un fuerte acento de inglés.

- *¿Quién es usted?, ¿por qué me está aguantando aquí?* -volvió a preguntar la muchacha esta vez en español al darse de cuenta de que Raúl tenía un inglés limitado.

-*Yo me llamó Raúl, ¿Y tú cómo te llamas?*

- *¿Quién es usted? ¿qué quiere conmigo?*

- *Niña ¿de verdad que no te acuerdas de nada? Yo te salve la vida. No tengas miedo, no te voy a hacer daño. Dime ¿cómo te llamas?* -explicó Raúl de una manera calmada y sincera.

-*Yo me llamo Destiny, por favor no me haga daño.*

-*Destiny, yo no te voy a lastimar. ¿de verdad que no te acuerdas de lo qué pasó?*

-*No, yo solo sé que se puso bien frio, y....*

---

4   Who are you?: ¿Quién es usted?

5   How did I get here?: ¿Cómo llegué aquí?

6   Don't you remember what happened?: - ¿No te acuerdas de lo que pasó?

En ese mismo instante la muchacha pareció recordar lo peculiar de aquel día y miró a Raúl con cara de sorpresa antes de preguntar:

- *¿Y usted sabe lo que pasó?*

-*Yo sé lo mismo que sabes tú. Hasta ahora no hay nada. No hay televisión, radio, ni internet.*

- *¿No hay nada? ¿No hay señal en el celular?* -preguntó Destiny nerviosa.

Raúl comenzó a contarle a Destiny lo poco que él sabía de los eventos ocurridos. La muchacha lo escuchó con atención mientras buscaba por su teléfono celular en su ropa. Luego de encontrarlo pudo verificar que Raúl no le mentía, pues su teléfono no tenía señal y las redes sociales estaban apagadas, esto le proveyó un momento de calma. Luego, Raúl le ofreció a la joven un poco de café caliente y ésta aceptó la oferta, pues en su casa, su papa Ángel era un cafetero de pura cepa. Luego los dos salieron de la habitación y Destiny miró como las ventanas parecían estar congeladas por más de una década. Tentativa, tomó algunos pasos detrás de Raúl, mientras lo miraba detenidamente. Éste por su parte comprendió que la jovencita tenía toda la razón de dudar de él. Por esa razón se fue a parar a una esquina del apartamento para darle a la muchacha la oportunidad de calmarse. Los dos estuvieron parados en lados opuestos del apartamento por un largo rato. Al pasar unas horas, la información comenzó a fluir en los canales de noticias y el mundo se habría de enterar junto con Raúl y Destiny de que lo que era normal unas horas atrás había pasado a ser historia. Desde aquel instante todo era nuevo.

Según los numerosos reporteros de los miles de canales de televisión, el planeta había sufrido un cambio de categoría fatalista en el que habían muerto miles de personas en los Estado Unidos, Europa y Asia. Los científicos estaban confundidos por el suceso y tomaría algún tiempo para analizar las consecuencias de lo que había ocurrido. Por su parte, las redes sociales estaban inundadas de "información" que iba desde un deslice del planeta fuera de su órbita hasta un ataque planeado por un millonario que había aprendido a controlar el termostato del mundo. Los científicos intentaron de explicar el evento de una manera racional, pero esta nación ya no contaba con el uso de razón. Los religiosos gritaban que este era el fin del mundo del que sus respectivas religiones hablaban. Todo era un reguero de información mezclada con desinformación, por lo que ya nadie sabía con seguridad en que creer. Raúl y Destiny intentaron comunicarse con la familia de la joven durante toda la noche, pero no lograron ponerse en contacto. Al llegar la mañana, los dos estaban exhaustos de tanto susto por lo que Raúl le sugirió a Destiny que se acostara a dormir en su habitación mientras él haría lo mismo en el mueble de la sala.

Al pasar unas horas de sueños de cansancio, Raúl sintió que se quemaba debajo de la única colcha que se había llevado a con él. Escuchó el fregadero escupir un poco de agua y la televisión que había dejado encendida volvía a exponer el banderín de noticias de última hora. Otra vez los reporteros con cara de miedo le informaban a la nación que la temperatura había vuelto a fluctuar de un frio congelante a un calor infernal. Nuevamente los científicos trataron de encontrar una razón basada en lógica y experiencia, pero no tenían ninguna referencia a los cambios drásticos que estaban sucediendo. Aun así, todos estaban de acuerdo en algo, y esto era que para la seguridad y el bienestar de la gente era mejor que todos los que habían sobrevivido en frio congelante se quedaran adentro de sus casas haciendo preparaciones por si acaso pasaba otra cosa imprevista. Raúl enfuscado en las noticias no se dio cuenta de que Destiny estaba parada al lado de él, y fue solo cuando la joven habló que éste se voltio a mirarla:

-*Estoy muy scared* [7]*por mi familia.* -dijo la joven con su rostro húmedo por las lágrimas.

-*No te concentres en lo negativo, estoy seguro de que están bien.* -respondió Raúl para consolarla.

-*Estoy tratando de llamar a papí, a mamí y a mi hermano Vicente, pero no hay señal.*

-*A lo mejor se les dañaron los teléfonos con el frio.*

---

[7] Scared: asustada

-Si eso fuera así, ¿por qué no se dañó el mío?

-A lo mejor se les agotaron las baterías y no han podido cargarlas.

-Aquí no se fue la electricidad.

-Ya lo has dicho aquí, pero según las noticias muchas áreas están sin luz ni agua. Además, tú no eres la única, yo estoy llamando a mi vieja y tampoco la consigo.

- ¿Y dónde vive su mamá?

-A unas cinco cuadras, pero con esta incertidumbre, yo no me puedo tirar a la calle sin arriesgar mi vida.

- ¿Qué sería lo que pasó?

- ¡No sé! Esto no tiene sentido. Yo venía caminando pa' ir pa' afuera a ver los fuegos artificiales y a la gente celebrando y de repente sentí que me congelaba. ¡Suerte que estaba cerca de mi puerta!

-Yo también iba a lo mismo y también sentí mucho frio. Esto no es normal.

- ¿Y cómo llegaste aquí?

-No sé. Yo estaba caminando por la acera y cuando sentí ese frio, corrí y traté de abrir la puerta, pero estaba cerrada.

-Yo traté de salir a ayudar, pero sentí que se me congelaban los pulmones.

-Eso mismo fue lo que yo sentí; pero no me acuerdo de que pasó después.

-Tocaste la puerta del frente en el momento que yo ya me iba pa' mi apartamento, yo la abrí y caíste inconsciente en el piso. Te recogí, te traje y te cubrí, ya el resto tú lo sabes.

- ¡Gracias!

-De nada niña. Yo solo espero que tu familia y mi mamá estén bien

-Yo también. Tengo mucho miedo.

-Tú no eres la única. Yo también estoy un poco preocupado con todo esto.

-Debemos de rezar como lo hace mi mamá.

-Eso no es lo mío, pero si quieres puedes hacerlo.

- ¿Y qué voy a hacer para llamar a mi familia?

-Esperar, eso es lo que están recomendando por el momento. Te quedas aquí por el tiempo que sea necesario y cuando sepamos que hacer, yo te llevo adonde tu familia.

-Es que yo no lo conozco y me da miedo quedarme aquí.

-Niña, yo no soy una persona mala. Si quieres puedes cerrar la puerta del cuarto para dormir. Ahí están las llaves. Yo te doy la única copia para que te estés tranquila.

-Yo no sé qué hacer.

-Bueno yo lo único que puedo decirte es que esperes aquí hasta que podamos salir a llevarte a tu casa, pero eres libre de irte en el momento que desees. Solo espero que lo pienses un poco.

-Ok, señor Raúl yo lo voy a pensar.

- ¿Tienes hambre?

-Me estoy muriendo del hambre.

-Pues déjame cocinar algo para que comamos mientras vemos las noticias.

Raúl se fue a la cocina y preparó un arroz con habichuelas rojas y un pollo frito, pues algo a lo que estaba acostumbrado a hacer era cocinar para él y su última pareja sentimental, la cual salió a buscar unos encargos al supermercado y no regresó nunca. Luego de esto le sirvió un plato a Destiny y se sentó junto con ella en la sala a ver las noticias. Esta vez los reporteros hablaban de la ola de crimen que experimentaba la nación como consecuencia del pánico compartido de la gente. Se le aconsejaba a la gente tomar precauciones y cerrar sus puertas y ventanas. Destiny miró a Raúl con una mirada de agradecimiento cuando de repente su teléfono celular comenzó a timbrar y en la pantalla se podía observar el retrato de un hombre en sus treinta años o menos. La joven contestó el teléfono llena de emoción y las lágrimas comenzaron a caer de sus ojos. Luego de unos minutos le pasó el teléfono a Raúl y la voz en el teléfono le expresaba su más sincera gratitud por lo que él había hecho.

Pasaron unos días de hibernación forzada en la que las temperaturas iban como un sube y baja. Después de cinco días, las temperaturas comenzaron a estabilizarse. En la televisión la noticia oficial era la misma y las advertencias resemblaban el año 2020 después de que el mundo declarara una pandemia como resultado de una enfermedad respiratoria denominada Covid-19. En aquel entonces las recomendaciones de la prensa y el gobierno eran las mismas: *"Quédese en su casa y haga lo imposible por mantenerse encerrado"*. Para muchos como Raúl y Destiny, siete días de incertidumbre ya eran más que suficientes. Por eso decidieron tomarse el riesgo de aventurarse a la calle preparados con dos bolsas de plástico que contenían abrigos y ropas de invierno, aunque afuera la temperatura era de 90° Fahrenheit.

Caminaron por cinco cuadras en las calles del alto Manhattan tomando pasos tentativos. Las calles desérticas reflejaban una película del fin de mundo. El humo de los bosques norteños continuaba nublando el ambiente, pero esta vez no había un sin número de personas caminando a sus trabajos. Solo reporteros de la prensa local se habían aventurado afuera. En las caras de los reporteros se reflejaba el temor de la incertidumbre ante los riesgos que estaban forzados a tomar por su trabajo. Alrededor, el silencio y la falta de personas en las calles de la ciudad le daban un toque de apocalíptico al lugar que en cualquier día normal contaba con millones de gentes envueltas en diferentes actividades como el trabajo, las compras y hasta el entretenimiento.

En medio de aquella soledad tan espeluznante, Raúl y Destiny caminaron hasta llegar al edificio adonde vivía Doña Manuela. Raúl corrió los tres pisos hasta la puerta marcada 1A. Acto seguido sacó sus llaves y buscó la correcta, abrió la puerta y encontró a su mamá sentada frente a la televisión, tan enfuscada con las noticias que no se dio cuenta que Raúl había entrado al apartamento seguido de una jovencita. Raúl la saludó con un bajo tono de voz para no asustarla y en el instante en que Doña Manuela lo vio, levantó las manos para llamarlo a un abrazo mientras daba gracias a Dios y lloraba de felicidad. Raúl dejó escapar sus lágrimas también a la vez que le preguntaba a su mamá por qué no contestaba el teléfono. Ella le contestó que el celular se le había dañado con el frio, pues lo había dejado en el baño en la noche que sucedió el acontecimiento. Raúl sintió un alivio inmediato, pues toda esa preocupación de los últimos siete días había sido en vano. Luego de esto. Le presento la jovencita a su madre y le contó lo improbable de como la conoció. Doña Manuela se levantó del sofá y llegó frente a Destiny para darle un abrazo y dijo:

- *¡Dios te bendiga niña!*

-*Gracias.* -respondió Destiny tímidamente.

-*Dale gracias a Dios por su grandeza.*

-*Ok.*

-*ÉL tiene planes para ti.*

-*Ok.*

-*No lo pienses mucho, Dios tiene un propósito para ti.*

-*Bueno, bueno vieja, no me vaya a asustar a la muchacha.* -dijo Raúl sarcásticamente.

- *Y para ti, aunque no lo creas, mi Dios todopoderoso tiene un propósito.*

-*Lo que usted diga vieja.*

Raúl escuchó a su mama repartir su fe cristiana como siempre y aunque él no creía en nada de eso, por un momento se permitió darle gracias a Dios por no haberse llevado a su vieja adorada. Luego de esto le explicó a su mamá que tenía que ir a llevar a Destiny a su casa y luego se regresaba a buscarla para que se fueran a su apartamento por unos días. Doña Manuela respondió que ella no iba para ningún lado, pues esperaba que su otro hijo "Pedrito" la llamara; algo que no habría de suceder nunca. Con el pasar del tiempo y con las ondulaciones del tiempo, Raúl tomó la decisión de quedarse con su mamá para atenderla temporeramente. Eventualmente se quedó a vivir con ella permanentemente.

Raúl y Destiny salieron del apartamento y continuaron caminando por varias horas hasta llegar al centro de la ciudad de Manhattan adonde la familia de ésta vivía. Al llegar la familia de la muchacha lo recibió como se recibe a un héroe. La mamá de Destiny, Carmen había cocinado lo mejor que tenía en su casa y el papá Ángel llegó al frente de Raúl y lo abrazó como se abraza a un hermano mientras le daba un millón de gracias por su acto de bondad. Luego se pasaron unas horas hablando, comiendo y escuchando música. Y mientras comían en la radio la canción "Un Verano en Nueva York" comenzó a sonar y todos en el apartamento comenzaron a reírse por la ironía del momento. Fue así como había comenzado una amistad que habría de durar por el resto de sus vidas. Después de toda aquella odisea Raúl pasó a ser el padrino de una niña de quince años llamada Destiny Lebrón y a recomendar en su trabajo a su papá Ángel que hasta aquel entonces trabajaba limpiando alcantarillas.

Nuevamente el pito sonó en la fábrica de máscaras y Raúl regresó a armar más máscaras para respirar después de haber recorrido en su memoria aquel fatídico día que le cambio el destino al planeta entero. Al terminar el día laboral y con las cuotas cumplidas éste dio por terminada su obra del día y salió del edificio a fumar mientras esperaba por Ángel para caminar juntos hasta donde se les separaba el camino en el medio de la ciudad, pues Ángel vivía con su familia en un edificio que anteriormente se usaba como oficina hasta que ocurrió el cambio y todos estos espacios fueron remodelados para acomodar a personas que habrían de laborar como "héroes" para salvar al "mundo."

Durante el viaje los dos hombres recordaban su patria y las cosas que los dos habían dejado atrás arrastrados por la necesidad forzada, víctimas de la corrupción abierta de los lideres políticos en las primeras dos décadas del siglo veintiuno.

-Tantas cosas que esos sinvergüenzas nos hicieron. Fue por eso por lo que mi vieja se vino pa' acá. -comentó Ángel.

-Eso mismo estaba pensando yo hoy. -respondió Raúl.

-Mi viejo se quedó sin trabajo y buscó como un loco, pero no consiguió na'.

-Mi papá también. Él trabajaba para el municipio del pueblo recogiendo basura. Se ganaba una miseria mientras que el alcalde cobraba un fracatán[8] de chavos.

-El de mi pueblo también, todos eran unos pillos.

-Después privatizaron el recogido de basura y el viejo se quedó afuera.

-Mi viejo trabajaba en la compañía eléctrica, pero cuando le dieron el contrato a Luna Energy, lo botaron a él y a un montón más.

-Yo me acuerdo de eso y de cómo el gobernador defendió ese abuso.

-Y después como se pagaron ellos mismos mientras que el pueblo se quedaba sin luz de ca' rato.

- ¿Y qué me dices de los $25 mensual por cincuenta años?

- ¿Y lo fácil que lo quitaron cuando les convenía?

- ¡Ay mijo! si a nosotros to' el mundo nos ha jodido.

-Y lo triste es que no lo vimos a tiempo.

-Lo triste es que lo vimos, pero no hicimos nada al respecto. Solo algunos jóvenes trataron de advertirle al pueblo lo que venía y nadie los apoyo.

- ¿Los Independentistas?

-No, los muchachos que estaban tratando de revivir la agricultura y

---

[8] Fracatán: Mucho o una gran cantidad.

de reeducar al pueblo a producir cosas que se dejaron de hacer. Los reporteros independientes que reportaban lo que el gobierno no quería. La gente que se tiró a la calle a protestar sin el apoyo de to' el mundo.

-Yo me acuerdo de los agricultores. Ellos fueron de los primeros.

-Pero no los últimos.

Caminar y hablar de los temas del pasado y un poco del presente, era una de las maneras con la que los dos hombres habían aprendido a vivir en el nuevo mundo. Un mundo adonde había una máscara de percepción de libertad, pero todo el que se estaba matando para hacer que la sociedad continuara funcionando con alguna semblanza de normal, sabía que eso no era la verdad; y el Puertorriqueño lo llevaba en su sangre por más de quinientos cincuenta años. Especialmente desde el año 2036. De esta manera llegaron al punto de despedida y Ángel caminó hacia el Empire State Building mientras que Raúl se internaba en la parada del tren gubernamental que lo llevaría al barrio minoritario del alto Manhattan. Luego de unos minutos en aquel tren que lucía como un vehículo de transferir prisioneros de una prisión a la otra, llegó a su apartamento. Entró y encendió su sistema de audio digital. Buscó en la lista de canciones y presionó el botón de empezar. Casi al instante las bocinas comenzaron a hacer un ruido de olas del mar. Inmediatamente Raúl presionó el botón de saltar hasta la canción número cuatro. En ese momento las bocinas comenzaron a gritar coquí, coquí, coquí; y Raúl se cercioro de poner el sistema en modo repetidor mientras que miraba en la pantalla del sistema el título de la canción: **Sonidos Clásicos de la Isla de Puerto Rico Vol. 1.**

Y tal como lo hacía por los últimos años Raúl continúo respirando, esperando en Dios que sus oraciones de cristiano barato llegaran a un cielo opacado por los humos de un mundo que se quemaba y se congelaba de un segundo a otro. Así era que Raúl trataba de encontrarle un sentido a su vida atrapada en un país adonde él no quiso vivir nunca y del que no se podía ir sin primero ganarse la lotería. Y fue en esta noche de rezos vacíos y nostalgias incrustadas en su pecho que Raúl se sentó frente a la televisión con su última boleta de lotería en las manos y su corazón latiendo con la intensidad de un torbellino de preocupación y expectativa. En unos segundos apareció la reportera que leería los números ganadores, pero antes debería de comunicarles al pueblo las noticias de última hora con relación a la lotería:

"Abrimos el sorteo de la lotería con una noticia importante de última hora. El gobierno de los Estados Unidos ha decidido que basado en los bajos recursos disponibles y la gran demanda por esta lotería que se completaran rifas con un total de trecientos treinta espacios. Esta será el último sorteo antes de que la lotería cierre sus puertas por veinte años para darle al gobierno tiempo para reponer los recursos que ya se han ido agotando por los últimos quince años. Nuevamente con el sorteo de esta noche comienzan las ultimas rifas de esta lotería. Esperamos que tengan suerte en el sorteo de hoy y si no eres de los ganadores de esta noche en la que se sortean cincuenta y tres espacios, sigue jugando que como lo dice el dicho: "la suerte es loca y a cualquiera le toca". Y los números ganadores son: 03, 07, 10, 11, 76, 95".

Raúl miró su boleta y se dio cuenta que este no era el día de su suerte, pero eso no le importó mucho, pues ahora tenía otro pensamiento en su mente. La realización de que su sueño de regresar tenía los días, contados y las oportunidades reducidas a un total de 277 lo enviaron a un estado depresivo que el sonido de su venerable coquí no podía aliviar. Se puso su mascara y salió a la calle desesperado esperando que aquel cielo adonde no se podían ver las estrellas le proveyera un momento de calma a su alma cansada de estar presa lejos de su patria. Caminó toda la noche y no fue a trabajar al amanecer. Por la tarde sintió que alguien quería quemarle el timbre y caminó a la ventana a mirar la puerta principal, pues el sistema de comunicación no funcionaba. Vio a Ángel parado frente al edificio y bajó a abrirle la puerta. Ya al frente su amigo lo miró con comprensión y le preguntó si quería salir a distraerse, a lo que él respondió en afirmativa. Así comenzaron la conversación:

-Lo busqué en el centro y no lo encontré. ¿a dónde se fue que no trabajó hoy? -dijo Ángel.

-Me fui a andar usted sabe que yo ya no me meto en ese lugar.

-Yo sé, pero que más nos queda.

-Yo no quiero mentirle al alma con esos premios de consuelo al perdedor.

-Ya lo hemos hablado otras veces, pero que se puede hacer.

- ¿Por qué es que solo están sorteando trecientos treinta espacios? - preguntó Raúl con dudas.

-Compadre es que acaso no vio las noticias de esta mañana? - respondió Ángel sorprendido.

-No, no estaba en casa, pues no pude dormir con la preocupación.

- ¿Entonces no sabe por qué solo son trecientos treinta espacios?

-No tengo una idea. -respondió Raúl con cara de ignorancia.

-Es que en un avión 787-10 solo caben trecientos treinta pasajeros. Con los cincuenta y tres que ya sortearon, pues solo quedan doscientos setenta y siete espacios.

- ¡Que desgraciados!

Ángel por su parte tomó un respiro profundo antes de pronunciar unas palabras que se incrustarían en el alma como la tinta que se usa para hacerle tatuajes al cuerpo:

- "Las noticias lo están llamando: El Último Vuelo a Puerto Rico...

El Nuevo Caribe

El año era el 2035, ya habían pasado tres años desde que el mundo se congelo de repente por primera vez desde la era del hielo. Los científicos del mundo entero buscaban una razón por lo sucedido para cerciorarse de que la ocurrencia solo fue una anomalía que no se repetiría. Al menos esto era lo que la prensa universal transmitía a través de los medios oficiales. En la internet continuaban resonando teorías insólitas de tecnologías que estaban flotando afuera del planeta como un satélite celular y de cómo este sistema se estaba utilizando para destruir al mundo. Aun así, los más exagerados y beneficiados fueron los religiosos que asustaban a sus congregaciones con mensajes de fatalismo, a la misma vez que pedían más contribuciones de sus feligreses para ver si con el dinero recaudado podían sobornar a sus respectivos dioses para así comprarles un poco más de estabilidad y tiempo.

Poco a poco el planeta comenzó a dar las respuestas en diferentes partes del mundo, especialmente en la parte de arriba del hemisferio norte, adonde entre fuegos y congelamientos esporádicos murieron miles de personas en países como Canadá, España, Polonia, Alemania, Francia, Rusia, Italia y otros. De esta manera llegó el nuevo anormal. Según los científicos estos cambios eran impredecibles y su duración era incalculable. A través de unos meses se le explicó al mundo entero que este nuevo sistema climatológico parecía una corriente de agua en el océano que ondulaba de una manera inexplicable por lo que algunos países se veían afectados con condiciones extremas y otros solo habían sufrido cambios leves.

Una región del planeta adonde los cambios parecían haber beneficiado a la gente ocurrió en El Caribe adonde las Islas mayores del lugar se vieron afectadas de manera positiva. En Cuba, La República Dominicana/Haití y Puerto Rico, las temperaturas se habían asentado a unos 80° Fahrenheit y una humedad baja día tras día. Además de que la calidad del aire había improvisado sustancialmente. Otra cosa que había cambiado con aquel cambio de atmósfera eran los huracanes que parecían haberse olvidado del camino a esta región y los temblores de tierra se convirtieron en historias del pasado. Todo esto era obvio después de que pasaron tres años desde la primera ocurrencia.

Así llegó el año 2036 y miles de cambios que afectarían el futuro de un mundo entero. En La República Dominicana el sistema inmigratorio comenzó a funcionar de una manera eficiente adonde la gente aplicaba para visas de trabajo, de paseo y de permanencia a lugares como Francia, Alemania, España, Italia y por sobre todo Los Estados Unidos de América, e inexplicablemente todo era aprobado de manera inmediata. Ya no había investigaciones de ningún tipo, ningún requisito económico, etc. Si el ciudadano era dominicano, su viaje estaba seguro si firmaba una cláusula que nadie se molestó en leer. En el país de Haití, la embajada alemana comenzó a reclutar haitianos que estuviesen dispuestos a inmigrar a Alemania permanentemente a trabajar en fábricas adonde los locales ya no estaban dispuestos a trabajar. Las visas no se agotaban y los aviones volaban desde ese país de una forma constante y eficiente. Por último, en Cuba el gobierno local se rehusó a participar de iniciativas que ofrecía el gobierno francés para los ciudadanos cubanos. Esto causó nuevas disputas en el cuerpo de las Naciones Unidas acerca de la vida y el bienestar del pueblo cubano. Un año más tarde, el país de Francia declaró una intervención militar en Cuba con la intención de tratar de liberar a los cubanos de su Isla, bajo el pretexto de la libertad.

En el año 2038 en Los Estados Unidos un grupo de congresistas republicanos y demócratas introdujeron el proyecto de ley de la cámara de representantes H.R 4901-B o The Puerto Rico Statehood Admission Act. Era un proyectó curioso adonde solo se podían encontrar dos líneas principales, el titulo y los resultados:

133° CONGRESO

1ª Sesión

H. R. 4901-B

Permitir la admisión de Puerto Rico como Estado de la Unión, y para otros fines.

EN LA CÁMARA DE REPRESENTANTES

OCTUBRE 29, 2037

Sr. Robert Johnson, Sra. Isabella Martínez, Sr. William Thompson, Sr. Benjamín Adams, Sr. Samuel Ramírez, Sra. Olivia Phillips, Sr. Daniel González, Sr. Christopher White, Sra. Jessica Green, Sr. Andrew Díaz, Sra. Stephanie Martin, Sr. Joseph Carter, Sr. Richard King, Sra. Laura Hernández, Sr. Nicholas Baker, Sra. Sarah Watson, Sr. Thomas Fitzgerald, Sra. Jennifer Reed, Sr. David Sánchez, Sr. Edward Harris Sr. Patrick Morgan, Sr. Matthew Turner, Sr. Alexander Peterson, Sr. Víctor Lee, Sra. Emily Foster, Sr. Charles Bennett, Sra. Amanda Scott, Sr. Gregory Clark, Sr. Philip Robinson, Sr. Michael Carter, Sr. Daniel Lewis, Sr. Christopher Martin, Sra. Rachel Stewart, Sr. George Williams, Sr. Mark Baker, Sr. Benjamín Cook, Sr. Joshua Adams, Sra. Lauren Cooper, Sr. Ryan Fisher, Sr. Justin Taylor, Sr. Anthony Roberts, Sr. Henry Miller, Sra. Savannah Edwards, Sr. Caleb Parker, Sr. Zachary Turn.

Permitir la admisión de Puerto Rico como Estado de la Unión, y para otros fines.

Sea promulgada por el Senado y la Cámara de Representantes de los Estados Unidos de América en el Congreso reunido,

SECCIÓN 1. TÍTULO CORTO.

Esta Ley puede ser citada como la "Ley de Admisión a la Estadidad de Puerto Rico."

SECCIÓN 2. RESULTADOS.

1) Otorgar igualdad a través de la Estadidad a Puerto Rico está muy atrasado a la luz de las contribuciones históricas de sus residentes a los Estados Unidos y su potencial para fortalecer aún más nuestra Unión y los 140 años de discriminación política y económica contra los ciudadanos de los Estados Unidos que viven en Puerto Rico.

El voto fue casi unánime, 421-14 para la admisión de la Isla como estado. Pero este proyecto de ley diferenciaba mucho a los que habían sido introducidos en el pasado. Ya no había ninguna necesidad de un plebiscito al pueblo, para eso los Puertorriqueños en la Isla no tendrían la oportunidad de aprobar o desaprobar la resolución. La decisión estaba en las manos de los ciudadanos del país solamente. Luego de esto el proyecto se movió rápidamente el senado y no hubo ningún debate como en el pasado, cuando algunos senadores se preocupaban de que asimilar a esta Isla al país añadiría un estado con alineación demócrata además de un poquito más sucio. Solamente un senador del estado de Texas se atrevió a introducir una enmienda que a nadie le importó leer. Luego de esto el senado aprobó la resolución en un voto casi unánime como había sucedido en la casa de representantes. El voto fue de 97-3; y el proyecto regresó a la Cámara de Representantes para debatir el cambio que introdujo el senador tejano. Aun así, a nadie parecía importarle aquel cambio y sin debates ni fanfarria se volvió a firmar el proyecto de ley para enviarlo a la Casa Blanca, adonde el presidente republicano Ted J. Smith habría poner su firma y una sentencia final a la semi autonomía de la Isla del encanto.

Mientras tanto en Puerto Rico, la juventud local guiada por el conocimiento de la historia y el entendimiento de lo que este proyecto de ley significaba se tiraron a la calle a protestar e informarle al pueblo lo que acababa de ocurrir. Un joven abogado llamado Pedro Campos llegó unos días más tarde al Tribunal de Distrito de los Estados Unidos para el Distrito de Puerto Rico en el pueblo de San Juan y puso una demanda en contra del proyecto de ley tildándolo como de inconstitucional. El caso se habría de mover rápidamente al Tribunal de Apelaciones de los Estados Unidos para el Primer Circuito en la ciudad de Boston, Massachusetts. En esa corte un juez de raíces dominicanas llamado Juan. A. Duarte habría de presidir en el caso. Esto ocasionó una reacción de todos los políticos americanos, de los cuales algunos se atrevieron a acusar al juez de no poder ser imparcial, pues éste era de descendencia latina. Muchos pidieron que el juez se excusase a sí mismo para que el proceso no fuese percibido como comprometido. El juez Duarte se negó rotundamente, pues nada en su historial se podría percibir como que él no era una persona imparcial.

A esto le siguieron decenas de políticos que asistieron a sus emisoras televisivas de sus preferencias a expresar sus dudas de que este juez estuviese capacitado para hacer una decisión tan importante. Un mes más tarde la decisión del juez Duarte fue contundente, HR 4901-B era un acto inconstitucional. Los abogados del gobierno apelaron a la Corte Suprema, en aquellos momentos compuesta de seis jueces demócratas de diferentes descendencias minoritarias y tres jueces republicanos de descendencia anglosajona. Nuevamente, los políticos se quejaron de que esta corte no estaba capacitada para tomar la decisión por lo que un grupo de senadores y miembros de la Cámara de Representantes introdujeron un proyecto de ley para enmendar la constitución con la enmienda #28. Esta movida fue recibida con coraje en la Isla de Puerto Rico, pero no en el país americano.

Nuevamente los políticos acudieron a los canales de televisión a escupir tópicos de lo importante que era para el gobierno de Los Estados Unidos rectificar 140 años de indiferencia a la Isla de Puerto Rico. Al mismo tiempo Pedro Campos se encontraba en la Isla advirtiéndole a la gente lo que el proyecto de ley envolvía, especialmente la enmienda de último momento del senador tejano, la cual reintrodujeron en la enmienda # 28 y la que leía de esta forma:

A) El Gobierno de los Estados Unidos deberá de considerar instituir un sistema de loterías para que los ciudadanos americanos tengan la oportunidad de integrarse al pueblo de Puerto Rico, pues la Isla tiene recursos limitados y no podría recibir a todas las personas huyendo de la inestabilidad del norte.

B) El Gobierno de los Estados Unidos deberá de instituir un sistema de servicio a la nación usando como base el sistema de servicio selectivo militar en la Isla de Puerto Rico. Esto establecería que las gentes cuyos nombres son seleccionados deberán de mudarse a cualquier estado de su preferencia para el seleccionado y su familia inmediata. Esto es necesario para que el pueblo Puertorriqueño haga el sacrificio necesario en gratitud a la nación. Rehusarse a participar luego de haber sido escogido ha de resultar en la expulsión inmediata del escogido y su familia inmediata.

C) El Gobierno de los Estados Unidos deberá de incrementar el sistema de guardias costaneras alrededor de la Isla de Puerto Rico para prevenir un incremento en la inmigración ilegal desde países adyacentes.

D) El Gobierno de los Estados Unidos deberá de considerar cerrar las fronteras de la Isla de Puerto Rico indefinidamente. Solamente se permitirá viajar afuera de la Isla. Viajes hacia la Isla deben de ser terminados inmediatamente.

El joven abogado Pedro trató en vano de advertirle a sus compatriotas de las consecuencias de aquella enmienda a través de la prensa local. Pero esto no tuvo resultado alguno ya que la prensa controlada por los políticos locales hizo lo imposible para desmentir al muchacho, tildándolo de sensacionalista y exagerado. Era evidente que la clase política estaba convencida de que estarían protegidos de las consecuencias del cambio de la realidad política de la Isla.

Pedro por su parte se puso en contacto con un reportero local que llevaba años advirtiendo acerca de una teoría de remplazamiento en la Isla. A través de políticas que favorecían a gentes extranjeras por encima de la gente local. Este muchacho llamado Eugenio de Bonilla tenía una misión y miles de seguidores a los cuales él mantenía al tanto de todo lo que la clase política escondían en letras pequeñas al final de la página como lo habían hecho cuando firmaron el proyecto de ley Acto #60, adonde se le ofrecía un beneficio en los impuestos a extranjeros a la misma vez que se penalizaba a la gente local sujetas aun a todas las regulaciones del gobierno. Eugenio advirtió en aquel entonces que esta ley habría de invitar a un sin número de extranjeros a la Isla y esto resultaría en los alto precios de casas y propiedades. Y tal como él se lo había comunicado a sus seguidores, así sucedió. Ya para el año 2020, casi ningún Puertorriqueño podía comprarse su propio hogar en la Isla ya que especuladores de Wall Street habían invadido el lugar a comprar todo lo que se les antojaba y invertir en unidades de renta a corto plazo.

Ahora él y Pedro, usando las redes sociales, le instaban al pueblo a investigar el caso de La República Dominicana y Haití. Esta Isla compartida por ambas naciones había sido la primera víctima de una nueva colonización en el siglo veintiuno, apoyados por la corrupción de la clase política que se encargaba de asfixiar al pueblo para empujarlo a la desesperación. En aquel momento Haití era un país próspero y envidiable adonde se hablaba alemán y no francés como antes. Ahora había de todo lo que nunca hubo antes, un sistema eléctrico completo, agua potable en cada casa y alimentos por montón. Lo único que ya no había eran haitianos. En La República Dominicana, el caso era similar, pues ya el español era un lenguaje minoritario. Ahora la mayor parte de los ciudadanos hablaban los idiomas inglés e italiano. Según Pedro y Eugenio le decían a la gente puertorriqueña, la gente en estos dos países salió huyendo a la falta de oportunidad que allí existía desde siempre y no se molestaron en leer las condiciones de un nuevo sistema de visas adonde escondido en letras pequeñas estaba el lenguaje de expulsión furtiva. Las nuevas visas estaban hechas a favor del país que las ofreció y establecían que una visa de regreso debería de estar aprobada por el gobierno local y el gobierno extranjero, algo que no sucedía nunca, pues los políticos dominicanos habían vendido al pueblo como lo habían hecho desde siempre. Y en solo dos años, millones de europeos, la mayor parte del país de Italia habían inmigrado a La República Dominicana apoyados por el gobierno local adonde los políticos cambiaron a sus residentes por beneficios monetarios.

En Cuba estaba el ejemplo de lo que sucedía cuando naciones de países desarrollados se juntan para robarle a países más pequeños lo que tienen. Según Eugenio, Cuba se encontraba en una guerra de sobre vivencia con el país de Francia. Este último país le había declarado la guerra al gobierno cubano con el apoyo de las Naciones Unidas en el año 2036. De acuerdo con el presidente francés, ya era hora de que los cubanos tuvieran la oportunidad de decidir sus propios destinos después de setenta y siete años de injusticias. Y aunque no lo dijo abiertamente, él lo que esperaba era que el pueblo cubano cometiera el mismo error que el pueblo dominicano. De este último habían muerto miles de personas tratando de regresar a la tierra que los vio nacer, tirándose al mar de manera ciega y desesperada para tratar de llegar a las costas de su propio país adonde ahora eran considerados ilegales.

Pero en Puerto Rico la gente no parecía estar interesada en teorías que ya habían sido desmentidas por todas las noticias oficiales. Es por eso por lo que Pedro y Eugenio se vieron relegados a diseminar toda la información a través de las redes sociales. Esto último provocó una reacción del gobernador de la Isla, el Dr. Ricardo Rafael Barceló Colón. Éste se propuso proteger al pueblo de teorías peligrosas e introdujo la Ley #81 que leía así:

A) El gobierno del Estado Libre Asociado de Puerto Rico deberá de instituir un sistema de monitoreo en los medios de comunicación incluyendo la radio, la televisión y las redes sociales.

B) El gobierno del Estado Libre Asociado de Puerto Rico deberá de analizar toda información transmitida en el territorio y deberá de determinar si dicha información viola la ley de integridad y honestidad.

C) El gobierno del Estado Libre Asociado de Puerto Rico deberá de decidir qué información es apta para el consumo del pueblo y cual no.

El gobernador esperaba que esta ley aplacara los deseos de los dos jóvenes de estar interviniendo en los asuntos del gobierno. Pero esto solo causó que Pedro y Eugenio se convirtieran en los mártires de la soberanía de Puerto Rico. En aquel entonces el caso del proyecto de ley HR 4901-B estaba a punto de llegar a la Corte Suprema de Los Estados Unidos, adonde todos los analistas políticos de alineaciones diversas esperaban que la misma se declarara inconstitucional. Pedro viajo a Washington en expectativa de poder estar presente en la corte para el veredicto. Durante su estancia en este estado fue entrevistado por varios canales de televisión y todos parecían preguntarle lo mismo:

- *¿Qué es lo que estas tratando de lograr con este caso?*

Y su respuesta siempre fue la misma:

-*Yo solo quiero preservar a Puerto Rico para las generaciones futuras. Yo solo quiero que Puerto Rico sea propiedad de los Puertorriqueños.*

- *¿Por qué piensas que si la Isla se convierte en el estado número #51 que ya no sería de ustedes?*

-*Yo no pienso eso; yo lo sé y lo saben todos ustedes en esta nación.*

-*Eso se puede considerar tu opinión.*

- *¿Sabes cuál es el mejor indicador de lo que alguien va a hacer?*

-*No, pero según tú, ¿cuál es el mejor indicador de lo que alguien va a hacer?*

-*El mejor indicador de lo que alguien va a hacer es lo que ya ha hecho. Es por eso por lo que si tienes dudas de lo que pasaría con Puerto Rico como estado mira a los estados de Hawái y Alaska. Ambos admitidos a la nación para perderlo todo.*

- *¿Qué perdieron estos dos estados?*

-*Perdieron su cultura, perdieron su lenguaje y por último perdieron sus tierras.*

- *¿Eso es lo que tú piensas?*

- ¡No! Eso es lo que el mundo sabe. Además, ya este país ha hecho cosas similares en la Isla.

- ¿A qué se refiere?

-Al año 1941 y el robo de los terrenos de Vieques para el uso militar.

-Sr. Campos, la Marina de los Estados Unidos compró esos terrenos legalmente.

-La Marina compró los terrenos de las compañías azucareras, pero los otros se los robó usando las leyes de expropiación del país.

-Pero compensaron a la gente ¿no?

-Señorita si yo la fuerzo fuera de su casa, aunque usted no lo quiera, ¿eso estaría bien para usted?

Así continuaron las entrevistas diarias, pero lo único que se esperaba con las mismas era volver la opinión popular en contra de Pedro y lo que él representaba. No obstante, pasó lo contrario, la gente especialmente los latinos en Los Estados Unidos se mostraron interesados e inclinados a apoyar el movimiento de Pedro. Pero el apoyo más intenso lo recibió de los dominicanos en este país, pues estos últimos había sido víctimas de una expulsión furtiva y sabían que lo que este joven abogado proclamaba era una verdad absoluta. Así llegó el penúltimo día antes de que la Corte Suprema ofreciera su decisión y todas las indicaciones apuntaban a una decisión en favor de Pedro Campos vs The United States Government. Pedro se retiró a su cuarto de hotel a descansar para estar listo a escuchar el veredicto y regresar a Puerto Rico de inmediato.

Al amanecer se levantó al escuchar los timbres de su teléfono celular gritar en desesperación para que él lo contestara. Al recogerlo, vio la foto de contacto era su amiga Dolores Sotomayor, a la que apodaban Lola. Pedro contestó con un tono de positividad en su voz, pero cuando su amiga respondió, su corazón se llenó de pánico:

-Ya vistes las noticias de esta mañana. Nos jodieron. Nos jodieron a todos.

- *¿Qué es lo que pasa chica, cálmate?*

-Prende el televisor, busca en tu teléfono, y después me dices que me calme. -respondió Lola irritada y colgó la llamada.

Pedro se fue directo al televisor y lo prendió para ver las noticias de la mañana. Y en el primer canal que pudo sincronizar vio a la parte de abajo una cinta de información que decía:

-Puerto Rico se convierte en el estado número #51 de Los Estados Unidos de América tras un voto mayoritario en Washington.

La sangre de Pedro se le hirvió en su pecho de tal manera que hasta él mismo pensó escuchar las burbujitas de oxígeno subir dentro de su cuerpo, así como suben cuando se hierve agua para el café. Según la información oficial el senado y la cámara de representantes habían invocado una sección de emergencia y habían aprobado con votos de 96-4 y 422-13, la enmienda #28. Inmediatamente la enviaron a la Casa Blanca adonde el presidente esperaba con su bolígrafo por la oportunidad darles a los Puertorriqueños lo que se merecían. De esta manera la Corte Suprema no tendría oportunidad alguna de fallar en favor de Pedro y todo lo que éste representaba, pues lo que es constitucional no está sujeto a la jurisdicción de la corte.

La reacción de la gente fue inmediata, en las calles de New York, Philadelphia, Boston, Florida y otros estados donde los Puertorriqueños que estaban a favor de la estadidad celebraban jubilosos la culminación de sus aspiraciones políticas. Y los que no estaban de acuerdo quemaban la bandera americana en forma de protesta al imperialismo de la nación. En Puerto Rico la gente se tiró a la calle para lo mismo. Los apoyadores del Partido Nuevo Progresista hacían fiestas improvisadas en diferentes pueblos; mientras que los que apoyaban el Estado Libre Asociado visitaban la tumba de Luis Muñoz Marín, para llorar frente a esta el final de una era. A todo esto, los representantes del Partido Independentista gritaban su decepción de no haber alcanzado su sueño de soberanía.

Por su parte jueces de la Corte Suprema hicieron declaraciones a la prensa expresando decepción y desilusión de la forma en la que le habían quitado a la corte sus derechos de tomar decisiones. El más que se ofendió fue un juez republicano llamado Bret J. Jefferson quien se atrevió a comentar que el gobierno les había quitado derechos a algunos de sus ciudadanos, algo que según él y su conocimiento de la historia no había sucedido nunca. Al parecer nadie le había mencionado el caso de Dobbs v. Jackson Women's Health Organization, adonde la misma corte que él representaba le había quitado los derechos a la mitad de la población después de cincuenta años. Este juez era la clara representación de una nación que continuaba doblegando sus morales de acuerdo con la forma con la que miraran a la gente que iba a ser afectada por algún cambio de ley. En el caso de Puerto Rico la historia era tan clara y transparente, pues a través de los ciento cuarenta años que presidian esta última decisión, los Puertorriqueños siempre, fueron ciudadanos de tercerea clase para la clase política del país.

Pedro Campos salió de su hotel rumbo al aeropuerto sin ofrecerles comentario alguno a la prensa que esperaba escuchar su reacción. Ya sentado en al avión, llamó a Eugenio y a Lola para instruirles diseminar las noticias en la Isla de una manera honesta y clara, algo que la prensa local no haría ya que estaba controlada por el gobernador el Dr. Ricardo Rafael Barceló Colón. Los dos jóvenes convocaron una reunión con la gente que los apoyaba y comunicaron la noticia con unas palabras que no querían decir:

-Hoy a comenzado una guerra de sobrevivencia.

Mientras tanto en Estados Unidos, Doña Manuela gritaba obscenidades a la televisión y maldecía el momento cuando Raúl entró al apartamento que compartía con ella después del cambio atmosférico. Al notar a su mamá tan molesta se acercó a ella a preguntarle que le pasaba:

-Vieja ¿por qué ésta tan enfogoná?

- ¿No has visto lo que estos hijos de puta acaban de hacer?

-No sé de qué me habla.

-Acaban de convertir a Puerto Rico en el estado número #51.

- *¿Y eso es tan malo que usted ésta tan alborotada?*

- *Mijo tú no sabes lo que esto significa.*

-*Eso significa que se va a acabar la corrupción de los pillos que tenemos en la Isla.*

-*No, mijo eso no significa eso.* -dijo la mujer nerviosa.

-*Entonces ¿qué significa esto?*

-*Eso significa que los días de los Puertorriqueños están contados en la Isla.*

-*Mamá creo que está exagerando un poco.*

-*Raúl por favor escúchame lo que te digo niño, hoy ha comenzado nuestro final en la Isla.*

-*Vieja ¿y quien le ha metido esas cosas en la cabeza.*

A esta pregunta Doña Manuela le contó a su hijo todo lo que sabía de un joven abogado llamado Pedro Campos, y de las cosas que el muchacho advertía acerca de lo que acababa de ocurrir. Al principio Raúl se mostró reticente a la información, pero mientras más su mamá le contaba más sentido le tomaba lo que ella decía. Entonces Raúl se sentó frente a la televisión a mirar las noticias sin notar que su mamá había comenzado a llorar desconsoladamente. Al darse cuenta de que la mujer lloraba con tanta intensidad, se paró al lado de ella y le puso la mano en el hombro a la vez que hacia un comentario:

-*A lo mejor no es tan malo como el tal Pedro ese dice.*

-*Quiero irme a Puerto Rico.* -contestó Doña Manuela mirando hacia arriba a su hijo con los ojos enrojecidos y llenos de lágrimas.

-*Mamá cálmese que le va a dar algo.*

-*Quiero irme pa' Puerto Rico mijo por favor sácame el pasaje que quiero irme pa' mi Isla.*

-*Ésta bien vieja, yo le compro el pasaje mañana.*

-*No por favor mijo cómpralo ahora.*

-*Mamá ¿por qué quiere irse a la Isla tan de pronto?*

-*Porque van a cerrar los puertos.*

-*Eso no va a pasar.*

-*Mijo yo quiero irme.*

- *¿Por qué tanta prisa?*

-*Yo quiero visitar la tumba de mis padres y...*

- *¿Y qué?*

-*Y no quiero que el fin de mis días me llegue aquí.*

-*Vieja eso no va a...*

Raúl iba a consolar a su madre cuando de momento escuchó en las noticias unas palabras que no olvidaría nunca.

- *"Todos los vuelos a Puerto Rico están suspendidos hasta nuevo aviso. Solo vuelos provenientes desde la Isla seguirán en su tiempo acordado."*

Al escuchar esto Doña Manuela se paró histérica gritando como una persona a la que le faltaban sus facultades mentales y dijo unas palabras que Raúl no habría de olvidar nunca.

-*Dios mío ayúdame, no me quiero morir lejos de mis padres, lejos de mi Isla del alma. Por favor, mi Dios déjame abrazar a mi viejo Salvador una vez más antes de que se muera, antes de yo morir.*

Pasaron unos días y la gente en la Isla al igual que en la nación americana continuaban discutiendo el tema de la nueva estadidad. En algunas partes del país personas de descendencia puertorriqueña ondulaban una bandera de Los Estados Unidos ya con cincuenta y un estrellas, mientras que en la Isla mucha gente cargaba con pancartas con el retrato del gobernador y la palabra "traidor" escrita a través del retrato. Raúl por su parte no se despegaba de su computadora tratando de comprar un boleto de avión para su mamá, ignorando lo que ya se la había comunicado a la nación. En la televisión veía a miles de personas conglomeradas en los aeropuertos de la nación protestando la nueva regla de manera pacífica y algunas veces violentamente. Algo que le llamó la atención más que nada era la cantidad de ancianos Puertorriqueños abrazando sus maletas y llorando por la inhabilidad de regresar. Esta imagen le causó una rabia incontenible, pues él sabía que este abuso no lo cometerían con personas privilegiadas. Los reporteros por su parte trataban de ofrecer las noticias de una manera neutral, pero en más de una ocasión, la imagen de aquellos envejecientes llorando como niños que buscan a su mamá, le causaban fuertes reacciones emocionales, por lo que más de un reportero rompió en llanto frente a las cámaras y otros se atrevieron a maldecir a los políticos hijos de puta, causantes de tanto dolor.

En Puerto Rico, el gobernador, el Dr. Ricardo Rafael Barceló Colón, trataba de calmar los ánimos del pueblo ofreciendo discursos baratos de como él era un guerrero del pueblo y todo estaba bajo control. Según él nada habría de cambiar, solo que la Isla por fin iba a obtener los beneficios económicos de los otros estados y eso solo podría resultar en mejores beneficios para la Isla. Pedro Campos por su parte se reunía con sus seguidores y les advertía que los días por venir iban a estar llenos de luchas y tragedias impredecibles para todos. Además, él pronosticaba que todavía no se sabía todo y algunas sorpresas estaban por llegar. Y así habría de ser.

En New York, Raúl estaba frente a la televisión cuando una noticia de última hora apareció en la pantalla:

"El Acto Graham es introducido en el congreso. Se espera que sea aprobado y firmado por el senado y el presidente."

De inmediato el reportero comenzó a explicar los detalles más sobre salientes del proyecto de ley. Y según su resume, lo más sobre saliente eran las similitudes con la Ley Foraker firmada por el presidente William McKinley en abril 12 del 1900 cuando el gobierno de Los Estados Unidos tomó posesión de la Isla e instituyo un sistema de gobierno seleccionado por el gobierno de la nación y no por el pueblo de Puerto Rico. Luego de este comentario el reportero pasó a repasar las cláusulas más sobresalientes del proyecto de ley:

A) *El Gobierno de los Estados Unidos deberá de reestructurar el gobierno del Estado Libre Asociado de manera que el estado de Puerto Rico tenga la estructura necesaria para eliminar la corrupción que plaga la Isla. Esto se logrará a través de una junta de gobierno como La Junta de Supervisión Fiscal establecida en el año 2016.*

B) El Gobierno de los Estados Unidos deberá de establecer un mapa electoral de acuerdo con la población adonde el estado de Puerto Rico cuente con un gobernador, siete representantes en la cámara de representantes, dos senadores estatales y nueve votos en el colegio electoral.

C) El Gobierno de los Estados Unidos deberá de ofrecer unas elecciones para que el estado de Puerto Rico elija a dichos representantes de manera democrática.

D) El Gobierno de los Estados Unidos deberá de instalar un gobierno interino mientras se planean dichas elecciones las cuales deben de tomar lugar en no más de diez años desde la introducción de este proyecto.

E) El Gobierno de los Estados Unidos podrá pedir una extensión a este tiempo si es necesario.

La reacción no se hizo esperar, el Gobernador de Puerto Rico ofreció un discurso a la Isla transmitido por todas las estaciones de radio, televisión y en las redes sociales. En este discurso éste se expresó defraudado por la nación y prometió una batalla legal en contra de lo que él entendía era un abuso de poder. Por su parte los representantes del Partido Popular Democrático aprovecharon la ocasión para recordarle al pueblo acerca de la incompetencia del mandatario. Y los pocos independentistas que quedaban gritaban a oídos sordos las mismas quejas de siempre. Aun así, todos comprendían el significado de este último proyecto de ley y del intento de regresar la situación política de la Isla a los años 1900.

Efectivamente el Dr. Barceló Colón acudió al mismo tribunal donde Pedro Campos había sometido su demanda inicial. El caso fue asignado un número y archivado casi de inmediato, pues el tribunal estaba ocupado con otras demandas más importantes como lo era las demandas de compañías privadas que habrían de perder sus privilegios bajo el nuevo gobierno. Esto enfureció al gobernador quien prometió represalias en contra de los abusos, pero él mismo sabía que aquella batalla era en vano. El Dr. Barceló Colón iba de regreso a su casa cuando escucho a su chofer Segundo Belvis comentar:

-Ahora el muchacho ese Pedro Campos tiene más credibilidad que nunca.

El Gobernador guardó silencio por unos minutos antes de preguntarle a su chofer algo que no hubiese salido de sus labios si no fuese por la rabia que sentía:

- ¿Y tú sabes adonde encontrar a ese muchacho? -preguntó el gobernador a Segundo.

-Yo no sé, pero le puedo averiguar. ¿Y qué quiere usted con ese muchacho? -preguntó Segundo.

-Quiero hablar con él en privado. Nadie se puede enterar de esto.

-Entonces yo le averiguo, pero no creo que ese muchacho se atreva a venir adonde usted.

-No te preocupes, yo me junto con él bajo sus términos. Creo que eso sería lo más apropiado.

Pasaron unos días y el chofer hizo contacto con Pedro Campos y Eugenio de Bonilla. Luego de unas negociaciones difíciles se pusieron de acuerdo y ofrecieron las condiciones de la reunión. El gobernador Barceló Colón tenía que ir con sus ojos vendados a un lugar en el barrio Los Infiernos y solo Segundo sabría este detalle de la dirección. Esa era la única condición y no era negociable. Luego de recibir las condiciones, el gobernador aceptó y su chofer lo llevó con sus ojos vendados en un lugar que todos en el barrio conocían como El Salto. Este estaba localizado en un monte y era parte de una quebrada local. Se llegaba allí con suma dificultad y solo si habías nacido en aquel lugar sabias de un sistema de cuevas adonde la juventud jugaba y la cual ahora era el centro de reunión del movimiento que Pedro, Eugenio y Lola representaban.

El camino era bien dificultoso, pues había que caminar dos kilómetros en dirección norte a través de una quebrada que tenía más piedras que agua y que se encontraba en medio de una vegetación espesa. Luego había que subir una pared de roca que los locales llamaban "El Salto" por la altura de esta y el conocimiento de las diferentes ocasiones en la que uno que otro despechado había saltado a su muerte desde la cima de este. Al llegar al lugar le instruyeron al gobernador a quitarse la venda de los ojos para que pudiese caminar por aquel terreno rocoso. Al llegar a la pared se roca, le bajaron una soga y le instruyeron los pasos a seguir para que llegase al tope. El gobernador subió con suma dificultad y aunque fue asistido por los muchachos le tomó un largo tiempo llegar adonde la reunión tomaría lugar. En la cima pudo ver a los tres jóvenes reunidos allí. Se tomó unos segundos para calmar los nervios y luego comenzó a hablar:

-*Primero que nada, quiero que me disculpen por mis acciones y mi ignorancia ciega.* -dijo el hombre con sinceridad.

-*Más vale tarde que nunca.* -dijo Eugenio.

- *¿Y ahora de que carajo nos sirve esto?* -se quejó Lola visiblemente incomoda con la presencia del gobernador.

- *¡Lola por favor!* -pidió Pedro.

-*No, no. No le digas nada que me merezco esto y más por pendejo.*

-*La pregunta es: ¿qué usted hace aquí?* -dijo Eugenio.

-*Yo solo quiero ofrecerles ayuda.*

- *¿Y por qué quiere hacer eso?*

-*Por qué me temo que ustedes tienen la razón y la gente los va a necesitar más que nunca.*

- *¿No podría usted como gobernador decirle a la gente que se equivocó?* -preguntó Pedro.

-*Si, y eso es lo que voy a hacer. Pero el pueblo no me necesita a mi ahora. Los necesita a ustedes.*

-*No es por culpa suya que el pueblo dejo de escuchar nuestras voces?* -preguntó Lola molesta.

-Así es. Pero antes de que me remuevan del cargo, voy a corregir algunos errores.

- ¿Y cómo nos va a ayudar?

-Ya no tengo mucho tiempo, pues sé que mis días están contados en la Isla. Pero algo yo me invento.

-Nosotros le agradeceremos cualquier ayuda.

-Antes de irme quiero pedirles algo.

- ¿Y qué es eso?

-Que no se rindan nunca.

-Eso no es posible, lo nuestro es una batalla por el corazón y el alma de Puerto Rico. -pronunció Pedro con solemnidad.

Concluida la reunión el gobernador regresó a La Fortaleza y firmó varios papeles para mover fondos del gobierno a algunas cuentas que en el pasado había usado de formas ilegales. Reunió todas las informaciones pertinentes y envió todo a los tres muchachos con su chofer. Luego ofreció un discurso político a la gente y les pidió apoyo incondicional para el señor Pedro Campos, además de disculparse con este último por lo que él había hecho en el pasado. Unos días más tarde recibió una invitación testificar en el congreso de Los Estados Unidos acerca de los motivos de este discurso y esa fue la última vez que estuvo en la Isla, pues nunca pudo regresar.

Pasadas unas semanas de incertidumbre ante el cambio drástico del sistema político. En la Isla el comisionado residente asumió el cargo del gobernador destituido. Y como perro entrenado repetía mentiras y prometía futuros a un pueblo con los días contados. Esta situación no duro mucho, pues el presidente Ted J. Smith nombró al gobernador interino de la Isla. Restableciendo de esta manera la misma política de más de un siglo atrás. El nuevo gobernador, un anglosajón llamado Franklin Rigs estaría a cargo de estabilizar el clima político y poner el orden de la manera que éste sintiera fuera necesaria.

En las calles de la Isla los residentes demostraban de manera pacífica los cambios a los que no se le consultaron. Pero por eso de que el nuevo gobernador no entendía la cultura y no le importaba aprender nada acerca de la misma, su primer acto como gobernador fue el de activar la guardia nacional para que pusiese el orden. En el primer día de operación hubo una reyerta adonde 3 jóvenes fueron masacrados por la policía local, así como se había hecho en el año 1935. Esto causó una revuelta que lleno las calles de personas de todos ideales políticos a protestar el abuso del nuevo mandatario. Éste último no le dio mucha importancia, pues él solamente estaba allí para establecer el orden necesario para que el gobierno nacional continuara con sus planes de llevar a esta Isla a comportarse como un estado digno de la nación.

Luego de unos días de protesta, la gente comenzó a recuperar la calma y el gobernador Rigs hizo algo que no se esperaba. En una sección de firmas de ordenes ejecutivas despidió a todos los senadores, los representantes y a los alcaldes. Estos serían remplazados por las personas de su confianza. Luego cancelo los contratos de Luna Energy proclamando que los términos de este eran ilegales y abusivos. La compañía trató de presentar una demanda en corte, pero la misma se rehusó a mirar el caso, ya que el gobernador representaba un nuevo gobierno y a los intereses del estado de Puerto Rico.

Todas estas noticias se transmitían en New York más o menos editadas para comprar buena voluntad de los Puertorriqueños en este estado. Raúl y Doña Manuela discutían la validez de estas ya que ellos seguían las comunicaciones de Pedro Campos y éste último parecía siempre tener una versión diferente de los hechos. Según el joven, el nuevo gobernador comenzó a reunirse con los diferentes políticos que aún se aferraban al poco poder que les quedaba. Y con la ayuda de éstos, Franklin Rigs recibiría toda la información acerca de cómo comenzar a sublevar la voluntad del pueblo.

Entonces se pasaron leyes obscuras, toques de queda para aplastar el discurso negativo y leyes de expropiación de tierras como las que se habían usado en los años cuarenta en la Isla de Vieques, para la mejoría de la infraestructura del país, especialmente el sistema de energías eléctricas que estaba muy anticuado, pues la compañía privada que dirigía sus operaciones no parecía haber invertido un centavo en reparaciones en los últimos veinte años. Toda esta actividad fue recibida con resistencia por el pueblo que ya estaba harto de que se les aplastara cada vez que se le diese la gana a los que mandaban. Hubo muchas reyertas entre la policía y los ciudadanos desde que el gobernador Rigs había llegado a la Isla, como el último dictador nombrado. Y entre tiroteos y víctimas de ambos lados se pasaron semanas de innumerable inestabilidad social.

Aun así, la prensa del país negaba lo que estaba sucediendo, ofreciendo noticias de progresos y avances sociales que habían sido impulsados por "nuestro gran gobernador Franklin Rigs." Y versiones similares a estas se transmitían a los estados continentales para apaciguar la rabia de los millones de Puertorriqueños que ya estaban cansados de la mentira y del bloqueo de los puertos para que no regresasen a casa. Raúl y Doña Manuela entre éstos, se morían del coraje, pues ellos eran testigos de las atrocidades que se cometían en Puerto Rico a través del canal de internet en el que Eugenio transmitía imágenes de mujeres y sus hijos arrastrados afuera de sus casas a punta de pistolas y otras de agentes de la policía vapuleando a hombres jóvenes que protestaban aquellos abusos.

Poco a poco el resentimiento que Raúl sentía se iba convirtiendo en odio, mientras que Doña Manuela comenzó a enfermarse de los nervios al darse cuenta de que regresar a su Isla del encanto se había convertido en un sueño fugaz que nunca pensó en tener. Un día mirando las noticias del canal de Eugenio, Doña Manuela se enfermó de repente. Ésta se encontraba en un estado depresivo después de la muerte repentina de su papá Salvador y la inhabilidad de regresar a decirle un último adiós a su viejo, como ella lo había pensado cuando se cerraron los puertos. La mezcla del dolor reprimido, la imposibilidad de regresar a su casa y la combinación de todo lo que había sucedido en los últimos años, le subieron la presión a un nivel inesperado. Doña Manuela sintió como se le durmió el lado izquierdo de su cara a la misma vez que su visión comenzaba a nublarse. Un pinchazo en el corazón le avisó que su salud estaba por fallar y ésta trató de pararse a buscar unos medicamentos que estaban en una mesita en la esquina de la sala, pero no pudo pararse. El lado izquierdo de su cuerpo se negaba a responder. Raúl la encontró en mal estado cuando regresó del trabajo. En camino al hospital Doña Manuela lloraba débilmente y le decía a su hijo que la llevara a dormir a la casa de sus padres:

-*Mijo, lleva mis cenizas a enterrar en la misma tumba de mis padres.* -decía la mujer con lágrimas que salían de las esquinas de sus ojos lentamente.

-*Vieja, no diga eso que usted no se va a morir en un buen rato.*

-*Mijo, en el barrio Los Infiernos, acuérdate de los nombres de mis viejos, Salvador y Fortunata.*

-*Vieja relájese que ya llegamos al hospital.* -dijo Raúl para mentirse a sí mismo.

-*Raúlito quiero que...* -dijo la mujer con sus últimas energías.

- *Quiere qué, ¿qué? Mamí no se esfuerce mucho. Guarde sus energías ya hablamos después.*

-*No...No...No va a haber otra oportunidad, yo lo sé.* -respondió Doña Manuela con suma dificultad, cada vez tomándose más tiempo entre una palabra y la otra.

-*Vieja no diga eso, por favor vieja.* -dijo Raúl con su resolución de mentirse a sí mismo evaporándose ante los ojos de su madre y unas lágrimas del dolor de la inevitabilidad, saliéndosele disparados en medio del rojo que inundo las yemas de sus ojos.

-*Mijo...No...Llores...por favor...*

-*Vieja no me deje solo, por favor, por Dios no se vaya...*

-*Mijo...Quiero que...* -dijo Doña Manuela haciendo un último esfuerzo para levantar su mano derecha y secar las lágrimas de el único de sus hijos que le quedaba.

- *¿Qué es lo...que quiere vieja?* -preguntó Raúl consternado.

-Quiero que....

Raúl poniendo su oído al lado de la boca moribunda de su mamá la escuchó decir unas últimas palabras, antes de que su aliento se fuera con las mismas. Raúl levantó su mirada para observar a su mamá con los ojos abiertos, pero con la luz de estos apagándose lentamente, una sombra invadiendo sus pupilas; como muestra del sufrimiento de un alma que se está dispersando en las arenas del tiempo cargando con tormentos insuperables. De repente empezó a gritar pidiendo ayuda con las últimas palabras de su mamá aun resonándole en la mente, mientras los paramédicos ofrecían todos los primeros auxilios necesarios, pero sin ningún éxito. Y Raúl ahí presente observó entre lágrimas e histeria como el cuerpo de su adorada vieja brincaba al contacto con la electricidad que intentaba regresarla a la vida, las palabras de su mamá escarbando un vacío en su alma más profundo que un hoyo negro en el espacio cuando muere una estrella en los espacios infinitos del universo.

Loterías

Habían pasado tres meses desde la muerte de Doña Manuela y Raúl estaba hundido en la cuarta etapa del dolor. Ya había pasado la negación, el enojo y la negociación. Ahora en la etapa cuatro éste estancado en la casa de su mamá debatía con su misma mente los pasos a seguir como lo eran disponer de las cosas que ya nadie iba a usar. La ropa de su vieja, los artículos de mujer y por sobre todo los símbolos religiosos que ésta siempre usó. Decidió que a lo mejor era mejor dejar que las nubes de aquel tiempo negro se dispersaran para así poder tomar una decisión que le diera paso a la quinta faceta del dolor, aceptación. Aunque él había estado en aquella situación otras veces, no podía pasar de aquella etapa de depresión. Raúl recordaba la muerte de su papá, la desaparición de su único hermano y la noticia de su muerte unas semanas después de que se friso el mundo. También cuando tuvo que consolar a su mamá con la muerte de su abuelo Salvador. Pero la muerte de su madre era diferente. Quizás por que estuvo presente en el momento. Quizás por la cercanía del dolor. Tal vez eran los ojos abiertos de Manuela lo que lo atormentaba. El dolor que expresaban, la finalidad del apagón de su brillo en medio de gritos y llantos. Si no hubiese sido por su ahijada rescatada y su nuevo compadre, Raúl no hubiese superado aquellos ojos, y el dolor que dejaron plasmado en su alma. Fue así, como comenzó nuevamente a enfocar su mente en lo que tenía que hacer para cumplir con los deseos de su vieja y esto requería que él regresara de una manera u otra a la

Isla del encanto. Pero para esto no parecía haber una solución fácil o posible.

Mientras tanto las cortes de la nación se veían inundadas por miles de demandas de Puertorriqueños buscando regresar de cualquier forma a su Isla. Casos como Marín v. The United States Government, Berrios v. Ted J. Smith y otros se encontraban en las cortes de los cincuenta y un estados. Todos estos buscando una llave que le quitara el candado a los puertos cerrados. A su vez las noticias presentaban las consecuencias de aquel cierre con imágenes de familias puertorriqueñas que habían naufragado en el mar Caribe cuando las balsas que tomaban desde Venezuela y a través de las Antillas menores se hundían en sus fuertes olas. Aquel viaje tumultuoso se originaba en Venezuela y parecía recorrer el mismo tramo de Islas que sus ancestros, Los Taíno habían tomado siglos atrás. Y cuando alguno que otro tuvo la dicha de aproximarse a las costas del sur de la Isla, eran arrestados y enviados a una base naval flotante desde donde serna trasladados nuevamente al país norteamericano. Y aunque suplicaran que los procesaran en la Isla, para estar allí, aunque fuese presos, sus peticiones eran negadas por eso de que estaban allí ilegalmente. Otras ocasiones presentaban a jóvenes viajando por el océano Atlántico desde Miami a La Habana. En más de una ocasión cuando eran atrapados o rescatados por la guardia costera, éstos expresaron sus deseos de unirse al pueblo cubano para enfrentar a los invasores europeos que les querían robar sus tierras a Cuba como lo habían hecho en Haití, La República Dominicana y por sobre todo en Puerto Rico. Tragedias como esta continuaron haciendo noticias hasta el otoño del 2038, cuando los aspectos de la enmienda #28 comenzaron a ponerse en práctica.

Raúl ya estaba en la etapa cinco del sufrimiento, apoyado por su amigo Ángel y su ahijada Destiny. Una mañana de octubre encendió el televisor y por primera vez en unos meses decidió enterarse de las mentiras oficiales, pues las verdades de lo que estaba sucediendo en la Isla y en el mundo por completo estaban confinadas a las esquinas más obscuras del internet. Pero en esta ocasión encontró un poco de esperanza en lo que se estaba comunicando. La muchacha en la televisión ofrecía una sonrisa jubilosa mientras leía lo que el apuntador electrónico le enseñaba. Raúl se emocionó cuando enfocó sus ojos en el cintillo que corría alborotada de un lado a otro de la pantalla mientras que anunciaba:

"COMIENZAN LA LOTERÍA DE ADMISIÓN A PUERTO RICO Y LOS SERVICIOS A LA NACIÓN"

El reportaje tomó una gran cantidad de tiempo, pues según los reporteros que presentaban los detalles, esta noticia era de mucha importancia para el pueblo norteamericano. Raúl sentado frente a la televisión con sentimientos de rencor mezclados con un aburrimiento del alma, no podía creer el júbilo en las caras de los periodistas que leían y repetían como papa gallos los requisitos del nuevo sistema: *"Hijos de la gran puta"* -le gritó a la televisión en voz alta, sin poder contener la rabia de sus sentimientos reprimidos, su orgullo boricua herido por el filo de la decepción.

Los reporteros leían las reglas de las dos diferentes acciones que el gobierno tomaría durante las próximas semanas. La primera parte de esta solo aplicaba a residentes del área continental de la nación y las discutirían durante el próximo segmento después de unos comerciales de interés adonde vendían unas pastillas para la impotencia, unas pastillas para rebajar y otras para el estreñimiento para el que no pudiera cagar tanta mierda de la que escuchaba en la televisión. Al regresar de los anuncios comenzaron las imágenes de la presentación que los reporteros leían nuevamente como pajaritos entrenados. Fue así como la joven reportera comenzó a leer lo que ya estaba en la pantalla, de la televisión para todo el mundo.

Las Loterías de restablecimiento en la Isla de Puerto Rico serán inauguradas el día 19 de noviembre del 2038 en todos los estados de la nación con la excepción del estado de Puerto Rico. El costo de una boleta será de unos $75.00 dólares y solo se le vendaran cinco boletos a cada cliente. La reportera se tomó una pequeña pausa para hacer un comentario personal acerca de este último detalle:

-Esos boletos están un poco caros en comparación con las loterías regulares. Bueno será el

costo que hay que pagar para vivir en el paraíso.

Luego de esto continúo leyendo los próximos detalles.

"Los ganadores tendrán la opción de mudarse a un área preseleccionada o a esperar por nuevo inventario de vivienda. Esta opción solo es válida por tres meses, a menos que el ganador pueda probar que necesita más tiempo. Todos los gastos relacionados con la mudanza son parte del premio. Bueno ahí tienen los primeros detalles acerca de los sorteos. Continuaremos informándoles acerca de los pormenores. Para más información visite nuestra página web en la dirección que aparece en pantalla o escanee el código QR que aparece en la esquina izquierda"

Ahora los detalles de los servicios a la nación que comenzaran en el estado de Puerto Rico en esta semana. -interrumpió el joven periodista inmediatamente. Luego de esto miró la pantalla directamente y comenzó a leer:

-*El Servicio a la Nación es obligatorio y no tiene edad limité.*

-*Dicha selección será hecha a través de su seguro social.*

-*Las selecciones ocurrirán tres veces por semana y serán anunciadas por todos los medios de comunicación posibles como la televisión, la radio y las redes sociales.*

-*Las personas seleccionadas tienen dos Semanas para reportarse y otras dos para salir de la Isla.*

-*Si las personas seleccionadas no tienen hijos, entonces tienen que identificar cinco familiares que estén dispuestos a servirle a la nación junto con él/ella. De no cumplir con este requisito el gobierno local seleccionara del grupo familiar del seleccionado, tales como un hermano, un primo (mayor de edad) y/o hasta los abuelos de este.*

-*El seleccionado será expulsado de la Isla si no se reporta. De no reportarse sus familiares más cercanos serán relocalizados involuntariamente.*

-*Todas las selecciones son finales sin recursos de apelación.*

La lista de reglas y restricciones continuó creciendo, y entre comerciales y comentarios, el segmento concluyó con Raúl lanzándole su control remoto a la pantalla en una muestra de disgusto mientras gritaba *"hijos de la gran puta, lo que quieren es jodernos."*

En la televisión los comentarios seguían y luego de una pequeña charla acerca de la noticia, Los reporteros anunciaron que tenían que irse a comerciales antes de presentar una entrevista con el Senador Ted Graham, arquitecto de este sistema que se estaba anunciando. Durante los comerciales Raúl no encontraba la manera de calmarse, pues entre los recuerdos de su madre, los repasos mentales de los constantes abusos y el presente sistema de gentrificación obligatoria., no había nada que se pudiese interpretar como positivo. De Manera que hizo lo que siempre hacía para informarse, buscó en el canal de Eugenio las últimas noticias que se le escondían a un pueblo en desencanto. Y mientras el senador Graham hablaba de todos los beneficios de su gran invención, había docenas de Puertorriqueños parados detrás de él con pancartas que le tan diferentes mensajes derogatorios que los camarógrafos trataban de ignorar sin mucho éxito. Masajes como "Puerco" "Colonizador barato" y hasta "Dictador de pacotilla" se mezclaban con otros que decían "Puerto Rico es de los Puertorriqueños" "Puerto Rico libre y "No al servicio dictatorio" aparecían detrás del hombre que ponía su mejor cara para ignorar el alboroto y el desasosiego que su gran idea estaba causando en la vida de personas a las que él siempre consideró inferiores a él como seres humanos.

En el canal de Eugenio se transmitían imagines de protestas alrededor de Puerto Rico. Miles de personas en las calles demostraban su descontento y aunque la mayor de estas era pacificas, el gobernador Riggs ordenó a la policía deshacerse de aquellos estorbos con el uso de gases lacrimógenos, macanazos y hasta arrestos sin sentido. Luego de esto salió de La Fortaleza en dirección a la antigua iglesia de San José en San Juan adonde el padre Joseph R. Smith se negó a salir a tomarse una fotografía, que este individuo quería usar para desmentir la crueldad que se vivía en las calles de la Isla desde que él llegó allí autorizado a usas el terror como forma de gobernación. Mientras tanto la prensa del país comenzó su trabajo de desmentir los acontecimientos con testigos de origen dudoso. Y cuando algún suceso rompía por todas las barreras de aquella técnica de desmentir verdades, culpaban a las víctimas para justificar la violencia gubernamental.

Un suceso como este ocurrió el día 24 de octubre del 2037 en Rio Piedras, un barrio de San Juan adonde unos jóvenes simpatizantes del mensaje del abogado Pedro Campos esperaban con emoción un discurso de este que se iba a transmitir a través de las redes sociales. Esta era la forma en la que el joven líder se comunicaba con sus seguidores desde que la Isla llevaba el título de estado número #51, pues como él mismo lo había advertido su pasión de libertad lo había convertido en el villano número uno en contra de los que mandan. En aquella ocasión los jóvenes escuchaban a Pedro Campos hablar del derecho de los Puertorriqueños a existir bajo su propio mando y no guiados de la mano del mismo imperio que los abusaba desde el 1898. Excitados por las palabras del discurso y por las energías de sus espíritus indomables los cuatro jóvenes reían, bailaban y hacían señas de desagrado con la situación política. De momento apareció una patrulla policíaca por el lugar y por razones inexplicadas se detuvo frente al carro adonde los muchachos escuchaban el discurso del abogado.

Uno de los policías se bajó del auto y pidió muestras de identidad. Luego de que los muchachos hicieran comentarios acerca del gobernador y los esclavos de un sistema opresivo, se formó una discusión que culminó con el otro policía bajándose de la patrulla para abrir fuego en contra de los muchachos. Cuando el humo de la balacera se había dispersado, había cuatro muchachos muertos en su carro y otra víctima, una muchacha que caminaba rumbo a su casa por el lugar. Luego de todo esto, el pueblo comenzó a protestar y la prensa trató de ocultar la verdad haciendo preguntas abiertas para sembrar dudas. Aun así, las imágenes de los cuatro muchachos acribillados y la joven enfermera desangrada en el suelo se dispersaron por todos lados. Especialmente en el canal de Eugenio quien advertía que este suceso se habría de repetir a través de la Isla. Unos días más tarde, Pedro Campos ofreció un discurso pregrabado en las redes sociales a sus seguidores adonde les exhortaba buscar información acerca de un suceso similar en el pasado, para advertirles que lo que se estaba viviendo en la Isla era el comienzo de una guerra. Y aunque él lo entendía así, les exhortaba a sus seguidores a protestar pacíficamente para evitar más muertes innecesarias.

En las calles de los Estados Unidos las revueltas fueron más grandes e impredecibles. Los ciudadanos Puertorriqueños protegidos del terrorismo autorizado en la Isla gritaban a todo pulmón sus decepciones con este nuevo sistema que hacía de la Isla un estado y continuaba haciendo de los Puertorriqueños ciudadanos de segunda clase. Todos los cambios que llegaron con el título de estado eran negativos para ellos, pues por fin la Isla era estado como lo deseaban muchos antes de que sucediese, pero nunca pensaron que el costo de esta iba a ser un Puerto Rico sin Puertorriqueños. La frustración de no poder regresar a su tierra de ninguna manera. La institución del Sistema de Loterías y Servicios a la nación. Las imágenes de familias estancadas en los aeropuertos y la expectativa de una invasión de ciudadanos estadounidenses llegando a la Isla para tomar para ellos todo lo que se habían robado.

Así se pasaron unos meses de incertidumbre y tumultos en los cincuenta y un estados. Con el pasar del tiempo una estadística sádica comenzó a mostrarse en los números oficiales del gobierno. La cantidad de personas de orígenes Puertorriqueños de sesenta años o más que estaban cometiendo suicidio en los estados continentales era astronómica para cualquier comunidad. Los ancianos que habían vivido y trabajado en el país por muchos años con sueños de regresar a morir en su tierra se estaban quitando la vida en números alarmantes. Algunos de ellos se habían ahorcado en sus hogares, en muchas ocasiones usando la bandera de Puerto Rico como un último mensaje de desesperación antes de quitarse la vida ante la imposibilidad de regresar. Otras veces se iban los puentes más altos de donde vivían y se tiraban al vacío vestidos con sus pavas y ornamentas jíbaras. Y en cada nota o video adonde explicaban sus razones, los más obvio era que tenían el corazón roto por la decepción de su cautiverio.

Los sociólogos, expertos en diagnosticar problemas sociales ofrecían razones variadas para esta tendencia, pero ignoraban la razón principal, aunque estuviera escrita o grabada por la gente que se estaba quitando la vida. Todo esto le dio paso a un estado de desacuerdo civil que se convirtió en algo diario. Las personas insatisfechas caminaban a las alcaldías y casas de gobernación de los estados adonde residían a protestar. En Washington la casa del congreso estaba rodeada de rejas de seguridad y protegidas por decenas de policías en uniforme antidisturbios. Todos estaban a la expectativa de violencia, aunque en ninguna instancia los protestantes se habían tornado violentos. Aun así, en aquel momento los estereotipos en contra de las personas de origen hispano seguían funcionando como siempre lo habían hecho históricamente.

Fue así como en diciembre de 2037, Raúl se encontraba participando en una protesta pacífica en el parque central de Manhattan cuando la policía comenzó a demandar que los protestantes se movieran del lugar adonde protestaban. Y sin saber cómo ni porque se desarrolló una alteración de la que salieron lastimadas decenas de personas. Raúl fue una de las victimas que termino llegando a un hospital local con una cortadura en su cráneo, como resultado de un macanazo que lo dejo inconsciente. Para el colmo, en su archivo social se le puso un cargo de disturbar la paz y protesta ilegal. Después del incidente Raúl asistió al tribunal acusado de violencia en contra de oficiales de la ley con un documento que detallaba el incidente de una manera que él no recordaba. El documento oficial era lo único que ofrecía una versión de lo que había sucedido:

Reporte Policial

Número de caso: 0000-258-69-2   Fecha: 12-05-2037

Reporte del oficial: Powell, Peter   **Preparado por:** Powell, Peter

Incidente: Una unidad de policía interrumpió una protesta ilegal en el Parque Central que resultó en varios arrestos y personas lastimadas.

Detalle del evento:

Una unidad policíaca asistió al parque central por quejas de los ciudadanos de que allí se estaba reuniendo personas a protestar de manera ilegal. Al llegar al sitio, los oficiales fueron confrontados por varios protestantes que se rehusaron a seguir instrucciones de detener sus actividades ilícitas según la ley. Luego de varios intentos pacíficos y algunos intercambios de palabras, los oficiales se vieron forzados a usar la fuerza. El señor Raúl Canales-Ramos se rehusó a abandonar el lugar y se dispuso a forcejara con el oficial Powell. Durante el altercado, el oficial reacciono de manera correcta ya que en ese momento temía por su vida rodeado de personas violentas. El oficial Powell procedió a golpear a Mr. Canales-Ramos, lo que ocasiono que este cayera inconsciente al suelo antes de ser arrestado.

Medidas adoptadas:

Los oficiales trataron de dialogar con los participantes de la protesta ilegal de manera pacífica. Los participantes se negaron a obedecer con las instrucciones de los oficiales. Los oficiales se vieron obligados a usar la fuerza para remover a las personas del lugar. Los oficiales se vieron forzados a defenderse de las personas violentas. La actividad resultó en varios arrestos.

Resumen:

Varias personas participaban en una protesta de manera ilegal lo que resultó en intervención policíaca, una altercación y varios arrestos.

Acusado de resistir arresto y enfrentando una condena en la cárcel, la vida de Raúl se vio afectada de una manera adversa. Él se acordaba del golpe que lo envió a la inconsciencia, de haber asistido a la protesta y de sostener una interacción con un policía. Aun así, los pormenores de todo aquello estaban ocultos en un humo de confusión del que no se podía liberar. Unas semanas más tarde, resurgió un video del incidente en el que se podía observar a una mujer con un megáfono reclamando justicia e igualdad para sus compatriotas mientras un centenar de personas la apoyaban con pancartas y gritos. Luego se podía observar a la policía llegar y casi de inmediato iniciar un brutal asalto físico en contra de la mujer a la cual agarraron por el pelo y la tiraron al suelo para intentar arrestarla. Esta se resistió ferozmente y en el momento que un policía levantaba su macana para golpearla, un hombre de algunos cuarenta años se interpuso con sus manos en el aire, tratando de evitar que la mujer fuera agredida gravemente. El oficia se rehusó a detenerse y golpeó al hombre en la cabeza fuertemente. Éste cayó inmediatamente al suelo a la vez que su sangre se derramaba por todos lados. El oficial continuó golpeando al hombre y la mujer de una manera violenta hasta que otro agente se interpuso en su camino para detener el asalto mientras muchos de los que estaban presentes apuntaban las cámaras de sus celulares para captar aquella golpiza en video.

Este video se difundió a través de las redes sociales y los canales de noticia local causando un sin número de reacciones que iban desde justificar al oficial hasta defender a sus víctimas. Y a pesar de que el video demostraba que todo lo que se había escrito en el reporte oficial era una gran mentira, Raúl Canales-Ramos y Julia García-Santiago fueron encontrados culpables de alteración a la paz y de resistir arresto. El oficial Peter Powell fue escusado de todo mal comportamiento ya que según la jueza que presidió el juicio, la reacción de éste era justificada, pues él temía por su vida en el preciso instante en el que intentaba acabar con la vida de los demás. Esta decisión como muchas otras del pasado ocasionaron más protestas, más arrestos y más abusos. Eventualmente y respondiendo a la presión intensa del pueblo Latino, todos los cargos en contra de Raúl y Julia fueron desestimados.

Este incidente dio inicios al camino que Raúl tomaría en busca de justicia para él, para los suyos y para su difunta madre a la cual le debía un último deseo por cumplir. Con el pasar del tiempo la mujer llamada Julia y él se convirtieron en puntos de referencia para las personas que buscaban información real acerca de la situación en la Isla. Aun así, aprendieron a hacerlo todo desde el anonimato total distribuyendo información en varias formas y esporádicamente. Esa operación clandestina les permitía mantener su elegibilidad a la lotería de admisión a Puerto Rico ya que en una de las cláusulas más obscuras de la ley que le dio vida a la misma, existía una restricción para ciudadanos con archivos criminales.

Con el pasar de los meses los suicidios de ancianos Puertorriqueños excedían los del pueblo dominicano, el cual también había registrado un alta en esta triste estadística. Aun así, el pueblo Puertorriqueño parecía ser el más afectado por su inhabilidad de regresar. Como era de esperarse, esto causó más revueltas en las calles y el ocasional paro laboral de este pueblo, que se había convertido en el obrero principal de un país que vio a la mayoría de los ciudadanos mejicanos regresarse a Méjico luego de que el mundo del norte dejara de ser habitable. Eventualmente los políticos nacionales intentaron ponerle una curita a heridas que requerían puntos de sutura. Esto le dio paso a una intervención política que resultó en la creación del Centro de Entretenimiento Puertorriqueño en los primeros cincuenta estados de la nación.

Este centro contaba con todo lo que los Puertorriqueños necesitaban según los políticos. En el programa semanal había música como la bomba y plena, salsa, música jíbara, reguetón y hasta algunas baladas de los artistas Puertorriqueños más destacados del género. Las paredes del lugar estaban cubiertas de sitios históricos de la Isla y en la cocina las comidas criollas de arroz, habichuelas, gandules, pasteles acompañaban al olor a cerdo asado y todas las frituras como las alcapurrias, los bacalaítos y los rellenos de papa. También había mesas de domino, juegos de brisca española y un sin número de cosas culturales para que la gente se entretuviese pensando en todo menos en su inhabilidad de visitar en persona lo que ya no era suyo. Poco a poco la gente comenzó a entrar a los centros y eso apaciguo un poco las ansias de algunas personas que encontraron allí algún alivio para sus pesares de desplazamiento. Allí había actividades de baile, gente con caras tristes bailaban canciones alegres de diferentes ritmos para tratar de disipar la tristeza colectiva de la audiencia. Todo estaba programado para el entretenimiento máximo, aunque ocasionalmente venía uno que otro borracho a llorar penas del alma como lo era no haber podido asistir a la fiesta de quinceañera de una nieta o al entierro de algún ser querido; o en otras ocasiones para maldecirle la madre a todos en este país que les había robado todo.

Al principio Raúl se negó a ir a ese lugar porque entendía cuál era el propósito de este. Julia por su parte entró unos días después de que el centro que le quedaba más cerca abriese. Luego de esto trató de convencer a Raúl a visitar el lugar, pues según ella allí se podía encontrar un poco de alivio para el malestar del desterrado. Con el pasar del tiempo él, Ángel y Julia se llegaron a sentir a gusto algunas veces, pero en otras se sentían ofendidos por la insinuación de que eran unos seres tan simples que les podían ofrecer un pedazo de manzana y trataba de convencerlos de que sabia igual que un mamey o jobo.

Eventualmente los tres asistieron al lugar varias veces y encontraron un poco de refugio para sus almas llenas de vacíos. Pero mirar una fotografía del Morro no era la mismo que pisar el pasto que está antes de entrar al castillo o caminar rumbo a este por las calles del viejo San Juan. Escuchar al coquí repetir su nombre en una grabación no se comparaba con las serenatas que éste ofrecía en vivo bajo la humedad de la noche serena o lluviosa. Mirar las fotos de las playas de la Isla no era lo mismo que dejar hundir los pies en las arenas tibias que estaban al borde de las olas. Y por sobre todo no se podía disimular como se sentía estar parado en una montaña de un pueblo respirando el aire de la tierra que los vio nacer para llenarse los pulmones de ganas de vivir.

Después de ir en varias ocasiones a aquel lugar Raúl y Julia sufrieron de la realidad del desencanto, mientras que Ángel simplemente se acostumbró a la mentira. Y Raúl y Julia terminaron por recurrir a la última opción que tenían para regresar a su tierra: La Lotería de Admisión a Puerto Rico. El boleto costaba $75.00 dólares y solo se podían comprar cinco. Personas como Raúl y Julia solo podían costear el costo de una boleta en el sorteo semanal. Para comprar dos tenían que sacrificar algo de lo que usaban para comprar sustentos semanales y otros gastos necesarios como las máscaras para respirar, los filtros del hogar y otras cosas. Era por esas razones que Raúl solo compraba una boleta por semana, mientras que su amiga Julia se gastaba casi todo en tres boletas. Así fue como en la primera semana de diciembre del 2037 abrió sus puertas el sistema de loterías electrónicos. Solo había que atinar siete números principales y un último de la suerte. Solo se recibía premio el que acertara los ocho números. Según las estadísticas el acertar tal combinación tenía una posibilidad de 2,265,899-1, lo que lo hacía casi una inversión imposible. Pero para el alma que está desesperada casi imposible sonaba como todavía existía una posibilidad.

Con el pasar del tiempo, los fracasos semanales se convirtieron en decepciones existenciales para ambos. Y de una manera imprevista los dos se encontraron en una barra tratando de apagar el fuego del desasosiego con unos tragos de licor. Esto se convirtió en un ritual, jugar la lotería, ver que los números no se ponían de acuerdo con sus boletas e ir a la barra a tomarse unos tragos de apaciguamiento. Llego un momento en el que Raúl se detuvo a sí mismo para reflexionar acerca del fatalismo de aquella rutina. Entonces se decidió a dejar de ir a la barra y le pidió a su amiga Julia que hiciese lo mismo. Pero ella no podía, extrañaba su Isla demasiado como para ignorar lo que su corazón lastimado le comunicaba día tras día. Así llegó otro verano de temperaturas tan inestables como impredecibles. Era el 27 de Julio del 2039 y afuera de la barra adonde Raúl y Julia se encontraban después de perder más dinero persiguiendo sueños de estadísticas imposibles, la temperatura de 39° obligaba a la gente a ponerse unas mudas de ropa al mismo tiempo que andaban con otra en sus bultos que se habían convertido en una necesidad en aquel mundo de cambios. Raúl y su amiga sentados al frente de la meseta consumiendo sus tragos de Bacardí con limón. Fue en preciso momento en el que al alcohol comenzó a nublar el dolor cuando éste hizo un comentario para abrir la conversación:

-Coño nos parecemos a los viejos de mi barrio. -dijo Raúl con un tono de frustración.

- ¿A los viejos de tu barrio? ¿de qué hablas? -preguntó Julia un poco confundida por el comentario improvisto.

-Si a los viejos de mi barrio cuando venían de trabajar en el municipio del pueblo. Una, dos y hasta tres veces por semana se iban a matar sus penas en el colmado de un señor que se llamaba Tomás.

-Creo que eso pasaba en mi barrio también.

-Te puedes imaginar cómo se sentía esa gente, trabajando duro para cobrar miserias.

-Yo sé, mi papá era empleado municipal y siempre estaba pelaó.

-El mío igual. Los únicos que cobraba bien era el alcalde y sus lambe ojos.

- ¿Adónde no pasa eso? En Puerto Rico y aquí siempre ha sido la misma mierda.

-Yo me acuerdo de la mirada de desesperación de mi viejo cuando no había ni un chavo prieto pa' comprar na'.

-En mi casa no era así, pues yo era la única hija.

-En mi casa éramos dos y comoquiera no daba.

- ¿Y tu papá se quejaba mucho?

-No, por el contrario, nunca dijo nada. Pero mi mamá lo sabía. Así fue como terminamos mudándonos pa' acá.

- ¿Cómo así?

-Mi papá no quería que mi hermano y yo termináramos trabajando para el municipio. Y cuando cerraron las escuelas se decidió a irse para que pudiéramos estudiar como él no pudo. Y mira adonde termine yo, trabajando en la misma fabrica adonde trabajaba él. No, no, en la misma fabrica adonde murió él.

-Eso está del carajo.

-Me lo dices o me lo preguntas. De todos modos, creo que debemos de parar de venir aquí a emborracharnos como los viejos de mi barrio lo hacían.

-Al menos ellos se podían emborrachar en su barrio, en su Isla. Mientras que a nosotros solo nos queda soñar con ganarnos una *maldita lotería para poder regresar. Maldita sea la madre de estos hijos de la gran puta.* -dijo Julia levantando la voz mientras tiraba el vaso vacío en el piso en forma de protesta.

-Cálmate mija, no debes de perder la fe. -aconsejó Raúl a la vez que miraba al mesero para hacerse cargo del costo del vaso roto.

-No me pidas que me calme, tú no sabes lo que yo... -respondió Julia antes de hacer una pausa para mirar al hombre que le había salvado la vida y que también padecía del mismo pesar. Y se sintió un poco avergonzada de su comentario.

-No, me hagas caso Raúlito, ya sabes que estoy borracha. -dijo en tono de disculpa.

-No te preocupes, no pasa nada. -respondió Raúl poniendo una mano en el hombro de su amiga.

La conversación continúo entre bebidas y música. Aquello se había convertido en una rutina de quejas y esperanzas en la que hablaban de que harían si se ganaran la lotería, los lugares que visitarían y a la gente que esperaban ver cara a cara. Para Raúl su primer lugar sería el cementerio municipal adonde enterraría las cenizas de su mamá como lo había prometido. Julia por su parte quería pararse al borde de las orillas del Rio Grande de Loíza para llenarlo un poco más con lágrimas de júbilo antes de irse en busca del abrazo de su tía política Hortensia, la única que le quedaba desde que quedó atrapada por la situación. Ya casi a las 10 PM, los dos estaban aliviados de sus penas. Raúl con un leve estado de embriaguez, Julia al borde de tambalearse, pero relajada, ya tenía la lengua un poco pesada para hablar mucho. De repente en la radio comenzó a sonar una canción al ritmo de salsa, para darle paso a una canción titulada "Puerto Rico" del fenecido gran cantante salsero Puertorriqueño Frankie Ruiz, y eso fue como un puñal que penetró las almas de los dos al mismo tiempo.

-Será pa' jodernos la existencia... -comentó Julia con una lagrima bajándole por su rostro.

-Yo adoro esa canción, aunque duele escucharla en estas circunstancias. -comentó Raúl.

Pasaron unos meses de esperanzas imposibles y los primeros ganadores de la lotería eran anunciados semanalmente con gran fanfarria. En los estados de Wyoming, Wisconsin, West Virginia, Washington, Virginia, Vermont y Utah hubo muchos ganadores con caras jubilosas. La prensa transmitía sus nombres alrededor de toda la nación además de sus imágenes. Los reporteros hacían comentarios como: "Que suerte tienen" o "se van a vivir al paraíso antes de morirse", o alguno que otro comentario sin sentido para recalcar la suerte de estos individuos. Pero con el pasar del tiempo se comenzó a ver una realidad que no se quería discutir en la nación. La mayoría de los ganadores eran de origen anglosajón además de ser personas que provenían de familias de buenos recursos económicos. Los políticos del país denegaron que esto fuera verdad continuando con la póliza de la nación de nunca discutir cosas que establecieran un vínculo entre una situación y el privilegio blanco.

De todas maneras, la situación continúo sucediendo y los ganadores seguían reflejando un sistema de selección preferencial adonde no todos los ciudadanos eran tratados con igualdad. Mientras tanto en el estado de Puerto Rico había otra situación que retaba la imaginación desde que había comenzado el sistema de servicio obligatorio. Los primeros en ser elegidos fueron los nuevos agricultores. Un grupo de jóvenes que habían regresado a Puerto Rico a tratar de reintroducir la agricultura y el orgullo de cultivar la tierra en la Isla. Uno por uno los lideres de este movimiento fueron seleccionados para servirle a la nación a través de su ausencia en el lugar. Luego de esto, simpatizantes del partido independentista puertorriqueño comenzaron a recibir cartas de selección para que abandonaran el lugar. Y en los aeropuertos locales la cantidad de gente joven acompañados por viejos que se iban de la Isla para no volver era algo difícil de mirar.

El gobierno de Rigs estaba cumpliendo con su misión de poner el orden y de eliminar cualquier percepción de que las cosas no estaban bien bajo su mando. Según la prensa local, una unidad especial de la policía cumplía con su obligación de obligar a la gente a irse de sus propiedades cuando estos se oponían. El maltrato y los abusos eran escondidos bajo un manto de mentiras adonde se le repetía a la gente que los rumores que escuchaban acerca de golpes y muertes eran falsos. Aun así, la diseminación de videos que corroboraban lo que el gobierno negaba era algo que ocurría constantemente. Para combatir la verdad, el gobernador empleaba un batallón de mentirosos cuyos trabajos eran negar la realidad hasta mas no poder. Todo esto sucedía mientras el gobernador y sus unidades especiales buscaban a los tres terroristas más grandes de la Isla, Pedro Campos, Eugenio de Bonilla y Dolores Sotomayor.

A estos tres se les acusaba de disturbar la paz a través del uso de la verdad. Interrumpir con asuntos oficiales cuando intervenían en la diseminación de mentiras y de causar pánico en la populación al exhortarles a la gente a abrir sus ojos. Los tres jóvenes defendían sus posiciones de manera elocuente y pacífica, expresando su derecho a existir libres del mando de otros que no los entendían y los quería doblegar. Meses tras meses, los agentes especiales buscaban alrededor del barrio Los Infiernos, pero no tenían ningún éxito. Al parecer los jóvenes más buscados de toda la Isla eran invisibles para las personas que vivían en aquel lugar. Eventualmente la frustración del gobernador llegó a frustrarlo de tal manera que ordenó a sus agentes a tomar medidas drásticas en contra de los jóvenes, algo que éste esperaba hiciese razonar a los muchachos. Y en el día 30 de octubre del 2040 se realizó un operativo que intentaba cambiar el rumbo de esta búsqueda.

La primera imagen distribuida a través de la prensa mostraba las imágenes de una vieja de algunos sesenta años siendo arrastrada fuera de su hogar en un barrio del pueblo de Ponce. Ésta estaba vestida en un traje de flores coloridas y unas chancletas de goma. Dos agentes de la policía la sacaban de su hogar arrastrándola por el pelo, mientras algunos diez oficiales mantenían a los vecinos alejados apuntando sus armas semiautomáticas. La mujer sangraba profusamente desde una herida en su cabeza y por lo que la imagen mostraba, ya estaba semi inconsciente cuando uno de los oficiales la pateo en su estómago fuertemente.

La reportera en la televisión se cubrió los ojos ante el horror de aquel visual antes de que su compañero reanudara la cobertura para mostrar a un joven adolescente en el pueblo de Lares sufriendo los mismos tratos. El jovencito era sujetado de ambas manos mientras que los agentes de la división antiterrorismo lo golpeaban para en su cara con la culata de sus rifles. La sangre del muchacho manchaba el piso frente a su hogar y así inconsciente fue tirado en la parte atrás de un camión brindado. Hubo una pausa grande entre aquella imagen y la última imagen que habrían de mostrar, pues el joven reportero estaba buscando reconcentrar su sangre en el trabajo de impartir mentiras aun cuando en su cara se mostraba la insatisfacción con aquella situación. Así fue como de después de unos comerciales en donde se anunciaban los seleccionados del sistema de servicio obligatorio, llegaría la última noticia en relación con aquel operativo.

Otra vez la televisión enseñaba el cintillo de noticias que repetía los motivos de aquel operativo y otra vez la muchacha reportera comenzaría a hablar advirtiendo que las próximas imágenes eran un poco fuertes de mirar. Y fue así como apareció en la pantalla una imagen de una persona cubierta en unas sábanas blancas llenas de sangre que corría hacia ambos lados del cadáver que estas cubrían. Parados al lado del muerto unos agentes con sonrisas jubilosas posaban para la foto mientras que atrás de estos sus compañeros de trabajo apuntaban sus rifles nerviosos hacia una muchedumbre que allí se reunía para ser testigos de lo que estaba sucediendo.

La reportera, Obdulia Ríos, se paró de repente, mientras se quitaba el micrófono con lágrimas de coraje bajándole por sus mejillas a la vez que gritaba: *"Esto es una mierda. Este hijo de puta nos va a matar a todos si no nos despertamos. Yo no participo más en esta basura. Al carajo con todos estos puercos."* Y en ese momento los comerciales aparecieron en la pantalla hablando de un crucero que salía de la Isla por unos días para relajar la mente.

Y con esa última imagen comenzaría un periodo de tiempo que habría de cambiar la historia de aquella nueva invasión.

Batallas y Sueños

07, 15, 32,67,68,70,75, y la bola de la suerte 03. Era lo que decía la muchacha en la televisión antes de que Raúl estrujara el papelito de lotería que agarraba en sus manos. *"Maldita sea la madre"* otra vez nada. De repente sonó el teléfono y Raúl lo contestó casi de inmediato. Era Ángel para preguntarle si se había ganado la lotería en su manera de siempre:

- *¿Estás haciendo tus maletas? ¿ya te vas?* -preguntó Ángel en su manera burlona.

-*Que mucho te gusta joder compadre.* -respondía Raúl en manera de queja.

-*Yo solo quiero saber si te vas o no, pa' invitarle a comer en la casa.*

-*Gracias hombre, pero no tengo muchos ánimos pa' salir.*

-*Dale hombre todavía quedan chances, faltan algunas rifas.*

-*Yo sé, pero con cada una, se me va la oportunidad de cumplir con los deseos de la vieja.*

-*Bueno después no diga que no lo invité.*

Raúl colgó el teléfono y caminó a la ventana para mirar afuera. El día estaba sorpresivamente claro. No había mucho humo en el ambiente y parecía que se podía respirar sin máscaras, aunque fuera por unos minutos. Se distrajo por unos segundos antes de que el teléfono volviera a reconectarlo con la realidad. Al levantarlo para mirar la pantalla, el nombre "Julia" aparecía en el mismo. Raúl contestó la llamada en un tono normal, antes de que su corazón brincara al escuchar la desesperación en la voz de su amiga:

- *¿Dónde estás?* -preguntó Julia rápidamente.

-*Estoy en mi casa. ¿qué te pasa?* -preguntó Raúl.

-*No te vayas a ningún lado que voy para allá.*

- *¿Qué está pasando?*

-*Espera que yo llegue y ya verás. Estoy ahí en diez minutos.*

-*Ok, entonces, te veo aquí.*

Unos minutos más tarde Julia entró al apartamento de Raúl con una mirada cargada de emoción. Éste le volvía a preguntar que pasaba y ella le pidió que se sentase. Él se sentó y la mujer le presentó un video que se transmitía en las noticias locales de la Isla. En la pantalla del teléfono el cintillo de información decía:

"Los arrestados en el operativo de ayer son identificados por el coronel Blake Winship."

Esta vez un muchacho leía las noticias de una manera elocuente, pero sombría:

"En la Madrugada de ayer, una unidad antiterrorista de la Isla efectuó un operativo que resultó en el arresto de la señora Rosa Campos, un joven de nombre José Lebrón y en la desafortunada muerte de la señora María Hilaria Cintrón. Todos estos individuos están acusados de apoyar un movimiento terrorista en el estado de Puerto Rico. Nuevamente, le mostraremos los momentos en que se efectuaron sus arrestos, pero antes debemos advertirles que las imagines que van a presenciar son de categoría perturbadora."

Raúl y Julia miraron el video juntos. Y por las venas de su cuerpo éste sintió el calor del odio permeándose a través de todos sus poros. Julia sentada secándose las lágrimas comenzó a hablar del horror de ver aquella injusticia. Aun así, Raúl no esperaba lo que habría de salir de la boca de su amiga unos segundos más tarde:

-La abuela de Pedro Campos, la que lo crio es la señora que arrestaron en Ponce, y está en malas condiciones en el hospital. El hijo de Lola en Lares, que es menor de edad, es el muchacho que tiraron en el camión de policía. Y la Doña que mataron, María Cintrón era la mamá de Eugenio de Bonilla. Ya lo ves, tanto que han advertido en contra de usar violencia y mira lo que les hacen.

-A estos hijos de la gran puta no les importa nada. -gritó Raúl mientras caminaba de un lado al otro de su apartamento, arrastrado involuntariamente por el odio.

- ¿Qué podemos hacer nosotros? -preguntó Julia.

-Podemos seguir informando al pueblo, eso es lo que debemos de hacer.

-Ay Raúlito, ahora sí que tengo miedo de lo que va a pasar.

- ¿Tú crees que los muchachos esos van a responder?

- ¿Qué harías tú?

-Yo los mataría a todos si fuese posible.

-Creo que esto no va a terminar bien.

-Solamente podemos esperar.

- ¿Quieres ir a darte unos tragos conmigo? -preguntó Julia.

-No, no mujer, eso no va a resolver nada.

-Es que esta es la única manera en que encuentro paz.

-Ya yo no puedo hacer eso.

-Pues creo que me voy sola.

-Julia, deberías de dejar de tomar así, eso te hace daño.

-Más daño que vivir en esta prisión de humo no me lo pueden hacer.

-Aun así, es mejor no mentirse a uno mismo.

- ¿Cómo nos mentimos jugando la lotería?

-Julia yo no estoy tratando de pelear contigo, solo quiero que lo pienses.

-Ya lo pensé, te veo mañana en la tarde.

Con estas palabras la mujer se despidió de su amigo y se fue a la barra a ahogar sus memorias. Este evento se convirtió en un hábito y sin saberlo ella misma, el alcohol comenzó a ser el suplente de sus momentos de felicidad. En varias ocasiones Raúl trató de intervenir, pero ella se negó a escuchar sus palabras. De todas maneras, los dos continuaron su misión de mantener a sus compatriotas informados constantemente. Solo que ahora después de cumplir con su misión, Raúl se iba a su casa y Julia a la barra. Era el verano del 2041, cuatro años desde el comienzo de los sorteos y deportaciones, cuando Raúl y Julia comenzaron a mirar el resto de sus vidas persiguiendo lo imposible. Un día de junio, cuando tenían que reunirse Julia no se presentó. Él la llamó varias veces y nada. Entonces caminó hasta la casa de ésta, tocó la puerta y no hubo respuesta. Pasaron unos días y nada. Raúl hizo un reporte de persona desaparecida y siguió buscándola entre personas conocidas, pero nadie la había visto.

Tres meses más tarde, después de lo que pareció una eternidad pudo encontrar a su amiga Julia. De acuerdo con la información que encontró, a su amiga la habían encontrado en un mal estado de salud en una esquina de la calle #106 y la quinta avenida en la ciudad de Nueva York Al parecer ésta no contaba con ningún tipo de identidad cuando la encontraron el día 6 de Julio de 2041. La habían trasladado a un hospital local adonde falleció unas horas más tarde. Ante la falta de identificación y como nadie la había reclamado, su cuerpo fue cremado y sus cenizas estaban guardadas en un repositorio local. Raúl hizo todos los tramites posibles para establecer un vínculo con su amiga con tal de que lo dejasen llevarse sus cenizas a su hogar, para luego dispersarlas en el lugar favorito de ésta. Usando sus retratos digitales y su historial de llamadas, éste pudo comprobar su relación con la difunta Julia y la ciudad le entregó las cenizas como él lo deseaba. Regresando a su casa con la bolsita de cenizas, Raúl no dejaba de pensar en las palabras del empleado de la morgue:

"La víctima murió asfixiada, pues se encontraba en estado de embriaguez y no tenía su mascara puesta. Además, la temperatura del día seis de julio había colapsado a unos 25°, lo que acelero el proceso de asfixia al forzar al cuerpo a respirar más humo de lo normal."

Otra vez el puñal de la decepción invadió la mente de Raúl, pero en vez de llenarse de depresión, en su mente la misión de regresar a la Isla cobró más fuerza que nunca. Entonces comenzó a jugar una cantidad mayor de su salario. De tal manera que en algunas ocasiones tuvo que depender de los bancos de alimentos públicos para poder comer. Ángel dándose cuenta de la situación, trató inútilmente de intervenir en aquellas decisiones de su amigo. Eventualmente, se rindió y se dio a la tarea de apoyar a Raúl en todo lo que pudiera. Lo invitaba a su casa con cualquier excusa para ofrecerle alimentos que éste rehusaba por su orgullo. En ocasiones como esa, Destiny terminaba de convencerlo de aceptar y así se pasaron unos meses.

Mientras tanto en Puerto Rico el joven Pedro Campos se preparaba a enviar un mensaje claro y contundente al gobernador Franklin Rigs por las transgresiones cometidas en contra de su abuela, el hijo de Lola y la mamá de Eugenio. Y bajo el manto de la noche del día 21 de marzo de 2042, el gobernador se enteró de la definición de un dicho muy Puertorriqueño que dice: *"No es lo mismo llamar al diablo, que verlo venir."* En la madrugada de ese día, algunos agentes de la unidad especial antiterrorista pagaron el costo más alto que se puede pagar por el abuso que habían cometido. La noticia recorrió toda la Isla y por supuesto todos los estados de la nación.

Según los reporteros locales, esa madrugada, terroristas locales habían atacado a los escuadrones principales de la unidad especial asesinando a todos los agentes que habían estado envueltos en la redada que terminó en la muerte de la abuela de Pedro, quien había muerto unos días después de la golpiza que le dieron. La deportación del hijo de Lola, aunque éste era menor de edad y la muerte de la madre de Eugenio de Bonilla. Nadie sabía cómo estos agentes habían sido identificados, pero de algo si estaban seguros. Durante aquella noche, nadie que no estuvo envuelto en el crimen original había sido lastimado. Y lo más horror que causó en los corazones de los militantes fue la forma en que los muchachos habían llegado a aplicar justicia a la casa del coronel Blake Winship. Luego de esto, un comunicado de Pedro Campos se leyó en todas las noticias omitiendo algunos detalles y razones. Aun así, éste había de distribuir su mensaje a través de las redes sociales para que sus compatriotas entendieran las razones que él tenía para tomar las acciones que tomó:

"Queridos compatriotas, como ya ustedes saben en la noche de marzo 21 de 2042, Yo, Pedro Campos ordené un ataque de desquite en contra del régimen terrorista del señor Rigs. Quisiera asegurarles que esto nunca fue mi intensión, la cual siempre ha sido clara. Yo quiero que Puerto Rico sea de nosotros. A través de esta odisea he exhortado al pueblo a resistir la tentación de resolver este conflicto mediante el uso de violencia. Evitar la pérdida de vidas inocentes es esencial para mí y las personas que apoyan este movimiento.

Pedro se tomó una pausa para recomponer su voz antes de continuar hablando con unas lágrimas bajando por su rostro.

"Pero los eventos del día 30 de octubre de 2041, fueron algo que no puedo ignorar. Los actos de violencia que resultaron en las muertes de mi abuelita, la madre de mi compañero Eugenio de Bonilla y el secuestro del hijo de nuestra compañera Dolores no se pueden dejar pasar. Yo como líder de este movimiento sé lo que es sobrevivir desde que nací y no le tengo miedo a la muerte. Pero matar a seres inocentes en el supuesto nombre de la libertad, eso no lo voy a permitir. Quiero decirle al señor Rigs que aquí a las personas mayores se respetan. Ese mensaje se lo di personalmente al coronel Blake Winship. Este video es solo una advertencia, mis compatriotas y yo estamos dispuestos a dar la vida por esta causa. Y si usted vuelve a aproximarse a cualquiera de nuestros familiares no habrá un lugar en este 100×35 donde se pueda esconder. Y antes de que usen este video para tildarme de ser terrorista, acuérdese de que los primeros actos de terror los cometieron ustedes..."

Con estas palabras el mensaje de Pedro terminó. Como era de

esperarse en la Isla y otros lugares la discusión se convirtió en un reguero de palabras de condenación y apoyo. En los medios televisivos los analistas comentaban acerca de lo que era correcto y no. Según estos el método que el hombre uso, no era el correcto. Seguir la ley y usar los sistemas legales era lo más apropiado. Todos se convirtieron en loros de repetición y a su vez se convirtieron en los peores ciegos, los que no quieran ver.

En las calles de los pueblos, la conversación era totalmente diferente. Especialmente en los pueblos de Ponce, Lares y Mayagüez. Allí la gente que habían presenciado el pecado original se regocijaba de los sucesos. Ellos fueron los que vieron con sus propios ojos lo que el gobierno de Rigs estaba dispuesto a hacer. En este régimen la ley no valía un carajo. Poco a poco la situación comenzó a deteriorarse, El gobernador Rigs, lastimado por su falso orgullo de superioridad empezó a colectar información acerca del pueblo Puertorriqueño de manera ilegal. Y sin juicios ni derechos, envió a muchas personas a prisión, usando cargos fatulos de los que no existían pruebas concluyentes. Aun así, la táctica falló en su intención de poner al pueblo en contra de los jóvenes, a los que cada vez se les unía más y más gente.

En Nueva York las imágenes de Pedro, Lola, Eugenio y una muchacha llamada Obdulia Díaz se difundían con regularidad. Esta última, usaba su experiencia en el mundo del periodismo para maximizar los impactos de su mensaje e influenciar a la mayor cantidad de personas posibles. Raúl continuaba en su persecución del boleto dorado y se había alejado de estar activo en la lucha como lo hacía cuando Julia estaba viva. Su vida se convirtió en la rutina del pobre desesperado, aunque su necesidad no era económica.

Al pasar unos meses, el daño psicológico era obvio y preocupante para Ángel, la única familia que tenía en aquel lugar de días opacos y clima aleatorio. Sus conversaciones en la fábrica de máscaras siempre trataban de ignorar el tema del destierro con tópicos mixtos de la vida, pero a Raúl no le parecía importar su propia vida. Llegó un momento en que su amigo le sugirió buscar ayuda profesional o espiritual, aunque él no creía en ninguna de las dos opciones. Esto causaba un poco de fricción entre los dos, pero Ángel no dejaba que los malos humores de su amigo lo vencieran.

En el fondo de su alma, Ángel también sentía el dolor de la distancia. A pesar de lo que le sugería a su amigo, él también quisiera regresar a mirar su juventud en las calles de su pueblo. Pero esto no era lo primordial para él, pues sus hijos habían nacido en Nueva York. Y llevarlos a vivir en una Isla adonde su posición social los condenaría a una pobreza de servidumbre no era algo que éste estaba dispuesto a hacer, aunque en realidad él estaba en una posición similar en este país. Sus tres hijos habían nacido en medio del humo de la ciudad, pero aun en estas condiciones tendrían mejores oportunidades de vida que en una Isla adonde todo continuaba cambiando rápidamente, pero no positivamente.

-*Compadre no hay nadie en este mundo que desea más que usted mismo que se pueda regresar a la Isla.*

-*Yo lo sé compadre, yo sé.*

-*Pero, aun así, creo que debes de aceptar que esto se ha vuelto una obsesión. Y yo sé que le prometiste a la vieja enterrarla allá.*

-*No es solo eso. Es el cabrón abuso que están cometiendo con nosotros. Eso me hierve la sangre.*

- *¿Y qué vas a hacer? Tú ya te estás poniendo viejo para meterte a revolucionario. Mira lo que está pasando con esa gente en la Isla.*

- *¿Qué está pasando?*

-*Compadre no se haga que yo también he visto el canal de Eugenio muchas veces.*

Ángel no mentía, él también seguía las incidencias de la Isla en los canales de información verídica. Había visto la persecución política de todo Puertorriqueño que apoyaba la causa de independencia. Muchos de estos poblaban las cárceles locales acusados de apoyar la ilegalidad de esta causa. Lo más absurdo de todo era que según los encarcelados, nunca habían hecho declaraciones públicas acerca de la situación de la

Isla y, aun así, el gobierno sabía lo que ellos hablaban en la privacidad de sus casas y/o sus iglesias. De esta última institución, el padre Joseph R. Smith fue uno de los sancionados y enviados afuera de la Isla por no cooperar con el gobernador Franklin Rigs, quien, a petición de la iglesia católica, no encarcelo al cura, pero lo desterró.

Las batallas de opinión se volvieron algo muy común que ya comenzaba a ser parte de la vida normal de los Puertorriqueños mundialmente. Y era por eso por lo que muchos ya se habían dado por vencido ante la imposibilidad de ganarse un premio esporádico. Ángel era una de las personas que estaban sufriendo de la fatiga que causa una espera prolongada. Raúl por su parte veía sus oportunidades desaparecer con las últimas rifas anunciadas, pero aun así su corazón le decía que la única forma de encontrar la paz era regresando o en el día de su muerte. Desesperado trataba de entretener su tiempo haciendo varias cosas como ver televisión, mirar afuera de su apartamento para ver la gente pasar y escuchando música en un viejo radio que le perteneció a su difunta madre. Una tarde escuchando la radio la canción *"El Día de mi Suerte"* del cantante de los cantantes Héctor Lavoe se escuchaba en las bocinas. Esto llevó a Raúl a sentirse lleno de esperanzas a la misma vez que se sentía perdido, pues aunque él mismo tarareaba la canción, en su alma había un pequeño lugar lleno de discordia y desdén por lo que continuaba sucediendo en la Isla sin que ese día llegara realmente a su vida llena de esperanzas vacías.

Así llegó el año 2042 y en la Isla la persecución se convirtió en la póliza oficial del gobierno. Esto combinado con el hecho de que el Servicio Forzado a la Nación había dejado casi todos los pueblos costaneros vacíos, había ocasionado varios encontronazos entre lo que quedaba de los Puertorriqueños y el gobierno. Las atrocidades aumentaron en frecuencia, a la vez que la construcción de casas de lujo y urbanizaciones exclusivas comenzaron a infectar las zonas como si fuesen un virus sin control. Ya en esos momentos no había mucha resistencia, pues a los pocos nativos que quedaban los habían concentrado en diferentes pueblos de manera estratégica. Allí habrían de vivir las personas que se necesitaban para los trabajos más básicos de limpiar casas, de niñeras, de recoger basura y mantener la estructura para que los nuevos dueños pudieses vivir sin preocupaciones.

Y fue en medio de estas construcciones una realidad muy triste se comenzó a dejar ver para todos. En el pueblo de Loíza, la gente caminaba con sus pertenencias en las manos. Mujeres cargando a sus niños en las manos. Hombres y viejos empacando sus camas, maletas, y todo lo que pudiesen en sus carros. Una Caravana de pobreza caminaba hacia Canóvanas, Rio Grande, Carolina y Trujillo Alto, desplazados por el "progreso." Y aunque caminaban a estos pueblos, solo podían detenerse en los campos que se encontraban en las afueras del pueblo de Trujillo Alto ya casi llegando a la frontera con el pueblo de Gurabo. Los otros tres pueblos ya estaban incluidos en la planificación urbana que corroía la Isla desde que las loterías y servicios forzados habían comenzado. Como era de esperarse algunos de los residentes se negaron a irse sin pelear por sus propiedades gritando a oídos sordos que les estaban robando todo. Sus presentes, sus pasados y sus futuros. En la televisión se hablaba del suceso con un poco del desdén acostumbrado. El reportero aseguraba que el proceso había sido justo y necesario usando la acostumbrada técnica de deshumanizar a la gente que vivía en la pobreza.

-Estamos presentando en vivo en proyecto de desalojamiento del territorio de Loíza. Las personas que mostramos en pantalla son los últimos residentes que se habían negado a salir a del lugar luego de que el gobierno ganara el caso en la corte federal. El gobierno asegura que todo se ha hecho de acuerdo con las leyes de expropiación del país. Estas leyes exigen que los bienes se expropien por causa de utilidad pública, algo que en estos momentos es necesario para el desarrollo de la infraestructura del país que está en decadencia hace algunas décadas. El gobernador también asegura que los habitantes de Loíza han sido compensados de manera justa. Ahora vamos a nuestra reportera Judith Torres que está parada en la calle PR-3 con algunos de los caminantes:

La imagen en la televisión dividió en dos partes, el muchacho en el estudio y la reportera Judith Torres en la calle tratando de detener a las personas que caminaban lentamente hacia la frontera de Loíza con

Canóvanas. Algunos de los que se paraban se veían resignados a la realidad del momento, pues en este pueblo de la Isla, casi nadie había sido seleccionado para servicios forzados. Por esta razón se sentían seguros de que se podrían quedar en sus casas. Una mujer negra cargando un bebe y unas bolsas fue la primera que se detuvo a hablar del evento:

-Mire señorita, yo y mi niño no tenemos adónde ir y el dinero que me dieron no da para nada con los costos de las casas. Además, mi familia ha vivido aquí desde los 1700s. No hay dinero pa' pagarme por eso.

Al mismo tiempo en la carretera de Piñones el equipo de construcción, y demolición esperaban que las patrullas que habían entrado a sacar a los últimos protestantes de sus hogares terminaran con su asignación. Entonces podrían comenzar el proceso de demoler la mayor cantidad de casas posibles como si fuesen unos huracanes mecánicos. La zona estaba en los planes de una utopía de sueños para los que podían. Una urbanización de cosas lujosas con carreteras que conectaban a centros comerciales y lugares de entretenimiento. Una vía principal a una playa exclusiva, la cual iba a ser preparada para minimizar riesgos de ahogos sin sentido.

Otro de los lugares afectados por esta tendencia fue la barriada de La Perla en el Viejo San Juan. Allí la situación se tornó más caótica, pues los residentes del lugar no estaban dispuestos a rendirlo dé ellos sin dar a una batalla que resultara en varias personas muertas. Pero al final el gobierno logró sacarlos a todos de sus casas. Algunos fueron enviados a los pueblos escogidos mientras que otros fueron deportados a ciudades de los Estados Unidos. Después de esto comenzó la construcción de un complejo de edificios para entretener a los nuevos dueños. En la planificación se decidió remover el cementerio de La Santa María de La Magdalena de Pazzi, porque se entendía que este lugar le quitaba la vista a todo lo nuevo. Ante las protestas de los habitantes, las tumbas de Ismael Rivera, Héctor Lavoe, Pedro Flores, Pedro Albizu Campos y otros famosos de la Isla fueron relocalizadas a las llanuras de un barrio en Trujillo Alto. Partes de este último pueblo había sido excluido de la planificación urbana, pues sus montañosas no eran viables para el nuevo habitante.

Luego de esto, la lista de pueblos que habrían de mudar su identidad crecía cada día. En la lista estaban todos los pueblos costaneros y algunos otros cada área tenía un representante de nombres extranjeros. Todos tenían una misión y un plan que les exhortaba a mover a sus ciudadanos a uno de los pueblos adonde los no escogidos eran mudados o tirados según los niveles de resistencia. Estos pueblos eran Yauco, Cayey, San Sebastián, las afueras de Trujillo Alto y Las Piedras. Cada Uno de estos eran los lugares que el gobierno usaba de manera un oficial, como las guarderías para los trabajadores necesarios de mantener la infraestructura para que esta funcionara correctamente, pues después de todo se había invertido un trillón de dolores para actualizar los sistemas de acueductos, energía eléctrica y las telecomunicaciones.

Eventualmente, entre encontronazos y muertes, el abogado Pedro Campos advirtió que esta situación solo se pondría peor y había que responder de la única manera que el gobierno escucharía. Unos días luego de esta advertencia, en el pueblo de Loíza las maquinarias de construcción ardían en un fuego vivo desde las tres de la mañana. Los edificios que se estaban irguiendo se quemaban con la misma intensidad. Según el reportaje de la prensa, este ataque parecía planificado y causaría un atraso de unos meses en el desarrollo del lugar, pues se tendrían que reemplazar los materiales y la maquinaria que se perdieron. El gobernador aludió a una investigación de los hechos y prometió traer a los responsables a la justicia.

Un día más tarde, Eugenio se expresaba en su canal de información acerca de los sucesos en Loíza, pero no tomó responsabilidad por lo sucedido. Solamente expresó su opinión acerca de los acontecimientos del momento, comparándolo con otras ocasiones en la que algunos paisanos suyos, cansados del estatus quo habían tomado acciones de características violentas. Esto no tuvo ningún peso en las calculaciones del gobernador, quien declaró el acto una obra de terror y puso la acusación a los pies de estos cuatro individuos que según él estaban interponiéndose en el progreso de la Isla, aunque este último no parecía incluir a los Puertorriqueños en el plan. Con esta acusación comenzaría la cacería humana más grande vista en la Isla, pero el gobernador y su administración parecían pilotos que volaban ciegos en las neblinas de la incertidumbre, pues con cada investigación, por cada piedra que viraban encontraban menos que en la anterior.

Pedro mientras tanto continuaba impartiendo información en las esquinas obscuras de las redes. En uno de sus videos se encontraba en el museo historia casa Doña Bisa en San Sebastián exhortando al pueblo a no rendirse ante la incertidumbre. En otro que les daba animo a sus seguidores más fieles desde las Tetas de Cayey. Otro video adonde él hombre hablaba se podía divisar en la Parroquia Inmaculada Concepción de Las Piedras pidiéndole a sus compatriotas que tuviesen fe. También un video desde el Cerro el Rodadero en Yauco. Y por último un video desde el puente histórico de Trujillo Alto declarando que su posición de terrorista en su Isla se la debía a su posición de querer existir bajo sus propios términos. Todos estos mensajes fueron difundidos de manera inmediata para no dejar una pista clara de adonde estaba él y sus compatriotas.

El gobierno por su parte trataba de atinar a que pueblo mandar a su escuadrón del abuso. Y luego de procrastinar la decisión unos días, se dirigieron al pueblo de Las Piedras, pues de seguro este fugitivo se estaba escondiendo con la ayuda de la iglesia. Mientras tanto en El Salto, la guarida oficial de los muchachos, la joven ex reportera Obdulia Diaz trabajaba arduamente en su computadora mezclando imágenes en las que había grabado a Pedro utilizando una pantalla verde, ofreciendo un discurso, con videos que recibía de manera secreta del joven Segundo Belvis quien era hasta ese entonces el agente encubierto de mayor importancia en la Isla. Éste viajaba la Isla entera ofreciendo viajes turísticos a los nuevos habitantes quienes no sabían llegar a ningún lado sin la ayuda de algún nativo. Segundo, quien perdió su trabajo de chofer cuando el gobernador fue expulsado de la Isla, era el secretario de fondos de los muchachos y también el espía del que nadie sospechaba. Se comunicaba con los muchachos a través de un sistema de comunicación asegurado, el cual se le había proveído a los muchachos por el gobernador, al igual que los fondos de operaciones. Y aunque se había acordado de que este último no iba a volver a contactar al grupo, algo si era obvio, su apoyo a la causa era incondicional. Era así como Pedro y los demás parecían siempre estar cien pasos adelante de las autoridades.

El trabajo que Obdulia hacia con su computadora era arduo y tedioso, pues tenía que asegurarse de que el video original y el video de Pedro encajaran de manera perfecta. Esto requería mover su equipo de grabación a lugares adonde la luz del día se comparaba con la luz original de los videos que Segundo enviaba. Por esta razón, Pedro y Obdulia se mantenían en constante movimiento a través de las montañas que quedaban entre los pueblos de Trujillo Alto y Gurabo, buscando un lugar perfecto para grabar los mensajes que la joven alteraría más tarde de manera perfeccionista, antes de bajarlos al canal de Eugenio para que todos los vieran. Además de esto la consistencia con la que se distribuía el material era prueba de las habilidades de aquella muchacha que se había cansado de ver las injusticias que el nuevo sistema de gobernación había regresado a la Isla como si se hubiese regresado al año 1937.

Por los Estado Unidos, las noticias de los proyectos que se atrasaban causaban molestias a una población desesperada por respirar aire puro como ya no se podía respirar en el norte. Algunos Puertorriqueños se expresaban abochornados de la situación y otros estaban en un mundo de neutralidad. andando. No querían tomar una posición u otra. Y en medio de todo esto estaba Raúl lleno de esperanzas y orgullo, pues parecía que las palabras de Manuela se habían convertido en una profecía que se estaba cumpliendo en el presente.

Esto lo reanimó a tratar de aumentar apoyo en la Isla, pero siempre desde el anonimato. Reunía a personas en Brooklyn y Queens. Nunca permitía que se le tomase una foto. Era el líder desconocido del movimiento de separación estatal. Se movía entre la gente de manera furtiva, tratando de anticipar alguna investigación que le pusiera en los radares del gobierno que no tendría ningún problema acusándolo de sedición en contra de la nación. A través de todo esto, su amigo Ángel le aconsejaba que dejase de estarse buscando problemas con la ley.

-*Compadre tenga mucho cuidado con esos revolúes en los que se está metiendo.* -advertía Ángel.

-*Pero hombre yo no estoy haciendo nada malo.*

-*Yo sé eso, pero al gobierno no le gusta lo que está pasando en la Isla.*

-*Ni a nosotros tampoco, pero por distintas razones.*

-*Raúl nadie niega que lo que está pasando está mal, pero ya lo hecho, hecho está.*

-*Aunque este hecho, no lo podemos permitir con los brazos cruzados.*

-*Ya le dije antes, que ni usted ni yo estamos aptos para ser soldados a esta edad.*

-*Yo no quiero ser soldado, solo quiero regresar a hacer lo que tengo que hacer.*

-*La vieja lo entendiera. No se vaya a meter en más problemas.*

-*Yo solo estoy utilizando mi libertad de expresión.*

-*Eso no existe pa' nosotros.*

-*Yo solo digo lo que la constitución dice... Creo que en articulo número uno.*

-*Chico creo que te voy a tener que comprar el maldito espejo que te ofrecí.*

-*Yo solo estoy diciendo lo que es justo.*

- *¿Desde cuándo a este país le importa la justicia para gente como nosotros?*

-*Se han visto casos.*

-*Sí, pero muy pocos.*

-*Yo voy a seguir tratando.*

-Y yo que pensaba que lo peor que le podía pasar era gastarlo. esos chavos en la lotería.

-A mí no me ha pasado na'.

- ¿Cómo que na'? ¿no te dieron una golpiza cuando conociste a la difunta Julia?

-Eso fue de abuso.

-Pues de eso es que le estoy hablando del abuso. Si sigue así va a terminar en la cárcel como un prisionero político.

-Prisioneros políticos somos todos ya.

-Pero no detrás de rejas.

-Usted no les vera compadre, pero las rejas están ahí.

-Yo pienso que usted se debió de casar con Julia. Hacían buena pareja.

-Eso no era posible.

- ¿Y por qué no?

-El corazón de Julia estaba sumergido en las aguas del Rio Grande de Loíza.

-Eso suena medio romántico, y también medio pendejo.

-Ella solo quería regresar. Lo único que cabía en su corazón era eso. No había lugar para nada más.

-Hablando de Loíza, lo que está pasando allá está cabrón.

- ¿Me lo dices o me lo preguntas?

-Ver a to 'esa gente caminando por la calle sin tener el derecho a pelear por lo de ellos es algo que encojoná a cualquiera.

-Lo más que encojoná es como justifican este abuso.

-Es por eso por lo que yo le digo, irse pá 'lla pa' qué.

-Compadre yo sé que usted solo me desea lo mejor.

-Así mismo es.

-Pues lo mejor pa 'mí es regresar, aunque sea como extranjero en mi propia tierra.

-Y créame cuando le digo que si eso fuera algo fácil yo mismo lo llevo al aeropuerto.

-Yo lo sé Ángel, yo lo sé.

El mes de diciembre llegó otra vez, y entre los fríos y calores que iban y venían con la inestabilidad de las temperaturas, las personas que vivan en el norte del país corrían de un lugar a otros como un gallinero sin plumas. Todos guiados por la necesidad de protegerse de los cambios inclementes del tiempo, ya si fuese un calor de 105° o un frio de -20°.

Uno de los lugares más visitados por los caribeños era el centro de entretenimiento Puertorriqueño o el CEP. Las comunidades latinas, especialmente la comunidad dominicana se reunía allí a resguardar sus almas del frío de la distancia, Estos últimos compartían con el Puertorriqueño una cultura similar y una experiencia de destierros casi idéntica. Y allí en aquel centro encontraban un resguarde en medio de celebraciones navideñas que trataban de usar como desfibrilador eléctrico para revivir sus corazones que latían moribundos. Aunque había pasteles, verduras, arroz con gandules, lechón asado y muchas otras comidas típicas, todo les sobra a mierdas de decepción, pues no podían llenar sus barrigas con comidas que no saciaban sus necesidades espirituales. Y era en este lugar adonde Raúl llegaba a acompañar a Ángel ocasionalmente, para que este último se pudiese mentir una vez más.

Poco a poco como gotita que cae sobre una piedra las esperanzas de Raúl comenzaron a disiparse en el tiempo. Llegó un momento en el que su única conexión con la realidad era cuando se subía a la azotea del edificio adonde vivía a tratar de divisar a algún avión que pasaba entre los humos y las nubes. A veces se imaginaba montado en uno de estos mirando desde la ventanilla como el avión bajaba en la costa norte de su Isla del Encanto rumbo al aeropuerto Ted. S. Graham, pues así se había renombrado el Luis Muñoz Marín para que los nuevos residentes pudiesen pronunciar el nombre.

Momentos como estos eran un alivio a su alma frecuentada. Raúl tenía la costumbre de cerrar los ojos para dejar que su alma hiciera lo que su cuerpo no podía hacer, volar. Y en uno de esos vuelos místicos la canción *"En mi viejo San Juan"* se transmitía en la radio y la lírica que hablaba de los signos de la vejes, enviaron a Raúl en una búsqueda de los signos de esta en su cuerpo. Su pelo ya tenía líneas blancas que salían de sus patillas, sus ojos tenían bolsitas por la falta de sueños y su cuerpo achaques que él no podía explicar. Entonces se convenció de que le quedaba tiempo, aunque fuera un poquito menos, que cuando comenzó toda aquella pesadilla de ojos abiertos. Pero en otras ocasiones se dejaba ganar por las dudas. No había tiempo y se estaba poniendo viejo muy rápido y el dinero no le daba para comprar más de dos boletos de lotería por semana. Y con el pasar del del tiempo estos comenzaron a aumentar de precio según el inventario de propiedades disponibles disminuía.

En un momento de desesperación, Raúl decidió hacer algo que unos meses antes se le hubiese parecido impensable, asistió a su primera reunión con gente que apoyaba lo que estaba sucediendo en la Isla. Luego de esto, se encontró asistiendo a diferentes protestas o demostraciones en favor de la estabilidad de la Isla. En muchas de estas ocasiones fue reconocido como el hombre que había sido golpeado por el oficial de policía y luego exonerado por los vídeos de las redes sociales. En muchas ocasiones le preguntaron qué estaba haciendo allí si él era simpatizante de las ideas que expresaba la muchacha a la que le estaban dando la golpiza. Éste explicó muchas veces el por qué, hasta llegar a convencer a la gente de que él solamente intervino en lo que estaba sucediendo, pues en su casa le enseñaron que no se podía abusar de una mujer. Poco a poco y con cada una de esas reuniones a las que asistió, logró que la gente estuviese convencida de que él era un simpatizante y apoyador del Gobierno estadounidense y de todo lo que éste representaba. Algunas veces las conversaciones tomaban auge hostil.

- *¿Y tú no eres el hombre que yo vi en la televisión después de un juicio?* -preguntó un muchacho.

-Sí, yo soy Raúl, el hombre que el policía golpeó cuando se trató de interponer entre él y la muchacha a la que le estaban dando la golpiza. -respondía él con sinceridad.

- ¿Y qué haces tú aquí? ¿No que tú no crees en esto de la estadidad?

-Yo solamente quería oír lo que la muchacha estaba diciendo, pero cuando vi lo que la policía estaba haciendo, me tuve que meter, pues una cosa es creer un mensaje y otra cosa es apoyar al abuso. Yo no estoy de acuerdo con el abuso. -respondió Raúl un poco molesto por la insinuación.

-Pues yo no creo que tú no estás aquí para apoyar nuestro movimiento. Para apoyar que a nosotros se nos represente como ciudadanos de la manera que lo merecemos, que hemos estado esperando por muchos años.

-Yo estoy aquí porque yo también quisiera ver a un Puerto Rico Estado simple y sencillamente. Pero eso no me dice que yo tengo que estar de acuerdo con el abuso. ¿qué en tu casa no te enseñaron que con las mujeres no se mete uno?

- ¿Oye qué puñeta es lo que estás tratando de decir?

-Yo no estoy tratando de decir nada. Sólo que, si tú piensas que yo me debería de haber quedado con las manos cruzadas, eso no es ser hombre.

-Yo no dije que tenías que quedarte con las manos cruzadas, yo solo dijo que yo te vi allí y no pienso que tú estás envuelto en esto de una manera honesta. Después de todo, hasta yo le hubiera rompió la cara a ese gringo cabrón por abusador.

-Pues mi viejo estaba de acuerdo con la estadidad. Él era de los PNPs desde jovencito. Y yo estoy de acuerdo con que Puerto Rico ya debe de tener los mismos derechos que otras personas de este país.

-Está bien, está bien, hombre, no te molestes tanto, yo solo quiero asegurarme de que no estás aquí. haciéndonos perder el tiempo.

-Yo estoy aquí porque quiero estar aquí.

Así se pasaron unos meses con Raúl ganándose la confianza de muchos de las personas que atendían semejantes movimientos. Este era un plan de desesperado para poder esconder detrás de todas estas reuniones lo que él estaba pensando, pues ya estaba en las miras del gobierno como apoyador a la insurrección en contra de la estabilidad en Puerto Rico. Él sabía que esto se podría usar en su contra si en algún momento la suerte lo apuntaba a él y se ganaba un boleto de la lotería de vuelo. Él sospechaba también que en estos lugares siempre había agentes del gobierno encubiertos, recaudando información acerca de la gente que se reunía en estos sitios. Eso no era nada nuevo, pues en cada estado, en cada tiempo de la historia, siempre había algún informante. Y su pensar, aunque no podía confirmar no estaba muy lejos de la realidad, pues en este tipo de reunión siempre había algún representante del gobierno que estaba encargado de asegurarse de que no se estuviera discutiendo de ataques en contra del movimiento que se estaba estableciendo en la Isla de Puerto Rico o en los estados continentales.

Para aquellas personas que apoyaban la situación de la Isla, el abogado Pedro Campos era la reencarnación de Fidel Castro. Todos lo acusaban de ser antiamericano a la vez que ignoraban que el hombre hablaba de cosas que ya los había afectado a ellos mismos. Todos residiendo en el estado de Nueva York sin la oportunidad de regresar, todos ciegos por convicciones políticas que desafiaban la realidad. Gente que vivían atrapados de convicciones políticas que no tenían sentidos, ni razones fijas, o basadas en una realidad que ellos mismos vivían. Algunos apoyaban todo aquello porque papi o mami eran de este partido o el otro. Ninguno apoyándose en la realidad de lo que estaba sucediéndole a los Puertorriqueños a través del país y del mundo. En aquellos momentos ya no existían múltiples partidos en Puerto Rico, sino que había dos, los que apoyaban la estadidad ciegamente sin mirar los efectos que la misma estaba teniendo en la Isla y su complexión mulata.

Y los otros que lo que querían volver a ser Puertorriqueños de pura cepa, los que peleaban día a día por mantener lo que se les estaba quitando hora a hora. Entre todos estos los que antes se identificaban con El Partido Popular ahora eran independentistas. Ahora deseaban independencia, después de muchos años de abusar de un sistema que se estableció supuestamente para ayudar a la gente y terminó ayudando a políticos corruptos a robarse todo lo que el sistema ofrecía. Los afiliados con El Partido Nuevo Progresista por su parte hablaban de los beneficios que el estado #51 le ofrecía a los Puertorriqueños, irónicamente olvidándose de que ya los Puertorriqueños no vivían en la Isla. Estaban desterrados oficialmente por un Sistema de Servicios a la nación en la que su único servicio era estar fuera de la Isla para cuando llegaran a robarse sus propiedades.

Raúl observaba esto en cada reunión que atendía y no podía atinar una razón a la ceguera que sufrían sus compatriotas en el destierro junto con él. Y aunque veía en sus caras la tristeza de estar fuera del lugar donde tomaron sus primeros respiros, todos estaban de acuerdo de que ésta era la cura que Puerto Rico necesitaba para librarse de la podredumbre política que, a través de muchos años, aplastó al pueblo sin siquiera mirar atrás, para ver los cadáveres que dejaban. Éste reconocía en sus compatriotas las mismas tendencias de su papá, él que era apoyador del Partido Popular Democrático porque el gobernador Luis Muñoz Marín le ofreció una salida a la vida de desesperación que él vivía en los años cuarenta. Y no importaba si este último partido ofrecía degollar a sus electores, o ponerlos en la cárcel a todos si ganaban las elecciones, los seguidores de este votaban por el candidato ciegamente sin importar lo que el partido prometía. Para ellos era más importante el pasado que el futuro. Y nadie les podía convencer de que a lo mejor otra opción tenía más sentido de lo que ellos estaban apoyando. Y, irónicamente, el Partido Independentista comenzó a atraer a personas que ya no podían votar por lo que este ofrecía.

Fue así como Raúl comenzó a mirar con pena a gente que él mismo no entendía. De todas maneras, después de unos cuantos meses comenzó a apreciar a las personas por sus convicciones, aunque en lo profundo de su corazón él pensaba que ellos estaban todos equivocados y que parecían ciegos por opción. Con el pasar del tiempo Raúl se encontró asistiendo a dos tipos de reuniones, una en favor y otra en contra de la situación de la Isla. Para él era importante escuchar las dos versiones en aquel momento, pues al fin y al cabo lo que estaba buscando era sentirse otra vez vivo. Eventualmente ninguna de estas dos actividades le llenó el corazón de la manera que él pensaba. Su sola y única solución era ganarse una lotería que estaba escondida entre colores, pobrezas y sueños. Entonces decidió dejar de asistir a todo tipo de cosas que le hablaran de la situación de la Isla, pero nunca dejó de escuchar el canal de Eugenio para enterarse de lo que estaba sucediendo en la Isla con el movimiento del tiempo y la colonización forzada que se vivía en aquel momento.

De acuerdo con la información en ese canal, en Puerto Rico los tumultos se habían vuelto parte de la realidad diaria. Nuevos proyectos en diferentes áreas serán atacados y atrasados de manera sigilosa. El gobernador ofrecía garantías de que él iba a encontrar a los responsables de semejantes atrocidades como lo era costarle dinero a compañías millonarias que habían invertido mucho dinero en plantar bandera en su nuevo pedacito de tierra invadida. La búsqueda de Pedro y sus acompañantes iba de pueblo en pueblo especialmente los pueblos que habían sido predeterminados para que los Puertorriqueños que iban a servir como la servidumbre del nuevo dueño vivieran. En San Sebastián hubo una redada que resultó en cincuenta arrestados y ninguna pista. En Cayey había rumores de que habían lanzado a unos jóvenes desde los barrancos que se encontraban al lado del Monumento del Jíbaro, pues se negaron a contestar preguntas acerca de los terroristas locales. En Yauco la persecución fue severa y hubo algunos muertos cuando los habitantes se rehusaron a contestar las preguntas del Escuadrón Antiterrorista del Sur. En Las Piedras la situación fue similar y por último en Trujillo Alto la gente se decidió a defenderse, lo que ocasionó tiroteos y muertes de ambos lados. A través de todas estas incursiones el gobierno no lograba localizar a los jóvenes, y la frustración crecía día a día para el gobernador Rigs, que continuaba prometiendo justicia rápida y eficaz.

Así se pasaron meses y entre loterías y servicios forzados la Isla continuaba cambiando. La gente que quedaba continuaba siendo abusada en el nombre de la justicia y desplazada de todos los pueblos que eran deseados por una población que quería respirar aire limpio como lo hacían antes en el país donde vivían, antes de que ignoraran todos los signos de que estaban destruyendo su propio hábitat. No obstante, el sentimiento local comenzó a cambiar, con algunos apoyando ciegamente al gobierno y con otros ofreciendo sus cuerpos como muralla antes de que llegaran a los líderes de la Revolución local. Pedro Campos ofrecía discursos semanales en las redes sociales apoyando a su gente y brindándoles esperanzas en contra de lo que se estaba viviendo en aquellos momentos. El gobernador por su parte hacía lo mismo con discursos llenos de mentira que tenían la capacidad de apestar a través de las bocinas de radio. Éste pintaba una Isla en paz y un futuro que ya ningún Puertorriqueño podía mirar si no fuera cerrando los ojos cuando estaban bajo la influencia del alcohol, pues cualquier persona con capacidad de discernir entre mierdas y pestes sabía que se le estaba mintiendo.

Eventualmente el gobernador se desesperó, cansándose de que Pedro y sus compañeros lo hicieran un hazme reír de la gente. Entonces, comenzó a incrementar la cantidad de redadas en las que buscaba al hombre sin encontrarlo. Fue así como llegó a la determinación de ofrecer al hijo de Dolores Sotomayor a cambio de uno de los tres fugitivos, fuese quien fuese. En su guarida Lola pensaba en entregarse para que su hijo estuviese en libertad. Pedro y Eugenio la trataban de convencer de que esto no resultaría en lo que ella esperaba, pues estaba lidiando con una persona sin escrúpulos ni valores. Ella argumentaba que su hijo no tenía nada que ver con lo que ella había decidido hacer. Y si no hubiese sido porque Obdulia interrumpió en la conversación, Lola se hubiese entregado a las autoridades para ser juzgada por el crimen de no querer abandonar su Isla por la fuerza.

- *Chica tú estás loca ¿cómo que te vas a entregar?* -preguntaba Obdulia incrédula.

-*Es que yo no quiero que abusen más de mi niño.*

-*Sí, pero si te entregas te matan a ti y a él. De este hijo de puta no te puedes fiar.*

-Es que lo que ustedes no entienden es que yo no puedo seguir permitiendo que me lo mantengan preso por algo que no hizo.

-Él no está preso por lo que tú estás haciendo, él está preso por lo que tú representas.

- ¿Y qué represento yo?

-Tú representas el espíritu de libertad, tú eres un ejemplo para las mujeres boricuas de que no debemos rendirnos ni de dar marcha atrás tú eres más importante de lo que te das crédito.

- ¿Y de qué me sirve eso?, si mi propio hijo no cuenta con la libertad por la que yo estoy luchando.

- ¿Y qué tú crees que va a pasar después de que tú te entregues?, ¿qué van a dejar salir al muchacho y lo van a dejar vivir una vida normal?

-Yo no sé qué pasaría si yo me entrego. Yo lo que sé que es injusto que él esté pagando por lo que yo hago.

-Pues déjame decirte que si no lo matan después de que tú te entregues lo ponen en un avión y lo mandan a los Estados Unidos a una cárcel u otra. De cualquier manera, lo están sentenciando a una muerte segura.

- ¡Ay! Es que ya yo no sé qué hacer. Yo no quiero que siga sufriendo por lo que yo estoy haciendo.

-Él está sufriendo, pero no por lo que tú estás haciendo. Él está sufriendo porque es un muchacho Puertorriqueño sin derechos como lo explica la maldita constitución que habla de derechos humanos que nunca están amarrados a personas como tú y como yo.

- ¿Y que tú me pides que hagas dime qué más puedo hacer?

-Pelea, no te rindas, no dejes que este hijo de la gran puta gane esta batalla si tú te entregas.

-Lola yo no puedo decirte lo que debes hacer como madre, pues al fin y al cabo yo nunca he tenido hijos. -interrumpió Pedro para apoyar a su amiga

-Yo tampoco tengo hijos, pero creo que debe doler mucho tu situación. -ofreció Eugenio después de que Pedro habló.

-Yo sé que ustedes me apoyan, pero me estoy volviendo loca con esta situación. Yo sé que a él no lo están tratando bien en la cárcel y yo sé que son capaces de todo, pero qué más puedo yo hacer.

-Seguir luchando como lo has hecho siempre a estos desalmados no se le puede enseñar debilidad, aunque esa debilidad sea sangre de nuestra propia sangre.

-Él está más seguro allá que acá, pues es infeliz sabe que sí se atreve a tocar el muchacho él no está seguro en esta Isla. -dijo Pedro con coraje en su voz.

-Y aunque tú no lo creas, eventualmente lo vamos a rescatar. Ya estamos cerca de lograr que lo regresen a la Isla para usarlo como rehén y esa es nuestra oportunidad de rescatarlo. -explicó Eugenio.

Efectivamente al ver que sus ofrecimientos no tenían ningún tipo de efecto, el gobernador ordenó la extradición del joven a la Isla para pararlo frente a las cámaras y usarlo como ejemplo de lo que le pasaba a las personas que apoyaban insurrecciones en contra del gobierno. Esto causó furor y tumultos a través de los pocos bastiones de Puertorriqueños que quedaban. Lejos de intimidar a la gente este tipo de cosa los unía en contra de lo que el gobierno representaba. Mientras tanto a través de la Isla la búsqueda continuada y todo lo poco que habían recaudado de información apuntaba a que los muchachos más buscados de toda la Isla se encontraban entre dos pueblos, Yauco o Trujillo Alto. Pero, aunque tenían esta información no tenían ninguna prueba concreta. Y ya entrar al pueblo de Trujillo Alto se les hacía muy difícil, pues la gente que estaba allí estaba ya hasta el tope de los abusos. Así fue como el gobernador se decidió a tratar de comprar informantes con aseguranzas de que su cooperación resultaría en estabilidad económica y residencial. Escogió algunos individuos y los envío a estos dos pueblos a recaudar información que de una manera u otra lo llevará al paradero y/o a la guarida de los terroristas.

En el pueblo de Yauco, una mujer llamada Jennifer era la

informante escogida. En el pueblo de Trujillo Alto, un joven llamado Alejandro era el informante. En otros pueblos había varias personas con la misma asignación. Su trabajo era infiltrarse entre la gente, ganarse su confianza, y comenzar a preguntar acerca de los muchachos como el que no quiere la cosa. En Yauco, Jennifer no encontraba ningún tipo de pistas y la gente del lugar no parecía tener ningún tipo de información que le fuera útil al gobierno. En Trujillo Alto, Alejandro se encontró con la misma situación; nadie confiaba en él. La gente tenía los labios sellados herméticamente y el que hablaba de Pedro, simplemente decía que el hombre tenía los cojones bien puestos. Semana tras semana la información que buscaban no parecía existir. Los dos se comunicaban con sus contactos del gobierno para ofrecer algo, pero no tenían información. Aun así, los dos entendían que los ofrecimientos del gobernador estaban atados a resultados concretos y ninguno de ellos dos tenía nada de esa índole.

Pasados unos meses, Jennifer comenzó a ganarse la confianza de sus vecinos. Ya era vista como otra abandonada más a la que la suerte la había enviado al pueblo de Yauco a trabajar de servidumbre barata como todos los que se habían quedado atrás. Trabajaba en una casa de sirvienta. Por las noches se desenvolvía entre las personas locales como otra sufrida más. En realidad, su lugar de empleo era su centro de comunicación con el gobierno y todas las semanas recibía instrucciones a seguir.

-Debes de investigar al señor Martínez; aproxímate a él sin levantar sospechas. -decía su contacto.

- ¿Por qué ese señor? -preguntó -Jennifer curiosa.

-El abuelo de él era independentista desde joven y causó muchos problemas.

- ¿Usted cree que él sabe algo del terrorista Campos?

-No sabemos nada en concreto, pues en sus conversaciones telefónicas no hemos interceptado nada relevante.

-Debe saber que lo estamos espiando.

-Creo que sí, pero tarde o temprano se descuidara.

-A lo mejor...

Misiones clandestinas como esta ocurrían a través de toda la Isla, especialmente adonde la concentración de locales era alta. Todos estos lugares tenían su informante asignado. Eran electricistas, ingenieros y obreros generales. Todos trabajaban por una causa, la destrucción del movimiento que Pedro representaba.

Mientras tanto en un monte del pueblo de Trujillo Alto, Pedro se encontraba sentado bajo un árbol de moca, a la orilla de la quebrada mientras analizaba los momentos de su vida que lo habían llevado a aquel peculiar momento. A lo lejos en un claro del monte, Pedro podía mirar el barrio Los Infiernos. Las casas que recorría libremente en su niñez. Mucho antes de que sus ideales políticos comenzaran a tomar forma cuando en la escuela no encontró un libro y/o una foto que le hablara de su lugar en este mundo. La curiosidad y la necesidad de verse representado de alguna manera u otra le llevo por un camino de la vida que se habría de transformar en una lucha que todavía se estaba peleando en el presente. Él sabía que no era la primera persona en esta situación, pero algo le decía que si no levantaba la conciencia podría ser una de las ultimas.

Recordaba cómo se internaba en aquella quebrada a cachar buruquenas con su tío-abuelo, y lo mucho que disfrutaba visitar a aquel hombre en su humilde hogar, pues de este aprendió cosas que en su presente circunstancia usaba día a día para sobrevivir. Aquel hombre le enseño que frutas eran comestibles, como casar los cangrejos de agua dulce y hasta a construir trampas para camarones. y peces pequeños conocidos como "dajaos" los cuales nadaban en aquellas aguas. También aprendió la localización de las cuevas y la salida que las mismas tenían a unos kilómetros desde su entrada principal; un dato acerca de aquel lugar que se había perdido a través del tiempo entre una generación y otra.

Pedro tenía en su memoria el inventario de una vida que había sufrido muchas altas y bajas. Una de las más bajas fue el abandono de su papá, y la enfermedad emocional que sufrió su mamá, antes de que ésta decidiera quitarse la vida. El recuerdo de que, a partir de ese trágico momento, su abuelita se convirtió en su mamá, su protectora y en la luz de sus ojos, lo atacó de momento. Recordó a aquella mujer de color obscuro con la que él solamente compartía unos rasgos: un pelo afro y su nariz ancha, pruebas de su herencia africana. Y aunque estos eran los únicos rasgos físicos que compartía con ella, los rasgos emocionales y formativos que heredó de ésta eran más evidentes. Los deseos de ser justo, los valores para diferenciar lo que era bueno y lo que era malo. Que se debería de aprender, y las cosas que no valían la pena tratar de entenderlas. Fue así qué Pedro se encontró culpándose de su muerte. En estos momentos de debilidad espiritual se sentía perdido como ser humano. Se culpaba de la situación presente, sin darse crédito por lo que estaba tratando de hacer, mantener el espíritu vivo de una gente a la que se estaban envenenado con el desasosiego poco a poco. El hombre pensaba en cuán laboriosa había sido su vida y todas las cosas que tuvo que pasar para llegar a ser un abogado prominente en esta Isla. Pensaba que estaba condenado de una forma u otra. Se sentía miserable al pensar que la última vez que se sintió como una persona completa fue en su niñez cuando jugaba en este mismo lugar a pesar de que su abuelita siempre lo amonestaba evitar un lugar tan peligroso.

-*No te metas para allá que ese lugar es muy peligroso.* -escuchó Pedro en una memoria la voz de *su abuelo.*

-*A mí no me va a pasar na', yo sé lo que estoy haciendo.*

-*De ahí se han caído unos cuantos niños y unos cuantos adultos. ¿Por qué te metes para allá? Tú sabes que ese lugar es prácticamente una muerte segura.*

-*Yo lo que voy es a las cuevas a jugar a esconder. nosotros sabemos subir y bajar por El Salto.*

-*Y si un día te resbalas vas a saber cómo bajar solamente siete pies bajo la tierra.*

- *¡Ay abuelo! Tú con tus cosas yo no me voy a caer yo no soy ningún zángano.*

Pedro tenía aquella costumbre de cada noche irse a sentar bajo aquel árbol de moca a reflexionar lo que estaba pasando desde que la Isla se convirtió en el botín número uno de un mundo que se estaba quemando, frisando y descongelando simultáneamente. Como un buen estudiante de la historia, él trató por muchas veces de advertirle a sus compatriotas lo que significaban aquellos cambios. Más, sin embargo, nadie lo escuchaba porque lo tildaban de independentista. De esos que odiaba la nación americana simplemente por el odio. De esos que no sabían de necesidad como sus abuelos a los que Don Luis Muñoz Marín rescató de una pobreza eterna, malagradecido que trataba de morder la mano que lo alimentaba. Irónicamente todas estas personas eran desconocedoras de las cosas que habían pasado en la Isla mucho antes de que Muñoz Marín le diera a la gente unas pocas de las migajas que le tocaban. Pedro, como estudiante de historia, había leído acerca de miles de cosas que habían sucedido en esta Isla desde el año 1898 y de todas las tribulaciones que esta unión forzosa entre la nación y la Isla habían sobrellevado a través de más de ciento veinticinco años.

Mirando hacia las estrellas desde un claro que se abría dentro de los árboles de aquella maleza, Pedro calculaba y recalculaba acciones que había de tomar y las que ya había tomado. Ante los ojos de sus compañeros su resolución era incuestionable, pero ante los ojos de su alma había dudas de lo que había sucedido por las acciones que él tomó. Nunca pensó que la mamá de Eugenio, el hijo de Lola y su abuelita se convertirían en víctimas. En aquellos momentos de dudas se culpó a sí mismo de las acciones que otros tomaron. Y dentro de toda aquella mezcla de dudas, causas y sueños, no encontraba paz ni la esperanza de que su movimiento resultará en la libertad del Puertorriqueño de seguir viviendo en Puerto Rico. Estos últimos pensamientos imaginarse un Puerto Rico sin Puertorriqueños lo agravaba constantemente. Cómo iba a ser que iba a haber un futuro en el que su familia no viviera en aquel barrio de Los Infiernos. Cómo iba a ser que el idioma que se hablara en esta Isla no fuese el español, sino el inglés. Cómo iba a ser un Puerto Rico sin su arroz con habichuelas, sin la celebración del día de las candelarias, sin los bailes del viejo de

San Juan. Sin bacalaítos, sin alcapurrias, sin pasteles, sin cultura.

Pensó y pensó en aquellos Puertorriqueños que quedaban y de aquella condena no pronunciaba a una vida de servidumbres para conveniencia de otras gentes. Y cuando estos pensamientos invadían su mente no importaba todas las dudas que en su alma cargaba, no importaba las cosas que había perdido y las que podía perder. Lo único que importaba era dar la batalla hasta el día en que su cuerpo frío no respirara más. La resolución era absoluta, en esta Isla iba a haber batalla desde hoy hasta siempre y fuese por una oportunidad de que la Isla continuara perteneciendo a la gente que le pertenecía. Mientras tanto en la entrada de la cueva que estos muchachos usaban de guarida, Lola le preguntaba a Eugenio: *¿dónde está Pedro?* Y este contestando le decía lo mismo de todos los días:

-*Está donde siempre, pensando como siempre que son los próximos pasos que hemos de seguir.*

- *¿Y tú crees que está dudando de lo que estamos haciendo?*

- *¡No! Pero ponte en su lugar, todos aquí hemos perdido algo, pero él lleva la mayor carga, pues él representa el movimiento entero.*

-*Yo sé, yo sé, pues si no fuese por él yo no estuviera aquí.*

-*Ni yo tampoco. Hay que admitir que Pedro tiene los cojones bien puestos.*

-*Eso no lo niega nadie, pues hasta un ciego lo puede ver.*

-*Entonces tenemos que entender la carga que lleva.*

-*A veces me parece que yo ni lo conozco con todos los años que llevo a su lado.*

-*Tú sabes que todo el mundo tiene su historia de la que no habla mucho.*

Esa era la verdad para todos los que se habían unido y formado aquel movimiento mucho antes de que se les tildara de terroristas. Todo aquello había comenzado cuando un joven abogado puertorriqueño que se dedicaba a defender a gentes sin recursos decidió demandar al gobierno de Los Estados Unidos usando las reglas y las leyes especificadas por la constitución de este país. Eso lo convirtió en un símbolo para algunos y en un enemigo para otros que trataron de desmentirlo desde el principio. Esto no era fácil de lograr, pues el muchacho contaba con una inteligencia natural y una buena educación que se le había sido proveída por su gran intelecto. En su desempeño universitario se desarrolló como uno de los mejores prospectos de abogacía en la nación al que le pronosticaban un futuro brilloso. Pero como solía suceder en este país sus oportunidades se veían limitadas, atadas al color de su piel. Eventualmente se cansó de esa vara métrica de dos medidas, la cual media el potencial usando como rubrico cosas como la influencia de los padres del alumno de acuerdo con la posición social de estos. Pedro Campos no contaba con estos recursos. Por lo tanto, oportunidades que debieron pertenecerle, terminaron pasando a otros alumnos menos cualificados. De tal manera que al finalizar sus estudios se devolvió a la Isla a practicar abogacía del pobre. En esta profesión sus clientes eran personas de bajos recursos económicos que acudían a él en busca de consejos y representación ante los abusos de empresas poderosas en la Isla.

Campos había ganado varios casos en las cortes del país y su tenacidad e inteligencia lo convirtieron en un ídolo de los pobres y en un villano de los ricos. Así se pasó unos años disfrutando de la satisfacción de ayudar a algunas personas evitar que se le robasen beneficios y oportunidades como las que se le habían robado a él en sus años de estudiante. Eventualmente, comenzó a divulgar discursos acerca de la corrupción de la clase política y esto lo puso en el radar del gobierno. Y con la llegada de la posibilidad de un cambio político en la Isla, éste se decidió a envolverse en aquella arena en un intento de evitarle a sus compatriotas el contacto con las injusticias que él mismo enfrentó en el pasado. Después que todos sus intentos se vieran frustrados por los más poderosos, se convirtió en un símbolo para mucha de su gente y por esta razón el gobierno comenzó a acusarlo de radicalismo y éste, comprendiendo lo que se había hecho con personas como él en el pasado, decidió esconderse antes de que usaran alguna razón para arrestarlo. Ya para ese tiempo había comenzado una relación amistosa y profesional con un joven historiador que compartía algunas de sus preocupaciones.

Aquel estudiante se llamaba Eugenio de Bonilla, un joven estudiante de historia que desde su niñez impresionaba por su habilidad de observar eventos históricos y conectarlos al presente. Se contaba que este amor por el pasado lo llevó a estudiar en la Universidad de Puerto Rico, recinto de Rio Piedras adonde sobresalía por su capacidad de explicar conceptos complejos. Con el acceso a las redes se había empapado de eventos del pasado y aquella capacidad para entender perspectivas y/o experiencias lo hacían un natural para explicarle a la gente como movimientos políticos en el presente, resemblaban el pasado y advertían el futuro. Esto le permita apuntarle a sus compatriotas lo que iba a suceder en la Isla si en algún momento de su historia la situación política cambiaba como lo querían algunos de sus políticos.

Fue Eugenio el que predijo la estadidad de Puerto Rico luego de que se frisara el mundo en el norte. Pero mucho antes de esto, él fue el que le advirtió a su gente las consecuencias de la ley #60 y también de las tendencias déspotas de un gobernador con cunas de oro. Advirtió que empresas inversionistas Iban a dejar al pueblo sin opciones para comprar casas. Habló de una invasión sigilosa de extranjeros y también de como el cierre de centenares de escuelas y servicios iban a llevar al pueblo de cabeza a los aeropuertos en busca de mejores situaciones económicas. Durante mucho tiempo pareció que estaba hablándole a la pared y nadie se mostraba interesado en escuchar lo que éste decía. Hasta había gente de menos capacidad intelectual que se dedicaba a mofarse de las constantes advertencias del joven historiador. Todo esto cambio en el momento en el que el clima del mundo se desestabilizo enviando a millones de personas a correr del norte al sur. De manera que con aquel cambio llegó la atención de la gente, pues Eugenio comenzó a decirle al pueblo de la posibilidad de un proyectó de estadidad expeditado. Y esa realidad no tardó en llegar, enviando al joven historiador en busca de contactos con un joven abogado que se disponía a evitar aquel cambio, pues entendía que este significaría la llegada de extranjeros y la salida del Puertorriqueño de

Puerto Rico.

Después de esto una muchacha llamada Dolores Sotomayor se unió a ellos dos. Era de una familia pobre y desde niña enfrentó las injusticias de las clases sociales. En la escuela era una estudiante sobresaliente que disfrutaba sostener discusiones acerca de los eventos del momento y de cómo estos afectaban la vida de la gente. Contaba con un gran intelecto y claridad mental que hubiesen sido suficientes para convertirla en una de las estudiantes más sobresalientes de la escuela, Sin embargo, nada de esto parecía importarle a nadie, pues de acuerdo con sus maestros y familiares su atributo más importante era su belleza física. Por esa razón, su madre la empujó a participar en certámenes de belleza para que usara lo que Dios le había dado para ganarse un futuro en la televisión o un buen candidato a esposo. Así se le pasaron unos años modelando una sonrisa y reprimiendo deseos de usar su inteligencia. Eventualmente se cansó de todo esto en un momento de inestabilidad social que comenzó con un tumulto político en el que el pueblo forzó al gobernador a renunciar. Otros eventos la llevaron a unirse a la causa de un joven abogado que debatía en contra del gobierno de Los Estados Unidos su derecho a ser libre. Desde que llegó allí se ganó el respeto y la confianza total de los dos hombres y por su tenacidad ante lo difícil su opinión cargaba el mismo peso que dé el de los dos primeros integrantes del grupo.

Desde muy temprana edad se entretenía mirando la televisión y reportajes en las noticias acerca de la naturaleza y animales salvajes. Pretendía reportar acerca del coquí, los pitirres, las reinitas y hasta los zorzales de la Isla en videos que creaba con mucha habilidad para una niña de su edad. La naturaleza era su mayor interés. Aun así, para ingresar a aquel mundo de la televisión, tomó las primeras asignaciones que se le dieron. Una de estas fue el cubrir unas protestas en masa, cuando el pueblo Puertorriqueño demandaba la renuncia de un gobernador que había insultado a todas las mujeres de la Isla. La muchacha fue asignada a cubrir ambos lados de la protesta. Entrevistó a muchas personas en la calle y también de la clase política, que se escondía detrás de palabras cultas para no tener que contestar las preguntas que ella hacía. Obdulia, que siempre estaba guiada por un sentido de servicio al pueblo, no le proveyó oportunidades de escape a los representantes del poder y con su tenacidad e inteligencia se ganó el respeto de sus compatriotas y el desdén de la clase política. Con el pasar de los años, su buen ejemplo de periodismo con integridad la llevó a ser co-ancla de un canal de noticias. Luego del cambio político en la Isla, ésta comenzó a hacer preguntes difíciles, pero para ese tiempo, la empresa estaba más empeñada en sobrevivir que en informar. Entonces el canal de noticias se transformó en un sistema de propagandas sin inhibiciones.

Al ver esto Obdulia trató de moverse fuera de la silla de ancla, porque se sentía sucia y comprometida. Aun así, la empresa necesitaba la buena voluntad y la confianza que ésta le proveía al pueblo, por lo que no accedieron a moverla de su posición. Dia tras día, la mujer reportaba las mentiras que llamaban noticias, mientras que secretamente guardaba una gran admiración por un reportero clandestino llamado Eugenio de Bonilla. Y en un día fatídico adonde se efectuaron dos asesinatos, y un arresto injusto, el coraje y la mentira la ofendieron de tal manera que no puedo aguantar las ganas de gritar acerca de aquellas ofensas. El pueblo entero fue testigo de su frustración en el momento que renunció a todo por lo que había trabajado toda la vida entera. Eventualmente, hizo contactos con el muchacho llamado Eugenio y luego de unas negociaciones secretas se unió al grupo de muchachos a los que el gobierno llamaba radicales antes de cambiarle el título a terroristas.

Desde aquel entonces estaba encargada de proveer videos y editar noticias en el canal que Eugenio utilizaba para comunicarse con el pueblo. Todo esto había sido un sacrificio para ella, pues tuvo que dejar atrás a toda su familia, su prometido y sus amistades por miedo de que los utilizaran para vengarse de ella y los problemas que causaba prestándole si credibilidad a aquel movimiento que el gobierno trataba de desmentir sin mucho éxito.

Unos meses más tarde llegó a su puerta el primer espía de la causa, un joven llamado Segundo Belvis que trabajaba como chofer del gobernador actual. Éste tenía un poco de proximidad a lo que se discutía en las salas del poder y como estaba encargado de llevar al gobernador de un lado a otro, tenía la oportunidad de escuchar acerca de iniciativas que se iban a implementar en contra del grupo. Por esta razón Pedro y sus amigos parecían estar siempre unos pasos adelante. Fue éste el que sugirió que se dispersara el mensaje de una manera más personal y el que se encargó de llevar y traer noticias al grupo de una manera discreta. Eventualmente Segundo se convirtió en el punto de conexión del gobernador y el grupo cuando éste último se dio cuenta de que la causa que había perseguido por toda vida era solo una ilusión de ver cosas con un brillo que no tienen. Éste último, aunque no estuvo envuelto con la causa directamente, ofreció ayuda económica a la agrupación antes de ser deportado de su Isla, en el momento en que se dio cuenta de que ignorar los precedentes de la historia era algo que la gente hacia ignorando las lecciones que esta enseña.

Conversaciones como ésta sucedían a diario en aquel centro de operaciones cuando estaban juntos y se tenía que discutir qué tipo de noticias a divulgar. Situaciones como decidir desde dónde se harían cosas para no dejar saber su posición en el mapa y a qué horas se podrían mover entre los árboles para evitar que los ojos de otras personas los vieran. Era así como cada vez que Pedro distribuía un vídeo que se había grabado y editado en aquella cueva. Uno de los muchachos se internaba en el monte a través de caminos menos conocidos en busca de puntos ideales para desviar la atención de los que lo estuvieran buscando. Nunca se transmitía ningún tipo de comunicación desde el centro de operaciones. Y siempre se usaban dispositivos que luego serían destruidos por si acaso. En cada uno de estos vídeos no aparecía ningún tipo de lugar que pudiera discernirse entre otros que no fueran muy común en aquella maleza, para no darle a saber a nadie, absolutamente a nadie desde donde se transmitía el vídeo. Inmediatamente se iba del lugar luego de confirmar que el vídeo ya circulaba y destruían el dispositivo para que no hubiera formas de rastrearlos. Nadie que fuera a transmitir estos vídeos llevaba otro dispositivo consigo mismo; en estos momentos estaban simplemente desconectados de la base de operación.

Todos estos tipos de precauciones eran tomadas por Pedro y sus acompañantes para no caer prisioneros del gobernador Franklin Rigs. Esto podría significar el final de su batalla por levantar la conciencia de un pueblo que día a día disminuía y estaba cansado. Aun así, todos ellos tenían una manera distinta del idear con las cosas que los agotada. Lola nadaba en la quebrada, Eugenio caminaba a través de la quebrada por un tramo de una milla para despejar su mente, Obdulia se entretenía leyendo libros de historia a los que nunca le prestó atención cuando era estudiante; y Pedro se sentaba bajo el árbol de moca a analizar todo lo que sucedía día a día y las cosas que podrían suceder. Ocasionalmente segundo regresaba de sus viajes a través de la Isla con información valiosa acerca de lo que el gobierno hacía en lugares remotos a los que Pedro no tenía acceso desde que se convirtió en el terrorista más grande de la historia de la Isla de Puerto Rico. Fue así cómo los muchachos se enteraron de los espías que andaban en cada pueblo mezclándose entre la gente pretendiendo ser normales y tratando de dar con la localización de Pedro Campos. En el barrio Los Infiernos el informante se llamaba Alejandro y era electricista de profesión. Vivía en una de las casas que el gobierno ofrecía y todas las noches se iba a la barra del difunto Don Tomás a tomar y expresar sus opiniones en contra del gobierno de estos hijos de la gran puta. Poco a poco la gente comenzó a confiar en él o eso era lo que él pensaba. La realidad era que ya en aquel momento ninguna persona vivía en este barrio confiaba en otra persona que residía en este barrio. Y en aquel lugar solamente unas cuantas personas sabían dónde se escondían los fugitivos. Así fue como Segundo durante una conversación con Pedro le pidió instrucciones de qué hacer con Alejandro y con otros informantes a través de la Isla.

Pedro le instruyó a usar sus contactos como puntos de referencia para divulgar rumores acerca del paradero de la organización. Segundo preguntó por qué no era mejor deshacerse de estos infelices y Pedro le contestó que era mejor mantenerlos vivos y desinformados qué deshacerse de ellos y causar más muertes injustas por una reacción del gobernador al que ya nadie podía restringir. Desde aquellos momentos comenzó la campaña de desinformación de los informantes y las búsquedas de pistas del escuadrón antiterrorismo que no daban con el paradero de su elusiva presa. Se pasaban semanas y semanas persiguiendo falsedades que luego resultaban en frustraciones. En la fortaleza el gobernador Rigs se derretía de la rabia de pensar que una persona tan inteligente como él con tanta experiencia en cuestiones de guerra y militares estaba haciendo evadido por estos muchachos de color obscuro que en ningún otro mundo podrían contar con la capacidad de hacer semejante cosa. En su mente, el gobernador y sus estereotipos no lo dejaban ver que estaba efectuando una guerra en contra de unas de las personas más inteligentes que él hubiera visto en su vida de verdugo sin restricciones. Personas como estas siempre habían existido en todas partes del mundo, listas para evaluar otra persona solamente usando el color de la piel y superioridad preconcebida que no tenía nada que ver con una realidad que el mundo todavía en este instante negaba.

Sentado en el escritorio de su oficina en la Fortaleza y con dos banderas estadounidense detrás, el gobernador Rigs observaba los artículos y documentos en frente de él. Una foto familiar adonde su mujer y sus hijos sonreían junto a él con sus sonrisas perfectas adornaba una esquina de este. El acostumbrado letrerito que lo llamaba"" honorable" y un sin número de documentos de carácter oficial regados. El hombre sumergido en sus pensamientos analizaba su camino a la presente situación. Hijo de un renombrado general, había heredado la sangre militar de su padre. Participó en varios conflictos en el Golfo Pérsico, y siempre estuvo de una manera u otra en control de la situación. Nunca vio una batalla en donde su vida corriera peligro real, pero aun así obtuvo promociones de rango predeterminadas por su linaje de sangre. En cada posición de poder siempre tuvo a su disposición los soldados dispensables, la mejor tecnología y los mejores armamentos. Durante toda esa carrera, las reglas de enfrentamiento eran diferentes a las que podía usar en el presente y esto limitaba sus opciones en esta batalla que libraba por liberar a los Puertorriqueños de la Isla de Puerto Rico.

En conflictos anteriores le hubiese sido muy fácil ordenar a una de sus brigadas a matar sin pudor. Después de todo, nadie en el mundo iba a oponerse a que se eliminaran aquellos animales salvajes de color marrón. Era así como el mundo juzgaba en valor de la vida de muchas personas. Al parecer todos habían determinado que una persona de color obscuro o con un poquito de sangre africana en su organismo no tenía el mismo valor que otras. Era así como lo entendía el gobernador Rigs. Pero estos nuevos animales, tenían algo que los que él había eliminado anteriormente tenían, derechos de ciudadano, aunque estos no fuesen iguales ni completos. Y aunque no contaban con todos los derechos de otras personas, aun tenían algunos. Además de esto el gobierno quería evitar malas impresiones en este mundo adonde ya no controlaban la prensa como en los años 1950.

Luego de estar sumergido en aquel análisis, el gobernador enfocó su mirada en los documentos en su escritorio. Entre estos vio un mapa de la Isla con todos los proyectos aprobados y los respectivos nombres que se le habría de dar a los sectores. Una lista de los próximos ciudadanos seleccionados para el servicio obligatorio, la cual coincidía con las fechas y lugares de los proyectos más inmediatos. De repente sus pensamientos fueron interrumpidos por un sonido en la puerta, cuando su secretaria toco la misma antes de entrar:

-*Excuse me Mr. Rigs, you have an urgent phone call?*[9] -anunció la secretaria.

-*Who is it?*[10] -preguntó el gobernador.

- *Is general Walton.*

-*Ok, Ok. Pass it through.*[11].

El teléfono comenzó a sonar en el escritorio y el gobernador respiró profundamente antes de recogerlo:

-*Governor Rigs.* -contestó el hombre

---

[9] Excuse me Mr. Rigs, you have an urgent phone call: Disculpeme Sr. Rigs, tiene una llamada urgente.

[10] Who is it?: ¿Quien es?

[11] Pass it through: pasemela.

-Rigs, general Walton here, I need a progress report.[12].

-We are getting close; it won't be long.[13] -mintió el gobernador.

-Governor, this request is from the top[14]. You must find them soon![15]

-I am trying my best. I will have them soon.[16]

-You better or you could consider your career over.[17]

-Sr. I have to...[18]...

El general cerró la llamada y dejó al gobernador con las palabras en la boca. Éste a su vez estalló el teléfono en su base antes de gritar "son of a bitch", para dejar salir sus frustraciones que eran ya muchas. Se puso de pie y tomó unos pasos alrededor de la oficina para intentar calmar sus nervios y su rabia. Él estaba en esa Isla en contra de su voluntad, tenía restricciones en el uso de la fuerza y había sido amonestado por el fiasco en el que murieron dos mujeres, cuando sus súbitos no siguieron instrucciones y mataron a gente inocente como estaban acostumbrados a hacer en todas partes del mundo. Y ahora para el colmo, su carrera y el futuro de sus hijos estaban atados a atrapar a unos fugitivos, culpables de querer la libertad, y nada más.

Envuelto en el coraje del mal momento, el hombre se sentó nuevamente frente a su escritorio y buscó un mapa de la Isla adonde estaban marcados todos los lugares a donde tenía sus espías asignados, todos los lugares a donde se había buscado y los sitios que prometían

---

[12] general Walton here, I need a progress report: Soy el general Walton. Necesito un reporte de progreso.

[13] We are getting close, it won't be long.: Ya estamos cerca, no tarda mucho.

[14] this request is from the top: Esta demanda viene del tope.

[15] You must find them soon: Tienes que encontrarlos pronto.

[16] I am trying my best. I will have them soon.: erstoy tratando duro, ya pronto los tengo.

[17] You better or you could consider your career over: Mejor que sera asi o tu carrera ésta acabada.

[18] I have to: Yo tengo que...

llevarlo a sus presas. En aquel momento, las pistas eran inconclusas y todavía tenía tres lugares adonde buscar detenidamente. Aun así, su corazón y su experiencia le apuntaba al pueblo de Trujillo Alto, por eso de su geografía y todas esas áreas montañosas, las quebradas y los ríos del lugar. Algo en su pecho le decía que, si él fuese de esta Isla, no habría mejor lugar en donde esconderse.

Aun así, en sus días de entrenamiento militar aprendió que las corazonadas son desatinos de una mente bajo presión. Era por eso por lo que las ignoraba constantemente. Su decisión de adonde invertir sus recursos debería estar basada en datos, aunque la insistencia de su lógica fuese tan determinada. Pensó en la posibilidad de encontrar sus fugitivos en San Lorenzo o en Yauco. Se canso de mirar el mapa y volvió a mirar el mapa del Nuevo Puerto Rico. Los pueblos eran solamente siete, y no setenta y ocho como antes. En el listado de pueblos, había una gran cantidad de proyectos, fechas de terminación y un sin número de estos enseñaban la palabra: "Delayed."[19]

El gobernador suspiró profundamente a la vez que la imagen de Pedro Campos le pasaba por la cabeza como la memoria de un mal sueño. En su Corazón el odio por este hombre le ocasionó pesares, a la vez que se preguntaba como este infeliz de baja clase había logrado burlarse de él por tanto tiempo. Y ahora para colmo el presidente de la nación estaba reclamando progreso, pues él estaba limitado por su segundo término y necesitaba un lugar para retirarse con su familia.

El gobernador estaba atrapado como preso sin cárcel. En su mente, el orgullo de ser americano y de sentirse superior como se lo enseño su papá, no lo dejaba ver nada más. No le importaba si en su estado de Massachusetts ya no se podía respirar aire limpio. Él no tenía ninguna intención de quedarse a vivir en esta Isla que él aborrecía. Era por eso por lo que debería de atrapar a esos hijos de puta lo más pronto posible, para regresar atrás a su vida anterior, aunque esta ya no existiera. Pero hasta el momento, ofrecer al hijo de Dolores Sotomayor no había dado ningún fruto. Al parecer esta mujer estaba tan ciega por

---

19 Delayed: atrasado.

su causa, que la seguridad y el bienestar de su único hijo no parecía importarle. Aun así, esta era una carta que él debería de jugar, pues sabía que, para una madre, el amor por sus hijos es algo que nubla hasta las mentes más claras. Esta era una de las cartas que jugó muchas veces en el pasado, pero ahora no tenía idea si funcionaria como en el pasado. El gobernador, lleno de dudas, caminó a una de las ventanas de la Fortaleza y miró hacia el cielo, notando que había una cantidad de nubes negras flotando allí como para acentuar lo obscuro de su situación. Esto lo llevó a pensar que se aproximaba una tormenta. Lo que nunca imaginó fue que la misma no era de vientos y lluvia.

Destiny

Era una mañana de diciembre del 2043, cuando Raúl ya vencido por la realidad, se encontraba sentado en un banquito frente al histórico Parque Central de Nueva York. Cabizbajo y dando penas pensaba en todos los años jugando la lotería de admisión a la Isla, sin tener ningún éxito. Pensando en su mamá y en la posibilidad de no poder cumplir sus últimos deseos, lo asfixiaba apretándole el pecho en unos ataques de ansiedad. Estaba sufriendo de estos desde un tiempo ya. Especialmente cuando los últimos boletos de lotería disminuían sus oportunidades de regresar. Aquella mañana era definitiva, pues era la mañana del día en el que el último sorteo estaba programado. Raúl que había empeñado todo lo que pudo, había comprado quince boletos de lotería. En esta semana en específico, había gastado tanto que solo pudo alimentarse asistiendo a bancos de comida locales, rehusando visitar a Ángel para que éste no comentara nada de su estado físico o emocional.

Caminó entre las casetas de materiales improvisados que poblaban aquel parque tan protegido unas décadas atrás. Miró alrededor el reguero de pobreza en una ciudad que estaba prácticamente inhabitable. Aun así, los propietarios del lugar no estaban dispuestos a donar sus propiedades para que esta gente que estaba condenada a vivir asfixiada o congelada pudiese sobrevivir un día más con un poco de dignidad. Raúl observó a todas estas personas que como era de esperarse compartían un rasgo, el color obscuro de la piel y pensó: *¡Se* *ésta acabando el mundo y no se acaba el maldito racismo!* Esto lo llevó a pensar en algo que leyó acerca del año 2008 y de cómo la nación norteamericana pareció dar un paso a erradicar este aspecto tan horrible del pensar humano. Pero en el mismo artículo leyó que lo que sucedió en ese año que le dio inició a unos años tumultuosos que culminaran en el 2016, y lo que sucedió en ese año, enviando a la nación a un periodo de años tumultuosos con muchos problemas de violencia y connotaciones raciales.

Con la tristeza de esa realización Raúl continuó su caminar entre tanta desgracia, ahora hundido en el pensar que él iba a terminar allí también luego de que se gastó el dinero de la renta en boletos de lotería. Este pensar le apretó el pecho, como ataque de corazón que realmente era pánico existencial. Inmediatamente se quitó su mascara e intento respirar aquel aire sucio, pero no pudo. Se la puso nuevamente y se sentó en una esquina al sentir que se asfixiaba, pero respirando. Miró hacia el cielo y le pidió a Dios que no lo dejara morirse allí. Unos minutos más tarde, una mujer negra se le acercó y le preguntó que le pasaba. Raúl se puso de pie y le dijo que nada, pues estos ataques de pánico que experimentaba eran algo que ahora le ocurría constantemente. Luego estableció una conversación con ella y le contó todo lo que le inducia esos ataques. La mujer lo miró con ojos de pena y le comentó que ella también extrañaba a su Santo Domingo, pero al igual que él, estaba condenada a morir lejos de su Quisqueya del alma.

Raúl miró a la mujer a los ojos y en estos pudo observar el profundo sufrimiento que él estaba acostumbrado a mirar en el espejo. La mujer le puso la mano en el hombro y le dijo:

"Bori, Bori, lo último que se debe perder es la fe. Al Menos tú todavía tienes oportunidades de regresar."

Este comentario le recordó que su última oportunidad se transmitía en esa misma noche, a las 9 PM para ser exacto. Luego de que se le pasó aquel ataque de ansiedad tan severo, Raúl se quedó hablando con aquella mujer llamada Salomé Mirabal, era una maestra de escuela de la provincia de Santiago de los Caballeros y al igual que muchos de sus compatriotas salió huyéndole a la pobreza, sin saber que su pasaje no tenía fecha ni posibilidad de regreso. Ahora vivía en un edificio del alto Manhattan y en ocasiones caminaba por el Parque Central a llevarle comida a los destituidos que caminaban por allí. Y en ella Raúl vio el sufrimiento que él llevaba experimentando desde que su mamá se le murió en una ambulancia.

Entonces Raúl se decidió a confesarle a aquella extraña todo lo que lo agobiaba, algo que nunca se atrevió a hacer con su amigo Ángel o con la difunta Julia. Le contó acerca de la muerte de su mamá, la promesa y todos los boletos de lotería con los que contaba, ella lo escuchó atentamente, interrumpiéndolo solo para clarificar cosas y/o hacer algún comentario positivo. Fue así como se les pasó la tarde hablando y al llegar la noche caminaron juntos a sus respectivos hogares. Antes de despedirse Salomé le deseo la mayor de las suertes a Raúl antes de plantarle un beso en la mejilla a la vez que le decía:

-Si te ganas la lotería, llévame contigo yo te ayudo cumplir.

-Si me gano la lotería, es un trato hecho. Te llamo mañana para planear el viaje.

- ¡Que duermas bien amigo!¡Que Dios te cumpla ese deseo!

- ¡Que Dios te oiga! ¡Buenas noches!

Raúl llegó a su apartamento un poquito aliviado de sus pesares, pues la conversación con Salomé le había recordado que él no era el único que sufría de exilios forzosos. Además, la mujer le cayó bien desde el principio y el hecho de que los dos compartían historias similares facilitaba las cosas. Pensó por un momento en ella y por primera vez desde la muerte de Julia, sintió una conexión humana a un nivel diferente a la que sentía con su fallecida amiga. Todos estos pensamientos fueron interrumpidos de repente, por el recuerdo de que el sorteo de aquella noche iba a comenzar. Inmediatamente buscó en su escondite secreto todos los boletos de lotería que había comprado desde la última semana, cuando se anunció aquel último sorteo especial para un solo ganador y sus acompañantes escogidos; que podían ser hasta tres. Este era según las noticias el Último Vuelo a

Puerto Rico, antes de que la lotería cerrara sus puertas por veinte años. Ya todos los otros asientos en aquel avión estaban ocupados por las personas que habían sido seleccionadas en semanas anteriores y el vuelo tomara lugar en el 25 de Julio del año 2044.

Encendió la televisión para ver el sorteo y se sentó frente a esta a la misma vez que miraba la urna de las cenizas de Manuela, en una tablilla rodeada de cuadros familiares. Se esforzó en mantener la positividad y se vio haciendo sus maletas para aquel viaje de ensueños. Apretó los boletos en la mano, mientras que la presión en su cabeza y ese sentimiento raro en su pecho, le avisaron que se estaba poniendo nervioso. En la televisión los reporteros sostenían una conversación acerca del futuro ganador y de todos los beneficios que éste/ésta recibiría al ganarse la última lotería en aquellos años. Según el reportaje el ganador tendría la oportunidad de escoger cualquier casa en el inventario disponible, o seleccionar una propiedad donde construir su casa de ensueño. Además, tendría todos sus gastos pagos por el resto de su vida, cortesía del gobierno norteamericano para conmemorar aquella ocasión tan especial: *"Ahora vamos al sorteo oficial anunció el reportero."*

El primer número es el 03, dijo el reportero, mientras la muchacha enseñaba la bola con el número inscrito en el centro y con una sonrisa plasmada en su cara. Raúl trató de mirar todas sus boletas y en siete de estas, tenía ese número. El segundo número es el 21, otra vez Raúl buscó el número desesperado y en cinco de sus boletos tenía ambos números. El tercer número es el 34. Nuevamente, buscó y para su sorpresa y desmayo, solo cuatro de sus boletos contenían los tres números anunciados. *"Lo último que se pierde es la esperanza"* se dijo a sí mismo, para reasegurarse que le quedaban esperanzas aún.

En la televisión, la modelo sonriente volvía a enseñar un número y el reportero anunció: "El cuarto número es el número 38, y antes de continuar tomaremos una pequeña pausa. Raúl se puso de pies con el desespero inundándole el cuerpo. Fue a la cocina y se hizo una taza de café para asesinar la temblequera de los nervios. En su pecho, el corazón se le quería salir, mientras que, en su mente, la imagen de las posibilidades, invadían cada recoveco de su mente. De repente una premonición negativa entró en su cabeza y por poco deja caer la taza de café de sus manos temblorosas.

Los comerciales duraron tres minutos, aunque Raúl los sintió como dos siglos de tiempos estancados. En sus manos, los boletos comenzaron a mojarse con la humedad del sudor de los nervios. Tenía tres oportunidades, tres probabilidades astronómicas de poderse montar en aquel vuelo que lo regresaría a cumplir una promesa que estaba tatuada en su alma. Caminó a una ventana y miró afuera de aquel lugar que se sentía como una prisión con puertas abiertas. Luego caminó al frente de las cenizas de su madre, y como de costumbre se plantó un beso en las yemas de los dedos y luego tocó el retrato de ella. Paso siguiente, tocó las cenizas de Julia y se persignó como el ateo más católico del mundo. Los nervios y la emoción de aquella espera le causaron una sordera involuntaria de la que no logró salir hasta que escuchó las palabras: "Y el número de la suerte es el número 15." Raúl miró al televisor incrédulo. No sabía cómo no se dio cuenta de que los comerciales habían concluido. La modelo sonreía y mostraba una bola con el número #15 imprimido en el medio. En la parte baja de la pantalla, todos los números ganadores estaban enlistados:

3, 21, 34,38, 42,49 *15

Esto envió a Raúl a un estado de excitación mezclado con un miedo absoluto. Se miró la mano izquierda donde los tres boletos lucían como la famosa manzana del Edén Bíblico. En esos tres papelitos sudados estaba el conocimiento de futuros inciertos. Solo había dos posibilidades: Uno era un final feliz, el otro una cruel condena. Raúl sintió los latidos de su corazón en la punta de los dedos, estaba tan nervioso que no sabía qué hacer. En su mente, la finalidad de aquella espera y la certeza que le traía el saber que aquella era su última oportunidad "legal" de regresar, lo asustaban más allá de lo que él mismo esperaba.

Con sus manos temblorosas, trató de levantar la mano izquierda, donde sus boletos aguardaban su destino. Él sabía que esperar veinte años más con aquella necesidad no era posible para él, que vivía a solo un error de cálculo para frisarse o asfixiarse en aquel infierno neoyorquino. Miró sus retratos en la pared para pedirle un milagro cuan si estos seres queridos que lo miraban sonrientes le pudieran otorgar un deseo que otro. Luego cerró sus ojos y reconcentró su mente ansiosa de respuestas en lo que tenía que hacer en aquel momento. Entonces puso sus tres boletos en el sillón y tomó unos pasos para calmarse mientras miraba de reojos con miedo y excitación los tres papelitos.

De repente sonó el teléfono y al mirar la pantalla, vio el nombre "Salomé", contestó de inmediato y la mujer lo saludó de forma alegre, a la misma vez que bromeaba:

- *¿Dime, ya nos vamos?*

-*No lo sé todavía.* -contestó Raúl.

- *¿Cómo que no lo sabes? Ya la lotería la anunciaron.*

-*Yo lo sé, pero no me atrevo a chequear los últimos boletos.*

- *¿Cómo que no te atreves? ¿A qué le tienes miedo?*

-*He esperado tanto tiempo para esto que ya no sé ni que creer.*

-*Registra los boletos y no tengas miedo de que lo que está para ti, está para ti.*

-*Creo que debo de esperar hasta mañana.*

-*No digas cabellases. Si no haces eso hoy no vas a poder dormir.*

-*No podría dormir de ninguna manera, chica*

- *¿Quieres que vaya a allá para darte apoyo?*

La pregunta lo tomó de sorpresa y éste se quedó callado sin saber cómo responderla. Éste pensó en la posibilidad de que aquella mujer lo visitara y viera todos los regueros de hombre soltero que había en aquel apartamento. Momentáneamente debatió las cosas a favor y en contra de aquella oportunidad y continuó guardando silencio. De repente volvió a escuchar la voz de la mujer.

-Parece que la respuesta es no.

- ¡No! No es eso. Es que me tomaste de sorpresa.

-Entonces, en qué quedamos, ¿Quieres que vaya o no?

-Seguro que quiero que me acompañes, pero debo de decirte...

-Que tienes un reguero en tu apartamento y te da vergüenza.

- ¿Cómo tú lo sabes?

- ¿Qué hombre soltero es organizado?

-Los hay por ahí.

-Por ahí hay de todo, pero tú no eres uno de esos.

-No, yo no lo soy.

- ¿Entonces voy o no?

-Sí, sí por supuesto.

- Pues te veo en un momento.

Raúl colgó la llamada pretendió que podía poner el lugar representable en los treinta minutos que le tomaría a Salomé para llegar a su apartamento. Abrió uno de los armarios y tiró todo lo que tenía en la sala que podía acomodar allí. Fue a la cocina y antes de entrar a esta se acordó de que no comía en ella desde semanas. Luego a la habitación e hizo lo mismo que en la sala. Después de que habían pasado veinte minutos, el lugar parecía apto para que una persona viviera allí. Por unos momentos se olvidó de los boletos y la razón de la visita de la mujer que hacía apenas unas horas lo había rescatado de un ataque de ansiedad. Pensó en los contactos humanos que no había tenido desde antes de la muerte de su mamá y sintió una mezcla de morbo y bochorno al encontrarse pensando en cosas como esas en aquel momento. De repente el timbre sonó para enviarlo a presionar el botón del sistema para abrir la puerta. Luego fue a abrir la puerta para que la mujer entrara a ayudarlo a encontrar uno de dos futuros.

Salomé llegó al apartamento y encontró que Raúl ya la esperaba en la puerta luciendo una cara de nerviosidad absoluta. Entró y le plantó un beso en las mejillas a la vez que lo abrazaba. Raúl se sintió conmovido y un poco relajado. Luego la invitó a sentarse en el sofá de la sala para charlar un momento y ésta asedió sonriente. Entablaron una conversación acerca de los retratos y las urnas que duro unos minutos antes de que la mujer preguntara:

- *¿Dónde están los boletos?*

-*Los dejé en la mesa de la cocina.* -respondió Raúl.

- *¿Los chequeaste ya?*

-*No he tenido el valor.*

-*Pues para eso fue que vine. ¿los chequeamos?*

- *¿Y si no están premiados?*

-*No seas tan negativo. piensa en lo que vas a hacer cuando llegues a tu Isla.*

-*Espero que algún Dios te oiga.*

- *¿Algún Dios? No entiendo.*

-*Es que.... sabes que mejor no hablamos de eso.*

-*Ten fe, Dios es grande y poderoso.*

-*Ok. Voy a tratar.*

-*Entonces vamos a lo que vinimos.*

-*Una pregunta antes de que miremos.*

- *¿Dime?*

- *¿Por qué me estás ayudando?*

Al escuchar la pregunta Salomé se quedó callada por un momento. Esto hizo que Raúl se quedase callado también percibiendo que había cruzado alguna línea, por lo que trató de disculparse.

-*Perdona no sé porque pregunte eso.*

-*No, no te disculpes, pues yo misma no sé porque hago esto.*

-*A lo mejor esto es solo un sueño loco como el mío.*

-La verdad es que yo solo quiero que alguien que se siente como yo, pueda regresar a su tierra como Dios manda.

- ¿Tú qué harías si pudieses regresar a Santo Domingo?

-A Santiago de los Caballeros.

-Ok, Si pudieses regresar a Santiago.

-Yo...

Trató de decir la mujer antes de que se le inundasen los ojos con las lágrimas del destierro. Raúl le pasó la mano en un hombro para reconocer aquel sentimiento y ésta comenzó a hablar de todo lo que había pasado desde que se fue a buscar un mejor futuro económico, y después no pudo regresar. En su ausencia su padre Juan Pablo había fallecido y su mamá Adela Reyes se quedó totalmente sola. Ella hizo un esfuerzo de regresar, pero lo único que le ofrecieron fue una visa de salida para su madre. Ésta rehusó aquella oferta, pues entendía que esto dejara a su mamá desterrada también. Después de esto los contactos intermitentes y la desolación habían llegado a definir su vida. Eventualmente ayudar a personas destituidas la ayudó a encontrar una semblanza de paz. Raúl sintió un poco de remordimientos por haber hecho la pregunta, pero ya no había paso atrás. Entonces hizo otra pregunta:

- ¿Tú sabes que este sería un viaje a Puerto Rico?

-A caso tú crees que yo estoy tratando de aprovecharme de ti, si yo ni te conozco.

-No chica, lo que pasa es que no sé si estarías dispuesta a...

-A irme de esta maldita ciudad. por supuesto, pero.

- Pero ¿qué?

-Pero tú no harías eso por mí, tú no me conoces tampoco.

-Chica yo haría esto por cualquier persona, pero...

- ¿Qué?

-Puerto Rico no es la República...

-*Que importa, si yo lo que quiero es no morirme en este infierno.*

-*Entonces solo tenemos una cosa más que hacer.*

-*Pase lo que pase, por lo menos estamos en salud.*

-*Pero estaríamos más contentos en la playa del Escambrón.*

- *¿Donde?*

- *Es una playa en San juan.*

-*Espero poderla ver.*

-*Yo también mija, yo también.*

Mirándose cómo cómplices de algún plan, caminaron a la cocina, donde los boletos esperaban encima de una mesita. Los dos que apenas unas horas atrás eran totalmente desconocidos, ahora esperaban futuros de regreso para uno y de proximidad para la otra. Se sentaron en lados opuestos de la mesa y Raúl le señaló los boletos a Salomé, mientras le mostraba los números ganadores en su teléfono celular. Ésta recogió el primero y trató de compararlos con la lista oficial. Lo puso a un lado inmediatamente, lo que causó un vacío en el pecho de Raúl. Salomé pidió el segundo boleto y aunque esta vez se tardó un poquito más de tiempo, el resultado fue el mismo. Miró a Raúl con cara de pena y preocupación y le dijo: *"una última oportunidad"* a la vez que le tocaba una de sus manos con sus dedos sudados por el nerviosismo. Salomé miró arriba como para rogar por una intervención divina. Luego se persignó antes de recoger el último boleto en sus manos. La nerviosidad la hizo soltar el papelito y mirar a Raúl con ojos de desesperación. Éste la miró con la misma incertidumbre y los dos parecieron sincronizar su respiración.

-*No importa lo que pasé.* -dijo Salomé respirando profundo.

-*Al menos estamos vivos.* -contestó Raúl

Salomé tomó el boleto en sus manos, lo miró y lo miró como tratando de encontrar algo que no estaba allí. Raúl vio como se le aguaban los ojos y miró en los ojos de aquella mujer la tristeza que él había aprendido a reconocer cuando se miraba en el espejo. Y aunque sintió desvanecer por dentro por la triste finalidad de aquel sueño, se empeñó en ser fuerte y en no dejar que sus sentimientos se le escaparan por los ojos como a ella. Salomé mirando al suelo, no decía una palabra, pues para ella aquel sueño que solo duro unas horas, fue lo único que la hizo sentirse viva después de tantos años tratando de evadir aquel sentimiento que latía en su corazón como una tambora dominicana.

- *¿Quieres una taza de café?* -preguntó Raúl resignado a la derrota.

-*Si por favor.* -respondió Salomé, rompiendo su silencio.

-*Podemos tratar Venezuela.*

-*No ombé nosotros no estamos pa 'eso.*

-*Pero...*

-*No, yo no podría ir a morir como tantos de nuestros compatriotas en estos los últimos años.*

-*Lo entiendo, pero es que el desespero es grande.*

-*Yo solo siento que me voy a morir sin volver a abrazar a mi mamá. Así como se murió Celia Cruz.*

-*Yo te entiendo, mi vieja se murió con el mismo sentimiento en el pecho.*

-*Bueno, ¿qué más podemos hacer?*

Raúl guardó silencio para darse un momento a recoger todas sus añoranzas que estaban regadas en su mente. Por primera vez en muchos años se encontraba sin opciones para soñar. Ahora la realidad, las últimas palabras de su mamá y las lágrimas de Salomé, lo paraban en seco, Después de unos minutos de silencio, le sirvió el café a la mujer y se sentó frente a ella, como un enfermo condenado a los dolores de una muerte segura tomó un sorbo de café y le preguntó a Salomé si quería salir a caminar. Ésta contesto que sí y se pusieron sus máscaras de respirar para salir a la callé. En el momento que iban a salir por la puerta el teléfono de Raúl sonó y éste vio el nombre Ángel en la pantalla de este. Raúl pensó en contestar, pero no estaba de ánimos para escuchar cualquier cosa que su amigo le iba a decir. Entonces envió la llamada al buzón de mensajes, puso el teléfono en una mesita y se fue afuera acompañado de su nueva amiga de penas.

Caminaron por la ciudad por lo que se sintió como unos siglos. Los dos compartiendo anécdotas de sus vidas como para tratar de conocerse en un día. Aun así, la conversación parecía estar muerta, atrapada en la decepción del momento. Llegaron hasta lo que en una época era el Museo de Historia Natural y se sentaron en los escalones que ya casi se derrumbaban por la falta de reparos. Allí continuaron hablando acerca de sus vidas muertas y de cómo toda esa desolación los había llevado a aquel momento especifico. Ya era casi las 3 AM y decidieron regresar a sus cárceles de puertas abiertas. Raúl haciendo alardes de caballero ofreció llevar a la mujer a su casa. Ya en la puerta del apartamento ésta lo invito a pasar y él asedio un poco de tentativo. Allí continuaron la conversación que habían dejado corta. Ya a eso de las 4 AM, Raúl anunció que tenía que marcharse a su casa para intentar ir a trabajar en la fábrica. Salomé lo acompaño a la puerta y ya con esta abierta, abrió ambos brazos para darle un abrazo de despido o consolación. Raúl caminó a aquellas manos abiertas y ya envuelto en el calor de aquella mujer no quiso dejarse soltar. Levantó su mirada y le plantó el beso más triste y furtivo en los labios. Salomé se sorprendió del atrevimiento, pero no hizo nada para cambiar el momento. La puerta se volvió a cerrar de un empujón. Desde esta los dos caminaron envueltos en un abrazo de besos, agarres y pasión hasta donde lograron desvestirse el uno al otro. Aquella noche de decepciones se convirtió en una noche de sexo y pasión para unos desconocidos que se habían encontrado en el momento en que sus almas carecían de la esencia que les da vida a las personas.

Al llegar la mañana, los dos estaban aliviados de sus decepciones individuales. Y por primera vez en muchos años, Raúl se sintió libre de las cadenas de su promesa. Salomé también estaba libre del dolor que causa la ausencia forzada. Después de que se levantaron a bañarse y a vestirse, los dos desayunaron un desayuno improvisado y se despidieron con todas las intenciones de volverse a ver más tarde. Raúl se reportó enfermo en el trabajo y regresó a su apartamento. Al entrar encontró que Ángel lo había llamado varias veces y decidió que iría a ver a su compadre un poco más tarde. Luego miró alrededor de aquel apartamento que había sido su prisión por unos años. Y entre el reguero de todo, estaban los boletos de lotería, tirados por el suelo. En aquel momento un sentimiento de culpas lo invadió, pero esta vez decidió que a lo mejor Ángel tenía la razón y que su difunta madre entendería que él hizo lo que pudo. Aun así, y como guiado por la costumbre, buscó en su teléfono las noticias acerca de la Isla, las que transmitía Eugenio a través de las redes para continuar educando e informando al pueblo.

Entonces se enteró de los últimos sucesos de violencia e inquietud en la Isla. Proyectos atrasados en todos lados. El gobernador frustrado por la inhabilidad de atrapar a *"los terroristas"* que se empeñaban en joderle la vida. Revueltas y protestas de los pocos residentes locales que habían sobrevivido ser expulsados. Los tumultos eran diarios y la prensa local de los estados continuaban en su política de nunca reportar lo que no convenía. Según las últimas informaciones oficiales en las horas de la madrugada de este día, criminales locales habían atacado un transporte de presos locales donde habían logrado liberar a un muchacho de apellido Sotomayor. Éste era uno de los primeros arrestados en las primeras incursiones antiterroristas en la Isla. Eran situaciones como estas las que habían forzado la mano del presidente para que activara la guardia nacional para asistir en la captura de los lideres de aquel movimiento violento que estos representaban. Raúl se sorprendió de todo lo que había pasado en las últimas veinticuatro horas y pensó que a lo mejor no era prudente regresar en aquel momento. Además, ya no estaba tan solo, pues tenía a alguien que compartía con él penas, sufrimientos y las poquitas esperanzas.

Fue así como éste comenzó a proveerse las excusas necesarias para ignorar la promesa que había hecho. Y esta resolución duro unas horas antes de que comenzara a sentir el peso de los recuerdos. Entonces se sentó en su sala volvía a mirar las fotos en la Pared y lo que significaban para él. Pensó en Salomé y la posibilidad de que aquella mujer se envolviera en una relación con él, que era y siempre fue un amargado que no sabía comprometerse. Llegando la tarde se vistió con su mejor ropa de romántico para ir a confirmar que todo en la noche anterior no fue un sueño de desesperación mutua. Pero antes de que saliera de su casa, su teléfono sonó y al mirarlo vio que Ángel lo llamaba otra vez. Esta vez tomó la llamada:

- *¿Hello?*

-*Compadre lo estoy llamando desde ayer. Pensé que se había muerto.* -dijo Ángel con su acostumbrado humor.

-*Bueno sí, me morí un poco.*

- *¿Por lo de la lotería?*

-*Sí, mijo pero que se puede hacer.*

-*Pues yo creo que solo le queda seguir viviendo.*

-*No me queda más de otra.*

-*Yo se lo dije a usted que...*

-*Ya, ya hombre que suena como un tocadiscos roto.*

-*Ok, ok. Compadre vengase pa 'acá más tarde que tengo que hablar con usted.*

- *¿Del trabajo?*

-*Algo así.*

-*Yo también tengo que hablar con usted.*

-*Entonces ¿cómo a las 5 PM?*

-*Dame hasta las 6 PM., y estoy ahí puntual.*

- *¿Las 6 PM hora de aquí o hora de Puertorriqueño?*

-*Hora de aquí, le prometo.*

-*Sí, porque tengo algo importante que contarle.*

- *¿No es de la ahijada, o sí?*

-*Algo que ver con ella, pero nada malo créame.*

- *¿Y me puede dar un avance de noticias?*

-No, mijo estas cosas se hablan en vivo y a todo color.

-Pues lo veo más tarde sin falta.

-Aquí lo esperamos.

Raúl colgó la llamada y salió a la calle en dirección a la casa de Salomé. Llegó a la puerta y toco el timbre, pero no hubo respuestas. Volvió a tocar mirando el viejo reloj que había heredado de su papá, pero no hubo contestación. Premoniciones de que había algo mal lo invadieron de repente y comenzó a preguntarse si se estaba adelantando a situaciones. Como era de costumbre en él, la negatividad invadió su mente a causarle dudas. Entonces decidió irse para evitar sentirse más avergonzado de sí mismo cuando se diera cuenta que todo fue solo un momento. Al salir del edificio, comenzó a caminar lentamente a su hogar cuando sintió a alguien tocarle un hombro, se viro para ver a Salomé quien iba directo a darle un abrazo. Con una mezcla de alegría y vergüenzas abrazó a la mujer, a la vez que el momento le callaba su mente dudosa. Ésta lo abordó de inmediato.

-Fui a buscarte a tu apartamento y no te encontré.

-Es porque yo vine a buscarte.

-Entonces estábamos pensando lo mismo.

-Creo que sí.

- ¿Qué vas a hacer esta noche?

-Voy a ver a mi compadre que tiene algo que decirme.

- ¿Hasta qué hora?

-No sé, como hasta las diez. ¿por qué?

- ¿Quieres pasar por casa cuando salgas de allá?

-Pues claro que si chica.

-Entones te espero.

-Si.

Raúl se despidió de la mujer y se puso a caminar por las aceras sin ninguna prisa. Por primera vez en mucho tiempo pisaba las musarañas de la ilusión y no tenía pesos existenciales encima de su cuerpo. Todavía era temprano y deseó regresarse a la casa de aquella mujer que solamente un día atrás le había devuelto esperanzas vivir el resto de sus días con unos pocos más deseos de vivir con ánimo. Eventualmente se dirigió a la casa de Ángel y llegó allí faltando veinte minutos para las 6 PM. Tocó el timbre y Ángel bajó desde su apartamento a recibirlo. Al llegar hasta la puerta saludó a su amigo con mucha alegría y éste se sintió un poco incomodo, pues pensaba que su amigo se burlaba de su mala suerte. Ángel por su parte insistió en que su compadre y él caminaran un rato, pues adentro de la casa no estaban listos para recibirlo. Raúl aprovechó esta oportunidad para hablarle de Salomé y los sucesos de los últimos dos días. Ángel bromeó acerca de lo que escuchaba interrumpiendo a Raúl para llamarlo un Don Juan, un enamoráo y otras cosas. Al final solo se limitó a hacer un comentario:

-Compadre usted es un hombre con suerte.

-Si tuviera suerte, estuviera haciendo maletas ahora mismo. - respondió Raúl un poco irritado.

-A veces uno no sabe cómo, ni cuando la vida va a cambiar.

- ¿Por qué usted dice eso?

-Pues porque las cosas son como son.

-Carajo hombre, estás hablando sin sentido.

-A mí se me acusa de eso, pero créame yo sé lo que le digo.

-Entonces tengo suerte porque usted lo dice.

-Algo así. Además, que una mujer se haya fijado en el desastre que usted se ha vuelto, eso es más que suerte, es un milagro de la Virgen de la Providencia como decía mi mamá.

- ¿Tan feo soy?

-No mijo, es el tan lo que lo daña.

-Ni que usted sea un modelo.

-No es eso es que me preocupa.

- ¿Qué carajo le preocupa?

-Que la pobre mujer sea ciega.

-A usted si le guste joder.

-En toda seriedad me alegro de que tenga algo positivo en que pensar.

- ¡Gracias compadre! ¿Y por qué quería verme?

-Qué ¿no puede uno ver a sus amigos de vez en cuándo?

-Ok, entonces entramos.

-Esperecé déjeme ver si ya está todo listo.

- ¿Qué hay fiesta o algo así?

-Se puede decir que algo así.

-Ahora me tiene preocupáo.

-Compadre no hay na' de que preocuparse.

Con ese comentario Ángel dejó a su amigo solo y entró al edificio rumbo a su apartamento. Raúl se quedó solo y como solía hacer cuando estaba solo, se puso a mirar las ultimas noticia de momento. Según vio en el canal de Eugenio, las cosas estaban empeorando y no parecía haber una solución que no terminara en una confrontación violenta. El gobernador Rigs había aumentado sus tácticas radicales, y día a día había más gente arrestada por el simple hecho de expresar sus opiniones. Según el hombre, el gobierno había impuesto una versión modificada de la ley dé la mordaza del año 1948. De nuevo Raúl comenzó a pensar en su último chance, en su promesa y en su inhabilidad de regresar. El semblante se le volvió sombrío nuevamente, y la emoción de su nuevo romance comenzó a desvanecerse. Ángel salió en ese mismo instante y al realizar lo que su compadre estaba pensando, lo miró y le dijo que dejara de estar pensando, pues eso no valía de nada. Luego lo invitó a pasar y éste entró a aquel lugar como lo había hecho muchas veces anteriores.

Al entrar al apartamento de su amigo vio que en la sala había una mesa llena de comidas típicas como pasteles, relleno de papa, arroz con gandules y otros platos. Todo parecía una fiesta o algún tipo de celebración. Raúl estaba un poco confundido, pero se limitó a no hacer ninguna pregunta. Todos lo miraban como si fuera un objeto fuera de lugar y aunque no dijo nada, sintió como todos los ojos estaban puestos en él. Su ahijada Destiny lo abrazó y se fue a hablar con una amiga que estaba allí presente. Luego de que todo el mundo se saludó, Ángel y Carmen lo invitaron a sentarse en la silla del centro, como si él fuese un tipo de invitado de honor. Raúl accedió dudoso. Cuando por fin se había sentado, Ángel comenzó a hablar:

-Compadre nosotros estamos aquí reunidos porque sabemos que no se ganó la lotería como deseaba, pero queremos que sepa que ya usted se ganó el premio mayor cuando nos conoció a nosotros.

- Ángel no te pongas con tus cosas. -le reprochó Carmen.

-Gracias compadre yo sé que he sido afortunado en conocerlos.

-Usted lo dice y no lo sabe, pero ahora vamos a comer que se enfría este banquete.

Todos comenzaron a comer y a sostener conversaciones alrededor de la mesa. Aun así, Raúl no se podía librar del sentimiento de que todos lo miraban, *¿Será que me tienen pena?* Se preguntó a sí mismo. Después de que todos habían terminado de comer, Ángel tocó una copa vacía para hacer algún tipo de brindis. Cuando todo el mundo lo miraba comenzó a cantar la melodía de la lotería local de la Isla en los años 1980:

"Suerte, traigo tu suerte todos tus sueños tus ilusiones están por verse, suerteee…"

Raúl lo miró con molestia, pues ahora estaba seguro de que todo esto era una broma de mal gusto. Ángel lo miró sonriente y antes de que Raúl pudiese decir nada, éste le dijo: *"Compadre Destiny tiene algo que quiere decirte."* La jovencita se puso de pies, con los ojos cargados de una gran emoción, y entre sollozos y lágrimas comenzó a hablar.

-*Padrino Raúl ¿tú te acuerdas cuando yo conocí a la abuela Manuela?*

- *¿Cómo no me voy a acordar? Si eso fue unos días después de que yo te conocí.*

-*Después de que me salvaste la vida.*

-*No digas eso niña, eso no viene al caso.*

- *¿Te acuerdas de lo que ella me dijo?*

-*No, realmente no.*

-*Ella me dijo: "Dale gracias a Dios por su grandeza, ÉL tiene un plan para ti."*

-*Esa era mi vieja, siempre con su fe.*

-*Yo no la entendí en aquel momento, pero ahora sé que ella tenía la razón...*

Al decir esto Destiny se sacó un pequeño sobre blanco del bolsillo, caminó hasta donde estaba sentado Raúl y se lo puso en las manos mientras lo abrazaba llorando conmovida por el peso del momento: *"I love you padrino, I would not be here without you."*[20]. Raúl la abrazó confundido y ésta se apartó de él, y fue y abrazó a su papá Ángel y a su mamá Carmen llorando todavía, lo que ocasionó que éstos dos comenzaran a llorar también. Raúl con el sobrecito en las manos, no sabía que hacer, hasta que su amigo le dijo: *"Abre el sobre compadre."*

Raúl abrió el sobre y sacó de este una boleta de lotería. En la tercera línea estaban los siguientes números.

03, 21, 34, 38, 42, 49, * 15

Al mirar esto su corazón dio un brinco antes de que su mente registrara por completo lo que él estaba mirando. Y fue en ese momento que volvía a escuchar la voz de su amigo:

---

[20] "I love you padrino, I would not be here without you": Te amo padrino. Yo no estaría aquí si no fuera por ti."

-Compadre usted le salvo la vida a nuestra hija y no hay nada que nosotros no haríamos por usted.

-No, no, no lo puedo creer.

-Es por eso por lo que le regalamos este boleto para que se monte en El Último Vuelo a Puerto Rico.

Raúl lleno de emoción no sabía qué hacer y comenzó a llorar como no lo hacía desde que su vieja se le murió en la parte de atrás de una ambulancia. Conmocionado por el momento no podía ponerse de pies, Ángel, Carmen y Destiny lo rodearon para abrazarlo, comprendiendo que aquella celebración era también un adiós. Pasaron varios minutos hasta que Raúl logró recomponerse para decir:

-Yo no puedo aceptar esto. No está bien.

- ¿De qué carajo hablas, si ese es tu sueño? -preguntó Ángel sorprendido.

-Pero es que, con este boleto, ustedes se pueden ir y vivir allá como reyes.

-Compadre, nuestra vida está aquí. Nuestros hijos nacieron aquí y esta es su casa. Nosotros no podríamos hacerles eso.

-Pero es que...

-Es que nada. Usted va a reclamar ese premio, va a ir a cumplir con su promesa. Por Manuela, por Julia.

-Compadre...

-Y mire a ver si la cieguita quiere irse con usted. Yo solo le pido una cosa.

- ¿Qué?

-No la lleves a un oftalmólogo pa' que no te vea bien.

-Te prometo que no lo haré. -dijo Raúl mientras abrazaba a su amigo con su cuerpo temblando de la emoción.

*-Te voy a.... I am going to miss you[21]. -*dijo Destiny.

-Yo también los voy a extrañar.

-Más le vale compadre.

-Yo solo tengo una pregunta.

*-Diga usted, mande a otro. -*respondió Ángel.

-Usted siempre me dijo que personas como nosotros no nos ganábamos esta lotería, que me comprara un espejo y que sé yo cuanta otra cosa.

*- ¿Y hay una pregunta en todo eso? -*preguntó Ángel.

-Si ese es el caso, ¿cómo se la ganó usted?

Esta pregunta Ángel la respondió presentándole a Raúl a una muchacha de orígenes anglosajones, la cual era amiga de Destiny.

-Esa muchacha que tú ves allí se llama Madison, es amiga de Destiny y lleva años comprando boletos para nosotros. Ella fue la que compró tu boleto.

-A la verdad que no lo puedo creer.

-Compadre yo soy viejo, pero no pendejo. Yo siempre he pensado que esta lotería está arreglada.

-Pero usted siempre me dijo que jugar la lotería era un gasto de dinero.

-Para mí lo es. Pero por darle a usted una oportunidad de vivir una mejor vida, nosotros hacemos cualquier cosa. Nuestra vida no sería la misma sin nuestra hija y usted nos la salvo.

-No diga eso compadre que eso no me hace ningún tipo de héroe.

-Usted no será un héroe para otros, pero para nosotros es más grande que Superman.

-A la verdad que no sé qué decir.

---

[21] I am going to miss you: Te voy a extrañar.

-No diga nada. Solo queremos que viva la vida sin culpas y/o remordimientos. Cumpla su promesa para que viva en paz.

Luego de hablar por varios minutos en lo que parecía algún tipo de procesión, Raúl se sentó al lado de una ventana panorámica de aquel edificio y mirando afuera comenzó a analizar todo lo que había sucedido desde que el mundo se congelo ante sus ojos. En las decisiones que tomó en el momento y de cómo todo esto lo había llevado a esta conclusión. Estuvo allí sentado por varios minutos hasta que Carmen se sentó al lado de él.

-Sabes que desde que abrió la lotería, Ángel la ha estado jugando para ti.

-No tenía ni la menor idea.

-Destiny también desde que comenzó a trabajar.

-Eso me hace sentir un poco raro.

-No tienes razón, pues para nosotros esto es un honor.

-Gracias no sé cómo voy a pagarles por esto.

-Tú nos pagaste por esto en el momento que salvaste a nuestra hija.

-Todavía no puedo creerlo.

- ¿Y cuáles son los planes?

-Bueno primero quiero llevar las cenizas de mi vieja y enterrarlas adonde me dijo. Y haré algo similar con las cenizas de la difunta Julia.

- ¿Y te piensas llevar a la mujer que conociste?

-No sé qué pensar acerca de eso. ¿Qué opinas tú?

-Llévesela compadre, dele a esa mujer un poquito de esperanza. Nadie se merece lo que le está pasando.

-Usted cree que ella será capaz.

-Raúl la tierra te llama, y aunque Puerto Rico no es la tierra de ella, se parece bastante y es mucho mejor que este basurero adonde

vivimos.

-No sé qué hacer.

-Vaya hable con ella; y preséntele esta situación.

- ¿Y si dice que no?

-Entonces se va solito, pero sin dudas.

- ¿Y si dice que sí?

-La trae para conocerla para encargarle que me lo cuide mucho y no lo deje tomar malas decisiones como todos ustedes los hombres latinos.

- ¡Ay caramba! Yo no sabía que usted pensaba así de nosotros.

-Estoy casada con uno de ustedes, créame la mujer necesita hablar conmigo si decide irse con usted. Pero no es por eso que quiero hablar con ella.

- ¿Y por qué es?

-Porque de verdad quiero encargarle que lo cuide mucho.

-Está bien, cuando hable con ella, le dejo saber.

-No se te vaya a olvidar.

-No, ¿cómo podría?

Carmen se puso de pie y se fue a atender a los otros que aun hablaban entre si de lo que había acontecido en aquella tarde. Raúl se entretuvo mirando afuera nuevamente. Entonces Destiny llegó adonde él acompañada por su amiga Madison. Raúl miró a las muchachas y les dijo en su inglés masticado.

-I thank you for your kindness[22].

-You are welcome.[23] -contestó Madison.

---

[22]   I thank you for your kindness: les agradezco su bondad.

[23]   You are welcome: de nada.

-Padrino no tiene que dar las gracias.

-Niña, tú me has dado una oportunidad de vivir otra vez.

-Y tú me diste la oportunidad de seguir viviendo.

-Se puede decir que estamos a mano.

-Sí.

Nuevamente Raúl se quedó solo. disfrutando del jubilo de sentirse tan afortunado en este mundo. Ángel caminó hasta él y le preguntó:

- ¿Vas a ver a la mujer hoy?

-Si, después de que salga de aquí. -respondió Raúl.

- ¿Y le vas a decir hoy?

-No sé, ¿qué usted cree?

-Si piensas que ella se va a ir contigo, dile lo más pronto posible para que se prepare.

-Todavía todo esto me parece un sueño.

-Un sueño hecho realidad.

Pasaron unas horas y a las 8 PM, Raúl se despidió para ir a ver a Salomé. En el viaje al apartamento de ésta, repasaba todos los sucesos de los últimos días. Aun con su boleto en el bolsillo, se le hacía difícil creer que tendría la oportunidad de mirar a la Isla con sus propios ojos. Se recostaría en una de las murallas del Morro a respirar el aire que proviene del Océano Atlántico. Caminaría por las calles de ladrillos del Viejo San Juan y más tarde se pararía en el puente de metal de Trujillo Alto a respirar los aires del pueblo que lo vio nacer. Entre un pensar y el otro, llegó a su parada y se bajó. Caminó hasta el apartamento de Salomé y tocó el timbre. Luego de que ésta le abriera la puerta, entró al apartamento, adonde ésta lo abordó con un beso. Luego de esto, se sentaron en un pequeño sofá del apartamento y antes de darse cuenta estaban amándose como amantes de ocasión. Al llegar la noche y con todas sus energías agotadas se acostaron en la cama y Raúl lanzó una pregunta que confundió a la mujer:

- *¿De verdad te irías conmigo a Puerto Rico?*

-Si se pudiera sí, pero ya tú sabes que nos toca quedarnos en este infierno de fríos y calor.

-Pero si pudieras irte conmigo, ¿de verdad lo harías?

-Si pudiera irme lo haría contigo o sin ti.

- *¡Ay, caramba!*

-No lo tomes a mal, pero yo con tal de estar más cerca de mi tierra, haría lo que fuera.

-Entiendo, entiendo.

-Pero yo me iría contigo si pudiéramos irnos, aunque eso es imposible.

-A lo mejor es posible aún.

-Yo te ayude a verificar los boletos. No te ganaste ni un reintegro.

-La vida te da sorpresas dice la canción.

- *¡Que! ¿Vamos a cantar ahora?*

-Quiero ser claro contigo.

- *¿Qué pasa, estás dudando de lo que ésta pasando entre tú y yo?*

- *¡No chica! no es eso.*

- *¿Entonces qué es?*

Raúl comenzó a explicarle a Salomé la promesa que había hecho y todo lo que conllevaba cumplir con los últimos deseos de Manuela. Durante la explicación Salomé se mostró un poco incomoda, pero guardó silencio, solamente interrumpiendo para clarificar dudas y/o hacer preguntas importantes. Cuando todo aquello había terminado, la mujer se puso de pies y caminó hasta la ventana totalmente desnuda. Él la miró apreciando los atributos físicos de ésta y pensó que a lo mejor ella no iba a estar de acuerdo con lo que él quería, una vez se enterara que él poseía la boleta de regreso. Después de unos minutos de silencio, Salomé caminó de regreso a la cama, se acostó a su lado y mirándolo le dijo:

-*Aunque no te conozco por mucho tiempo, comprendo la necesidad y el deseo que tienes.*

-*No quiero que pienses que estoy loco.*

- *¿Por qué pensaría eso? Yo también quisiera tener una oportunidad como la que deseas tú.*

- *¿Estás segura?*

- *¿Cómo no estarlo? Llevo años presa en este exilio, pero he decidido no torturarme más. Creo que tú deberías hacer lo mismo.*

-*Chica, créeme que he tratado.*

-*Pues vas a tener que tratar más.*

- *¿Por qué?*

-*Porque creo que me agrada mucho tu compañía, pero no quiero vivir mi vida tratando de componer a un hombre roto.*

- *¿Eso crees de mí?*

-*Yo creo que tú eres un buen hombre y una buena persona. Por eso es por lo que te atormenta no poder cumplir tu promesa. Pero ya eso no es posible.*

- *¿Por qué?*

-*Porque yo vi en las noticias que hubo un ganador de esa última lotería.*

-*Yo también lo vi.*

-*Entonces creo que lo mejor que hacemos tú y yo es seguir viviendo. Tratar de disfrutar de lo que nos queda de vida.*

-*Estoy de acuerdo contigo, es por eso por lo que te tenía que decir todo lo que te dije.*

-*Y te doy las gracias por confiar en mí, pero...*

-*Pero tenemos que comenzar a prepararnos para irnos.*

- *¿Irnos pa 'onde?*

-*Pa' Puerto Rico.*

-*Raúl creo que te estás volviendo loco.* -dijo la mujer luciendo confundida.

-*No realmente.*

Raúl se sacó el sobrecito blanco que Destiny le había entregado. Lo abrió, sacó el boleto y se puso de rodillas como el que va a proponer matrimonio, Salomé lo miraba sin entender lo que sucedía y éste al mirarla confusa le dijo:

-*Salomé Mirabal ¿me haría usted el honor de irse conmigo?*

- *¿Irnos adonde?* -dijo la mujer aun confundida por la espontaneidad del momento.

-*Irnos en El Último Vuelo a Puerto Rico.*

La mujer tomó la boleta en las manos en un acto de confusión total. Miró los números y miró a Raúl aun arrodillado frente a ella, esperando una respuesta. Un ataque de nervios invadió su cuerpo y ésta se puso una mano en la boca como para cubrir gritos de sorpresa. Comenzó a caminar mientras gritaba: *¡Ay, Dios mío, me muero! ¡No lo puedo creer! ¿Tú estás jugando? ¡No entiendo!*, hasta que llegó a la pregunta más importante:

- *¿Cómo?*

Antes de arrodillarse frente a éste y abrasarlo llena del éxtasis que produce una emoción tan fuerte como la que ella estaba experimentando. Raúl le pidió que se sentaran en la cama y le contó todo lo que había sucedido en la tarde. Salomé, aun incrédula decía que no podía creer que hubiese gente tan buena como los amigos de aquel hombre. Él por su parte estaba de acuerdo y así continuaron hablando por varios momentos. Y entre sonrisas, abrazos y besos, Raúl volvió a hablar:

-*Tú ya sabes lo que tengo que hacer y también que este viaje solo llega a Puerto Rico.*

- ¿Y?

-Entonces ¿aceptas?

Salomé se puso de pie para analizar lo que sucedía y mirando a Raúl dijo:

-Es una oportunidad que no dejaría pasar por todo el dinero del mundo. Acepto, acepto, acepto.

Raúl contento por la respuesta le habló de la petición de Carmen y de comenzar a hacer los preparativos, tales como entregar sus apartamentos, regalar las cosas que no se podían llevar y la historia que tenían que contar para que no se dijera que eran unos totales extraños. Desde aquel día sus destinos estaban unidos por un encuentro de suerte. Raúl mirando a la mujer acostada y sonriente se preguntaba cómo era posible que tres días atrás estaba planeando tirarse de un sexto piso. Y si no hubiese experimentado un ataque de ansiedad, no estaría disfrutando de la vida y de la compañía de aquella mujer tan hermosa.

Desde aquel día todo se volvió un reguero de viajes preparativos. Raúl fue a renunciar a su trabajo en la fábrica de máscaras adonde al parecer no les importaba un carajo perder a uno de sus mejores empleados. Los compañeros directos de él le desearon mucha suerte y hasta aludieron a su buena suerte. Entre todos estos estaba Ángel, quien le deseo la mejor de las suertes. Ese hombre que apenas unos años atrás era un total extraño, era una de las personas más decentes y agradecidas en el mundo. En su rostro Raúl miraba aquella bondad que muchas gentes que pretendan representar a Dios no tenían. Al salir por la puerta de la fábrica por una última vez, Raúl miró atrás y recordó que allí mismo murió su padre y en aquel lugar estaba la persona responsable de devolverle una razón para vivir. Luego de despedirse por completo, cobrar su sueldo de indemnización y hacer otros arreglos se regresó a casa a continuar empacando lo poco que había decidido llevarse consigo. Envolvió los cuadros de sus familiares, recuerdos de su vida y dejo las cenizas de Manuela y Julia para su equipaje de mano.

Al atardecer acompaño a Salomé, quien también había renunciado a su trabajo a repartir algunas pertenencias en el Parque Central, y también un poco de alimentos de los que ella acostumbraba a repartir todos los días. Luego de esto se fueron a sentar al mismo banquito donde se conocieron y hablando de una y otra cosa les llegó el anochecer. Decidieron quedarse en el apartamento de Raúl para prepararse, pues al día siguiente el mundo se habría de enterar de sus nombres.

Al amanecer del otro día, Raúl y Salomé se presentaron en la oficina de lotería más cercana a reclamar su premio. Luego de presentar la boleta y esperar que se confirmara su veracidad, fueron invitados a pasar a una oficina para completar los formularios del reclamo. Estuvieron allí unas horas hasta que el representante de la lotera los felicitó personalmente y les habló de los pasos a seguir en los próximos días. Durante todo este proceso el director se mostró cordial, pero había algo en él que hacía que Raúl se sintiera un poco de reticencia en sus interacciones con él. Ocasionalmente le habló a Salomé de sus percepciones y también de la teoría de su amigo Ángel:

-*Este hijo de puta no estaba esperándonos a nosotros.*

-*Yo lo veo, ¿a quién estaba esperando?*

-*A Madison, la muchacha que compró el boleto.*

- *¿Tú crees?*

-*Creo que Ángel tenía la razón.*

-*Yo usualmente te diría que estás loco, pero no esta vez.*

-*No, definitivamente no está vez.*

Eventualmente el director de la lotería Jonathan Duke se reunió con Raúl y Salomé para explicarles el proceso de la eventual conferencia de prensa. Tenían que sonreír a todo momento, saludar y hacer comentarios de agradecimiento. Luego serían enviados a un programa de televisión de medianoche donde el anfitrión habría de hacer unas preguntas mundanas como lo eran: ¿cómo se siente ser los últimos ganadores? ¿Qué van a hacer cuando lleguen a la Isla? ¿A qué pueblo se van a mudar? y muchas otras cosas más. Esto no se hizo anteriormente, pero como esta era una ocasión especial había que presentarle una cara positiva a esta circunstancia que ya estaba cargada de acusaciones de gentrificación y violencia gubernamental.

Raúl y Salomé ofrecieron contestaciones, genéricas a todas estas preguntas sonriendo amablemente mostrando la cara que les habían pedido. Después de todo, ellos si estaban contentos de estar allí. Así se pasaron unos días y entre visitas a sus amigos, entrevistas de prensa y otras cosas de poca relevancia llegó el día de abordar aquel avión que los llevaría a colectar el premio que se habían ganado.

En el aeropuerto La Guardia, Ángel y su familia esperaban reunidos para decirle adiós a aquel hombre al que consideraban parte de su familia. En sus miradas el eterno agradecimiento se mezclaba con las emociones de satisfacción de saber que esa alegría que provenía desde los ojos de Raúl era el resultado de su obra de bondad. De entender que las lágrimas que bajaban por las mejillas de la cara de su hija Destiny eran el resultado del heroísmo de aquel hombre que, siendo un extraño para ellos, arriesgó su vida para salvar a su hija mayor. Luego de unos abrazos efusivos y palabras de apoyo, llegó el momento de decir adiós. Ángel sabía que su amigo tendría la oportunidad de volver, aun así, presentía que nunca más lo volvería a ver. Esto le ocasionaba un sin número de alegrías y penas.

-Cuidase mucho mi compadre y recuérdese de lo que le dije. -decía Ángel.

-Gracias, ¿Qué fue lo que me dijo? -preguntaba Raúl.

-De eso de no llevar a la mujer al oftalmólogo.

-Va a seguir jodiendo.

-Eso nunca va a cambiar, aunque ya no esté aquí.

-Ya me lo imaginaba.

-No se olvide de llamar pa' bochinchear de vez en cuando.

-Ya usted sabe. Lo llamo pa' que me cuente de la gente.

A unos pasos de estos Carmen, Salomé y Destiny sostenían otra conversación en la que compartían anécdotas de sus vidas en un intento de conocerse rápidamente.

-Raúl es un hombre muy bueno. -decía Carmen.

-Yo lo sé. -contestaba Salomé.

-Mi padrino te va a hacer feliz. -ofreció Destiny.

-Él ha sufrido mucho en los últimos años. -dijo Carmen.

-Pero no se lo merecía. -añadió Destiny

-Algo así me contó él, pero creo que este cambio le va a hacer mucho bien.

-Eso es lo que esperamos. ¿Te ha dicho algo? -preguntó Carmen.

-Solo lo que piensa hacer después de que llegué a Puerto Rico.

- ¿Y después?

-Eso no lo ha dicho. -dijo Salomé mirando a otro lado.

-Pero tú tienes que saber algo.

-Solo sé lo que me ha dicho de su mamá y su amiga.

-Pues no lo dejes cometer ninguna locura.

-Yo no creo que él vaya a hacer nada fuera de lo común.

-Eso espero. Gracias a Dios que te encontró a ti para que lo acompañes.

-Gracias a Dios que me lo puso en el camino.

-Eso digo yo.

-Y yo también. -interrumpió Destiny.

Entre conversaciones, abrazos, sonrisas y alguna que otra lagrima de alegría, llegó el momento en el que Raúl y su acompañante tenían que abordar el avión. Como eran los pasajeros de honor, abordaron primero acompañados de una reportera que tenía encargado grabar todas las emociones de la pareja ganadora. Ya sentados en sus asientos de primera clase, la reportera los abordó para hacerles algunas preguntas:

- *¿Dónde se conocieron?* -preguntó la reportera.

-*Nos conocimos caminando por el Parque Central hace dos años.* -contestó Raúl

-*Él se paró a pedirme una dirección.* -informo Salomé.

-*Y su teléfono.* -ofreció Raúl con una sonrisa pícara.

-*Bueno después de que le di la dirección, le di mi número.*

- *Y comenzamos a hablar hasta que decidimos ir a una cita.*

-*Desde entonces estamos juntos.*

-*En las buenas y en las malas como dice el dicho.*

-*Y esta es una de las buenas.*

Durante todo el viaje la reportera se mostró cordial y afable. De cualquier manera, Raúl y Salomé se sentían como si ellos estuvieran en un zoológico adónde los animales en exhibición eran ellos. La mujer los observaba tratando de grabar las reacciones de estos durante todo el viaje. Raúl al igual que Salomé se excusaron varias veces antes de ir al baño adónde por lo menos se podían escapar de la mirada intrusa de la reportera por unos segundos. Eventualmente y estimulada por el silencio de los dos pasajeros, la reportera perdió interés y se fue a la parte de atrás de la aeronave a entrevistar a pasajeros más interesados en hablar. Raúl y Salomé se encontraron finalmente solos y comenzaron a hablar. Éste sentado en su asiento de ventanilla le hablaba a su amiga de lo que él esperaba experimentar cuando ya estuviera llegando a su Isla del Encanto:

-*Cuando estemos por San Juan, eso es algo tan emocionante que no se puede explicar.*

-*En serio*

-*Esta Isla tiene algo que nos llama a todos no importa dónde estemos.*

-Así me sentía yo llegando a Quisqueya.

-Créeme lo que te digo. Hasta tú lo vas a sentir. Este lugar es algo especial.

-Yo me imagino lo feliz que estás.

-Y yo te estoy diciendo que, aunque esto no es Santo Domingo tú también lo vas a sentir.

-Yo lo que espero es vivir en paz, aunque no regrese nunca a mi hogar.

-Vas a estar más cerca. ¿Y si se te ofrece la oportunidad?

-Yo te prometí estar contigo hasta el final.

-Y yo te lo agradezco, pero eso no cambia mi pregunta ¿y si se te ofrece el chance?

-No lo haría, pues a ti te debo todo esto

-Y créeme que lo entiendo y me dolería perderte, pero si te puedes ir lo deberías de hacer.

- ¿Qué ya no quieres que esté contigo?

-Pues seguro que si chica, pero más que deseó ahora mismo es que tú tengas la oportunidad de ver a tu mamá con vida y no tengas de que arrepentirte.

-Yo no podría arrepentirme, pues sin ti yo no estaría en este avión.

-Ni yo sin ti.

- ¿Cómo así?

Raúl comenzó a relatarle a la mujer todo lo que tenía planeado si no se ganaba la lotería. Primero escribiría una nota para sus amigos. Después empacaría todo lo que él consideraba de valor para que éstos se lo llevarán. Y por último subiría a la azotea del edificio envuelto en la bandera de Puerto Rico para que la gente supiera que él también se había quitado la vida por las injusticias de la nación. Finalmente saltaría al vacío para terminar con la pesadilla de su vida. Salomé asombrada por aquella confesión se puso una mano en la boca y la otra en el hombro de Raúl. Éste la miró comprensivo antes de esconder su mirada, para esconder su bochorno por haber pensado en aquello. Luego de esto hubo un silencio interminable, de esos que ocurren cuando las personas no tienen una manera clara de comunicarse. Eventualmente la mujer rompió el silencio con un comentario:

-Mi amor, no creas que eres el único al que la distancia forzada lo ha llevado a pensar en acabar con su historia, pues yo también he tenido esos momentos.

-Tenía que decírtelo para no sentirme culpable.

- ¿Culpable de qué?

-No sé.

-Lo importante es que estamos aquí con vida. Tú y yo estamos aquí. Ya lo pasado, pasado es.

-Gracias por entenderme.

-No tienes nada por lo que darme las gracias.

-Lo que tú digas.

De momento sonó un timbre, las luces de los cinturones en centro y el capitán hizo el anuncio más esperado de la tarde.

"Ladies & gentlemen, we have initiated our final descent into San Juan Puerto Rico. As a reminder, please remain seated with your seatbelts fastened. Please secure any items that you have been using. Once again, we thank you for flying with us today."[24]

Raúl esperó la acostumbrada traducción al español del mensaje del piloto, pero este nunca llegó. No era necesario traducir para los pasajeros que viajaban en este vuelo. Inmediatamente Raúl miró afuera de la ventana buscando los acostumbrados puntos en el Viejo San

---

[24] "Ladies & gentlemen, we have initiated our final descent into San Juan Puerto Rico. As a reminder, please remain seated with your seatbelts fastened. Please secure any items that you have been using. Once again, we thank you for flying with us today.": Damas y caballeros, hemos iniciado nuestro descenso final a San Juan, Puerto Rico. Como recordatorio, permanezca sentado con los cinturones de seguridad abrochados. Por favor, asegure cualquier artículo que haya estado utilizando. Una vez más, le damos las gracias por volar con nosotros hoy.

Juan, La Laguna de San José, El Condado, el famoso Castillo San Felipe del Morro y al lado de este, la barriada la Perla. Este último logar había sufrido cambios drásticos.

La emoción llenó el pecho de Raúl y por primera vez desde hace tanto tiempo sintió ese halar de la naturaleza de su Isla. Salomé miró también y aunque el magnetismo no era el mismo, la mera visión de aquella Isla tropical la hizo temblar de emoción, pues le recordaba a su Isla caribeña. En aquel momento hubo un silencio entre los dos como para darse un momento para saborear aquella imagen y resguardarla en su mente por siempre.

El avión comenzó a descender lentamente, tan lento que, para Raúl, la nave se sintió como si estuviera estacionada en el aire. Cuando por fin las ruedas tocaron la pista de aterrizaje, la azafata comenzó a dar instrucciones como era la costumbre. Todo el mundo se mantuvo en silencios, y no hubo aplausos como en el pasado cuando los Puertorriqueños regresaban a su Isla.

"Ladies& gentlemen, Ted S. Graham Airport welcomes you to San Juan Puerto Rico. Local time is 1:45 PM. For your safety and those around you, please remain seated with your seatbelt fastened and keep the aisles clear until we are parked at the gate." [25]

El avión continuó lentamente en dirección al portón de desembarque. Durante los minutos que tomó para que la nave llegara a abrir sus puertas, el corazón de Raúl latía intensamente, ocasionándole un ataque de nervios de felicidad. Salomé sentada a su lado, experimentaba algo similar, pues era la primera vez que estaba en el caribe, pero no en su Isla. Cuando el avión abrió sus puertas, la reportera se volvió a integrar a Raúl y Salomé para grabar el momento en que el calor de la Isla se hiciera evidente es el pasillo del puente de

---

[25] "Ladies& gentlemen, Ted S. Graham Airport welcomes you to San Juan Puerto Rico. Local time is 1:45 PM. For your safety and those around you, please remain seated with your seatbelt fastened and keep the aisles clear until we are parked at the gate.": "Damas y caballeros, el Aeropuerto Ted S. Graham les da la bienvenida a San Juan, Puerto Rico. La hora local es la 1:45 PM. Por su seguridad y la de los que le rodean, permanezca sentado con el cinturón de seguridad abrochado y mantenga los pasillos despejados hasta que estemos aparcados en la puerta."

conexión. Ella esperaba una reacción intensa y sentimental, para poder vender aquella historia a los Puertorriqueños desterrados. Éste comprendiendo lo que se esperaba de él, no defraudo. Aunque sus lágrimas expresaban más coraje por la situación que había vivido antes de regresar, que la felicidad que ella estaba tratando de mostrar a través de su lente.

Ya adentro de la sala de reclamo de equipaje, la prensa local esperaba a Raúl y su mujer, pues ellos habían sido el último ganador transformados en novedad. Después de contestar un sin número de preguntas una limosina los llevó a un lujurioso hotel del área del Condado adonde se pasaron una noche, antes de ir a reunirse con el gobernador Rigs para su última rueda de prensas y para que le comunicaran a éste su deseo de destinación. Al finalizar todo este ajetreo, y dependiendo de lo que pidiesen, serían trasladados a su nueva residencia para ordenar todos los lujos y detalles que su premio estipulaba. El gobernador estaba esperando aquella oportunidad para presentarle una cara amable a su política de terror.

Los Infiernos

Al otro día, 19 de agosto 2043, Raúl y Salomé se reunieron con algunos representantes del gobierno. La mayoría de estos de origen anglosajón y uno que otro bastión de la era del Estado Libre Asociado que se había quedado atrás para servirle a su nuevo amo, y/o para seguir robando fondos públicos como lo solían hacer cuando eran ellos los corruptos que mandaban.

Durante la reunión todo fue coreografiado por estas personas para usarlos como títeres del gobierno y darle una cara marrón a una administración extranjera. Raúl y Salomé contentos de estar allí cooperaban con todo lo que se les pedía en un esfuerzo de terminar con aquella farsa lo más pronto posible, y dirigirse a su destino final, el barrio Los Infiernos de Trujillo Alto. Al concluir la mañana y todas las actividades relacionadas con la promoción del evento, los representantes comenzaron a hacer las preguntas que Raúl y su mujer estaban esperando escuchar todo el día:

- *¿Y han pensado a cuál de los cinco pueblos se van a mudar?* - preguntó una representante que se llamaba Adolfina Osorio.

-*Cinco pueblos ¿de qué hablas?* -preguntó Raúl confuso.

- *¡Ah! Es que eso lo acaban de pasar ayer.*

- *¿Qué pasó ayer?*

-*El gobierno eliminó todos los municipios y consolidó todas las*

149

alcaldías en cinco áreas. El único nombre que se salvó fue San Juan.

- ¡No jodas! Entonces ahora solo hay cinco pueblos.

-Algo así, ahora los pueblos son solo vecindarios.

-Eso está cabrón.

-Primero eran siete distritos, pero unos políticos gringos se opusieron y los bajaron a cinco nada más.

-Entonces ¿en qué distrito está Trujillo Alto?

-Tú quieres vivir en Trujillo Alto. ¿por qué?

-Porque soy de ahí, y ahí es que quiero estar.

-Entonces estás en San Juan comoquiera.

- ¿Trujillo Alto ahora es un barrio de San Juan?

-Si señor.

- ¿Y cómo se llaman los pueblos?

-Déjame enseñarte.

El hombre produjo un mapa y se lo mostró a Raúl, éste lo miró curioso antes de hacer un comentario.

-Eso no se parece a Puerto Rico.

- ¿Y quién te dijo que esto era Puerto Rico?

-Esto es Puerto Rico

-Solo en nombre amigo, solo en el nombre. Esto ahora le pertenece a los ricachones de los Estados Unidos.

-Será a los ganadores de la lotería.

-No señor, esos ganadores que ganaron antes de ti vendieron sus boletos a familias ricas. Aquí están los familiares de los más ricos de la nación.

- ¿Entonces?

-Los Puertorriqueños que quedamos, todos trabajamos para ellos de una forma u otra.

-Yo escuche a un muchacho hacer esas mismas alegaciones en el Internet.

-No menciones eso aquí si no quieres que te metan preso.

- ¿Por hacer un comentario?

-No hablemos más de eso.

-Está bien. ¿Entonces que tengo que hacer para ir a mi pueblo?

-Tengo que hablar con el gobernador, pues no todo Trujillo Alto está incluido en los pueblos que se están desarrollando.

- ¿Cómo es eso?

-Bueno partes del pueblo ya estaban siendo desarrolladas cuando sucedió el cambio a la estadidad. Esos lugares están incluidos como otros lugares en los que se ha invertido mucho dinero. Las partes más rurales que están un poco más arriba de adonde antes era el pueblo, no. En esas partes no hay planes de inversión.

- ¿Y por qué no?

-Porque ahí todos los que viven son personas locales.

- ¿Y que tiene eso que ver?

-Tú vivías en los Estados Unidos. Dime ¿cuándo fue la última vez que ese país invirtió adonde vivía gente como nosotros?

-Yo creo que nunca.

-Pues te contestaste tu pregunta.

-Entonces ¿qué hacemos?

-Bueno yo te recomiendo que te busques otro pueblo más costanero. Ahí es que está todo lo bueno.

-Yo quiero revisar una casa en específico. Si está ocupada, pues ya veré que me invento. Pero algo sí tengo claro.

- ¿Qué es lo que tienes claro?

-Que yo regresé a vivir en mi casa, a mi pueblo, no importa como lo llamen esta gente.

-Entonces tengo que hablar con el gobernador.

-Pues ve y háblale.

Salomé se mantuvo callada durante la conversación entre los dos hombres. Para ella no había diferencia entre un lugar u otro, aunque conocía las razones por las que Raúl insista en escoger el lugar que escogía. Eventualmente, Adolfina se marchó y los dejó solos. Raúl visiblemente preocupado por el inconveniente, la miró y le dijo que era mejor regresar al hotel, cambiarse de ropas, tomar un taxi hasta El Viejo San Juan para caminar por sus calles rumbo al Castillo San Felipe del Morro, pararse en la muralla que miraba a Isla de Cabra y gritarle al mundo entero: *"¡Estoy en Puerto Rio coño!"* Regresaron al hotel, se bañaron y se cambiaron a ropas más apropiadas para irse a ver el pueblo de San Juan. Salomé estaba contenta de ir a estos lugares que ella nunca había visitado, y Raúl estaba excitado por la oportunidad de regresar a un lugar de su pasado.

Salieron del hotel e intentaron encontrar un taxi local, pero ya eso no existía. Todo lo que había disponible eran compañías de internet que ofrecen esos servicios. Raúl se vio forzado a bajar una aplicación a su celular para poder usar el servicio. Luego de unos minutos entrando la información necesaria, llamó al servicio y la aplicación le mostró el tiempo estimado para que llegara el conductor a buscarlo. Unos minutos más tarde, un carro eléctrico se estacionó en el punto acordado. Raúl miró el carro y se sorprendió de que un auto tan caro estuviera siendo utilizado para un servicio de taxi. Entonces recordó haber escuchado algo de que, en el estado de Puerto Rico, el uso de automóviles de gasolina estaba prohibido para proteger el medio ambiente y a los residentes de la Isla.

Raúl y Salomé abordaron el vehículo y el muchacho de origen extranjero los saludó brevemente. Sentados en la parte de atrás del auto, Raúl y la mujer se entretuvieron mirando una pequeña pantalla digital donde se informaba la temperatura, la hora y alguna que otra curiosidad. No había nada de interés en la pantalla para Raúl y Salomé, entonces este empezó a contarle a Salomé acerca de San Juan y lo que él esperaba encontrar. La mujer se mostraba interesada en lo que él decía, y Raúl continuó hablando hasta que una imagen en la pequeña pantalla llamó su atención. Era una imagen del coquí de Puerto Rico con el título: **Wanted, dead or alive**. Raúl curioso le preguntó al conductor que significaba aquello y éste le contestó:

-*Residents don't like the noises that that frog makes*[26].

- *What do you mean they don't like the coquí sound?*[27] -preguntó Raúl en inglés.

-*They find it annoying & want them gone, so they could sleep at* [28]*night.*

-*Motherfuckers, first, they steal the Island and now they want to kill the coquí.*[29]

-*I guess.*[30]

Raúl comenzó a maldecir en español hasta que Salomé lo miró firmemente y le recordó en voz baja lo que Adolfina le había dicho acerca de hacer comentarios negativos que se podían percibir anti-gobierno. Éste entendió que ella tenía la razón y se quedó callado el resto del viaje. Solo se limitó a hacer un comentario:

-*Es que, si reencarnara en algún animal, preferiría que fuese en un coquí.*

---

[26] -Residents don't like the noises that frog makes: A los residentes no les gustan los ruidos que hace esa rana.

[27] What do you mean they don't like the coquí sound?: - ¿Qué quieres decir con que no les gusta el sonido de coquí?

[28] -They find it annoying & want them gone, so they could sleep at night.: Les resulta molestoso y quieren que se vayan, para poder dormir por la noche.

[29] Motherfuckers, first, they steal the Island and now they want to kill the coquí.: Hijos de puta, primero se roban la Isla y ahora quieren matar al coquí.

[30] -I guess.: -Creo que así es.

- ¿Y por qué?

-Porque eso significa que volvería a nacer en mi Puerto Rico.

-A la verdad que a veces tú me sorprendes. No crees en Dios, pero si en la reencarnación.

-No mujer, yo no creo en nada de eso. Solo digo que si fuese posible renacer como lo decían en la canción del Gran Combo, "Patria", si me dieran a escoger yo vuelvo a nacer aquí.

- ¿Y eso que tiene que ver con el coquí?

- Tú no sabes eso. El coquí solo nace y vive en Puerto Rico. Ves solo estoy asegurándome el futuro.

-Aun así, creo que estás un poco loco.

Al llegar al viejo San Juan, Raúl le instruyó al muchacho que se detuviera en la Plaza Colón. Al bajarse del auto, miró a la estatua de mármol en el centro y se dio cuenta de que la estatua no era la de antes, sino que había un hombre llamado Jefferson Davis en su lugar. Raúl sonrió por la ironía de que habían remplazado una persona terrible con otra persona del mismo calibre.

Luego de esto buscó la Calle del Sol para caminar por sus ladrillos, y luego subió a la calle Norzagaray para mirar la barriada de La Perla, o lo que quedaba de ella. En su lugar había un sin número de equipos de construcción, escombros, y lo que se veía como unas diez bases para edificios multi pisos. Raúl se sorprendió, aunque ya sabía de esto. Unos minutos más tarde vio que también faltaba el Cementerio Santa María Magdalena de Pazzis. La expresión en su cara cambió de alegría a decepción, por lo que Salomé le preguntó si estaba bien. Éste respondió que un poco molesto, a lo que ella respondió con el comentario: *"Todo cambia en esta vida."* Raúl entendió el mensaje y decidió llegar al Castillo lo antes posible. A lo largo de aquel tramo vio que ya no había vendedores ambulantes como en el pasado. Todo estaba desierto de actividad económica como existía en su niñez. No había vendedores de agua fría, coco frio ni piraguas. Al entrar al lugar se dio cuenta que al menos en este lugar, todo parecía igual, con la excepción del precio de admisión, $50.00.

Luego de entrar, caminar y pararse en el punto deseado a gritar lo que tenía en el pecho, concentró su mirada en el horizonte y guardó silencio. Salomé parada a su lado, respiró profundamente y se empeñó en pensar que estaba en la Fortaleza de San Felipe de Puerto Plata, este pensamiento le arrancó una lagrima de añoranzas, pues respiraba el aire del Caribe en una Isla similar a la suya. Raúl la miró y comprendió aquellos estragos del alma, le puso las manos en los hombros y le susurró al oído:

-Ahora estás más cerca que antes.

-Lo sé.

-No pierdas esperanzas.

-Yo sé, solo que estando aquí, la presencia de mi madre se me hace más real.

-Solamente te digo: no dejes de pensar, a lo mejor algo cambia.

-Yo te hice una promesa.

-Y yo te libero de ella con tal de que veas a tu mamá una vez más.

-Yo no quiero dejarte solo.

-No estoy solo, estoy en casa, mi Isla. Además, yo no te dije que te puedes ir pa' siempre. -dijo Raúl en forma de broma.

-Más te vale. -reprochó la mujer.

Esperaron la puesta del sol, sentados mirando el océano Atlántico. Luego se fueron a buscar adonde comer, pero no encontraron un lugar donde sirvieran comidas típicas. Todo era hamburguesas y pizza, no había un cafetín, donde ordenar un café criollo o nada por el estilo. Entones se decidieron a llamar otro servicio de transportación y se regresaron al hotel a ordenar algo del menú. Después de todo eso también estaba incluido en su premio.

Al otro día, el teléfono en la habitación sonó bien temprano. Era Adolfina que los llamaba con una pregunta inmediata:

- *¿A cuál barrio de Trujillo Alto te quieres mudar?*

-*Al barrio Los Infiernos.*

-*Te llamo pa' atrás.* -dijo la mujer y colgó la llamada.

Una hora más tarde, llamó otra vez y le pidió a Raúl que bajara a la sala del hotel solo. Éste preguntó por qué, pero Adolfina se limitó a decir que ella no tenía respuesta a esa pregunta. Raúl le comunicó a Salomé lo que le pedían y ésta le dijo que fuera rápido para poder salir de aquel hotel y comenzar a vivir. Unos minutos más tarde Raúl se encontró con Adolfina en la sala y los dos se fueron a reunir con algún representante del gobierno. El representante puertorriqueño llamado Virgilio, trabajaba directamente con el gobernador Rigs. El hombre miró a Raúl de arriba a abajo como para medirlo con la mirada antes de comenzar a hablar de una manera prepotente:

-*Señor Canales, mi nombre es Virgilio Ferré y estoy aquí representando al gobernador Franklin Rigs.*

-*Mucho gusto señor Ferré, Raúl Canales Ramos a su orden.*

-*Estoy aquí para discutir sus planes de mudarse al barrio Los Infiernos de Trujillo Alto.*

-*Qué bueno, que bueno.*

- *Quiero hacerle una pregunta si no es mucha molestia.*

-*Diga usted.*

-*Usted está al tanto de lo que sucede con un hombre llamado Pedro Campos.*

-*Si, si estoy al tanto de que es un terrorista o algo así.*

-*Algo así no, es in terrorista.*

- *¿Y qué tiene que ver eso conmigo?*

-*Hasta ahora nada, solo queremos saber si usted está de acuerdo con lo que ese mequetrefe dice o no.*

-*Yo lo único que quiero es vivir en paz. A mí no me importa lo que ese señor haga con su vida.*

- ¿Por qué me miente?

-Yo no miento.

El hombre sacó una carpeta llena de papeles y la tiro en un escritorio. Luego se sentó y abrió la misma para enseñarle a Raúl reportes del incidente en el Parque Central de Nueva York. La orden de arresto y otros papeles que lo inculpaban. Entonces volvió a preguntar:

- ¿Por qué me miente?

-Primero: que nada, no me llame mentiroso que usted a mí no me conoce. Segundo: si tienes esos papeles sabes que fui encontrado inocente de todos los cargos.

- ¿Qué hacía usted allí?

-Yo pasaba por allí en el momento que el policía de mierda le iba a dar golpes a una mujer indefensa. Dígame si usted como hombre no hubiese hecho nada.

-Yo no hubiese intervenido con una acción oficial.

-Pues a mí me crio un hombre de verdad, y él me enseño que a la mujer no se le dan golpes. ¿Qué tipo de hombre lo crio a usted?

-Tenga cuidado, que ahora ya me está faltando el respeto.

- ¿Y usted no me acaba de llamar embustero en mi cara?

-Yo solo quiero cerciorarme de que no estoy hablando con un simpatizante de Campos.

-Pues fíjese que no. Yo solo quería enterarme de lo que él propone y no estoy de acuerdo.

- ¿Y su relación con Julia García Santiago?

-Después del incidente nos volvimos amigos hasta que la encontraron muerta.

Raúl decidió que su mejor opción para disipar sospechas era contarle a aquel individuo de sus noches asistiendo a reuniones pro-estadidad y anti-estadidad, pues él lo que estaba buscando era una explicación concreta acerca de lo que estaba sucediendo en la Isla. El hombre lo detuvo ocasionalmente para hacer algunas preguntas y lo dejo continuar hasta que éste había terminado con su relato.

-*Entonces puedo asumir que usted no apoya lo que Pedro Campos dice.* -preguntó el señor Ferré.

-*No, para nada de este mundo.*

-*Entonces tengo una propuesta para usted.*

- *¿Una propuesta?*

-*Pedro Campos nos ha evadido por mucho tiempo y existe la posibilidad de que este escondiéndose en ese barrio.*

- *¿En los Infiernos?*

-*Si, y necesitamos su ayuda para acabar con este individuo.*

-*Mi ayuda, pero si yo no soy más que un hombre normal. Yo no creo que debería estar envuelto en este tipo de revolúses.*

-*Tú conoces el barrio Los Infiernos y nos puedes ayudar a identificar algún lugar adonde éste se pueda esconder.*

-*Yo no sé cómo les puedo ayudar, pero dime ¿qué es lo que tienen pensado?*

-*Déjame recordarte que esta conversación es totalmente confidencial.*

-*Eso ya como que lo sé.*

-*Entonces sabes que nada de esto debe de ser comentado con ninguna otra persona.*

-*Ni mi mujer.*

- *¡Nadie!*

- *¿Por cuánto tiempo tengo que hacer esto?*

-*Hasta que agarremos a ese desalmado.*

- *¿Y después?*

-Después si me ves no te conozco.

- ¿Por qué ustedes piensan que yo los puedo ayudar?

-Tú eres de allí, y que regreses a ese lugar no levantaría sospechas para nadie.

- ¿Y no han tratado de otra forma?

-Tenemos un informante en el barrio, pero no ha logrado conseguir nada en concreto.

- ¿Y cómo yo les voy a dejar saber a ustedes sin ponerme en riesgo a mí ni a mi mujer?

-Tu mujer no debe de saber nada de eso.

- No entiendo por qué si cuatro ojos ven mejor que dos.

-Mientras menos gente lo sepa mejor es para todo el mundo.

Virgilio le explicó el plan a Raúl, este envolvía usar algún tipo de dispositivo para marcar posiciones en el mapa. Lo único que él tenía que hacer era infiltrarse en su barrio. Pasarse unos días reestableciendo relaciones con las personas que aun conocían a su familia. Averiguar si alguno de éstos conocía acerca del paradero de Pedro Campos y sus cómplices. Luego Raúl habría de verificar el lugar, llegar al mismo y encender el dispositivo para que el gobernador pudiese iniciar un ataque militar secreto y eficaz que eliminaría a los terroristas en secreto y sin necesidad de un juicio. Raúl escuchó el plan con la boca abierta e hizo algunas preguntas que le contestaron de inmediato. Al final de la conversación, Virgilio le puso la mano en el hombro y le dijo: *"Gracias por su servicio."*

Ya concluida la reunión secreta, Raúl regresó al hotel acompañado de Adolfina, la cual le había entregado un carro para su uso personal. Unos minutos más tarde salió con Salomé de su mano y le dijo que estaba autorizado a viajar a su barrio de antaño a revisar si la propiedad que deseaba estaba disponible. Durante el viaje no habló mucho de nada. Solo se dirigió a la mujer para indicarle lo que ella estaba mirando, pues ella era nueva en el lugar. Al llegar al puente de acero de Trujillo Alto, se detuvo por unos momentos a mirarlo detenidamente. Ese lugar era icónico para todos los residentes del pueblo en el pasado, y en el presente. Luego reinició su camino en busca del cementerio municipal del pueblo, donde debería de enterrar las cenizas de su madre. Para su desmayo, encontró que el cementerio ya no estaba allí, habían usado los terrenos para expandir una urbanización muy exclusiva que comenzaba casi al lado del puente. Esto lo perturbo, pues ahora no solo tenía que encontrar un lugar adonde enterrar a su madre, sino que también adonde estaban sus ancestros. Luego de tragarse su decepción, continuó su viaje y encontró que la panadería El Fruto estaba abierta. Este era el lugar donde su abuelo compraba el pan y la leche. Y desde donde venia su bisabuelo Wenceslao en el trágico día en que murió, víctima de una reyerta política entre dos individuos. Al menos esta parte de su niñez aun existía.

Salomé estaba en un trance de imaginación y realidad al mirar aquel campo verde que existía en camino a la casa de Raúl. Entonces mirándolo fijamente entendió el porqué de su insistencia en volver a un lugar tan hermoso. Aquel verdor tropical que no existía en los cielos nublados y/o llenos de humos de Nueva York. La naturaleza en las montañas y las casitas de personas de humilde proceder, donde un rico no gastaría un minuto, mucho menos una noche. Llena de emoción por lo que este lugar le recordaba, le puso una mano en el muslo a Raúl, y éste comprendió lo que ella quería decir sin abrir la boca. Eventualmente, llegaron al Sector Talánco, donde Raúl se crio y donde se encontraba la casa que él buscaba. La casa de su abuelo Don Salvador, el padre de su madre Manuela.

Esa casita que había sido integral para su identidad, y de cual poseía muchas memorias de sus abuelos que estaban encerradas en su memoria como un mensaje en una botellita que flota en el mar. Raúl entendía que no iba a encontrar todo igual, pero si encontraba la estructura firme podía pedir que le arreglaran todo sin cambiar nada. Al llegar a la cercanía del lugar, la emoción fue tan grande que tuvo que detener su auto para tratar de calmar sus nervios galopantes. Había soñado con este momento por tanto tiempo, que ahora que estaba allí se sentía atacado y mortificado por las memorias de su madre y de las suplicas de ésta de que la ayudara a regresar. La intensidad del momento, lo hizo bajar su mirada, esconder su cara entre sus propias manos y sollozar mientras mencionaba el nombre de su madre pidiéndole perdón, sin tener alguna razón para esto.

Salomé se bajó del auto, lo abrazó y le recordó que él no tenía la culpa de nada de lo que había sucedido. Aun así, tomó unos minutos para calmar al hombre, pues en su mente, la última memoria de Manuela se veía más real que nunca. Eventualmente, Raúl recolectó sus nervios y se volvió a montar en su auto para llegar a la casa de su difunto abuelo. Mirando los rededores vio muchos extraños que los miraban a ellos, ocasionalmente ofreciéndoles un saludo esporádico. Unos minutos más tarde, se estaba estacionando en la guardarraya de la carretera para caminar en un corto camino de polvo hasta la casa que andaba buscando.

Al llegar a la misma, se dio una gran sorpresa a la misma vez que sufrió una gran decepción. La casa de Don Salvador parecía estar habitada y estaba bien cuidada. Sus paredes limpias y pintadas, y su jardín bien podado con varios tipos de flores sembrados en el mismo. Las piernas de Raúl enflaquecieron momentáneamente y miró a Salomé decepcionado. Ésta también estaba un poco triste, pues este lugar ya se había incrustado en su corazón. De repente una voz desde sus espaldas los hizo voltearse de inmediato:

-*Raúlito mijo que gusto verte.* -dijo una anciana.

-*Tía Rosa, caramba que gusto es verla a usted.*

-*Yo sabía, yo sabía que tú tenías que volver.*

-*He estado tratando por mucho tiempo.*

- *¿Y esta mujer tan bonita, de dónde la sacaste?*

-*Esta es mi mujer Salomé Mirabal.*

-*Ya yo lo sé mijo, si los vi en la tele. Estaba preguntando por molestar.*

-*Pues ya usted sabe cómo volvimos.*

- *¡Mucho gusto!* -saludó Salomé

-El gusto es mío niña. Pero déjame preguntar: ¿tú eres ciega?

- *¿Ciega?* -preguntó Salomé con curiosidad.

-So mija pa' andar con un hombre tan feo como este hay que estar ciego.

-Caramba tía ni usted me perdona.

-Mijo tú sabes cómo somos nosotros los Canales.

-Ya yo sé, son unos sinvergüenzas.

- *¿Y qué haces aquí? No di que te iban dan una mansión.*

-Yo estaba esperando encontrar la casa del viejo vacía, pero ya veo que ahí vive gente.

- *¿Qué gente? Ahí no vive nadie.*

-Y entonces ¿por qué todo está tan bien cuidado?

-Eso es mi hijo Benito. Él dice que la casa de Salvador es muy importante para dejarla pudrirse. Por eso lleva años cuidándola, manteniendo el jardín y desyerbando los alrededores.

-Entonces yo puedo pedir esta casa para vivir en ella.

-Pue mijo si esa casa es tuya.

- *¿Mía?*

-Tu mamá era la menor de nosotros y ella era la que iba a heredar la casa. Entonces esa casa es tuya. Déjame buscarte la lleve para que entres y veas como Benito la tiene por dentro.

-Tía ¿Y usted no cree que él se vaya a molestar por esto?

-No, mijo, Benito tiene su casa y su familia. Él solo hace esto porque adoraba a Salvador.

- *¿Está segura?*

-Mijo créeme que te lo digo. Ese se va a poner bien contento. Déjame buscarte la llave y lo voy a llamar de vez pa' que te vea. Pero

siéntate en el balcón en lo que vuelvo pa' atrás, pa 'que descansen un poco.

Raúl y Salomé se sentaron en dos sillas que había en el balcón, y se entretuvieron mirando los alrededores del lugar. Para la mujer todo era nuevo y hermoso. Para él todo era viejo y nostálgico, aunque nada se veía exactamente igual, no se veía completamente distinto. Pensando en todo, el tiempo pasó tan rápido que Raúl no se dio cuenta de que su primo hermano Benito caminaba en dirección a la casa acompañando a su tía Rosa. Salomé que estaba en un trance de recuerdos, tampoco vio a las personas aproximándose. Benito llegó al balcón con su acostumbrado humor y grito:

-Primo Raúl, coño tanto tiempo sin verlo.

-Tanto tiempo en verdad.

-Yo no pensé verlo nunca más.

-Ni yo tampoco primo. El mundo se fue a pique.

-Y él que no se fue, se lo llevaron arrastráo.

- ¡Me lo imagino!

-Nosotros somos de los pocos que quedamos. Mi vieja, mis hijos, mi mujer y yo hasta ahora nos hemos libráo del abusó.

- ¿Se llevaron mucha gente de aquí?

-A casi to' el mundo.

-Eso está del carajo primo.

-Y lo peor de to' es que ahora si dices jí o já del gobierno te meten preso o te deporten a una cárcel de allá afuera.

-Eso ya lo había escuchado.

-Primo y me dice la vieja que se va a poner a vivir en la casa de abuelito Salvador.

- ¿A usted no le está malo eso?

-Claro que no, si esa casa es tuya. Yo la estaba manteniendo pa'

que no se metiera nadie ahí.

- ¿Y por qué se iban a meter ahí?

-Porque el gobierno ha sacado a mucha gente de sus casas y los ha tirado pa' acá sin casa ni na'.

-Pa' que usted vea que eso yo no lo sabía.

- ¿Cómo lo vas a saber sí aquí las noticias están compras?

-Eso siempre fue así.

-Yo lo sé, pero ahora es peor. Abusan y matan a la gente, especialmente a los jóvenes; y después te dicen que no ha pasaó na'.

-Eso también lo sé.

-Primo ¿y es verdad lo que maí dice de tu mujer?

- ¿Qué?

-Que está bonita pero ciega.

- Coño ustedes no cambian.

-Ya usted sabe. ¿quiere ver la casa por dentro.

-Pues seguro.

Benito abrió la puerta para que Raúl y Salomé entraran a la pequeña sala. Raúl conmocionado por el momento, miró a las paredes y vio las fotos que se encontraban colgadas allí desde que él tenía memorias del lugar. Los muebles eran los mismos muebles que sus abuelos tenían la última vez que vino a visitarlos de Nueva York. Todo por dentro de la casa parecía estar atrapado en el tiempo. Sintió ganas de llorar al imaginarse a su mamá visitando este lugar como ella quería, pero se aguantó, pues sabía que esto lo convertiría en el hazme reír de su familia. Salomé por su parte, mostraba una sonrisa de oreja a oreja. Para allá esta casa era como un sueño adonde podía vivir sin tener que levantarse.

Benito se tomó unos minutos explicándole a Raúl como trabajaba las manijas de la bañera. En que receptáculo se caía la electricidad y hasta como encender la estufa eléctrica que ahora era mandatorio en todo el país. Cuando ya había concluido con todas las explicaciones, se excusó para ir a su hogar, pero no antes de ofrecer su ayuda incondicional. Salomé por su parte había entablado una conversación con la tía Rosa y las dos salieron a mirar el jardín y sus flores. Ya adentro de este Salomé se para frente a una mata de amapolas y tomó una de sus flores para ponérsela en el lado de una de sus orejas.

-Se te ve muy bonita. -dijo Rosa.

-Estas son mis flores favoritas. -respondió Salomé.

- A mí me gustan las orquídeas.

-Mi mamá siempre ha tenido amapolas en su jardín. Desde que era niña, me han gustado. Y ahora cuando las veo me recuerdan a mi mamá.

- ¿Y tu mamá aún vive?

-Si, pero no he podido ir a verla. No me lo permiten.

-Pue' ya tú sabes que ahora el Caribe está cerrado pa' los caribeños.

-Nos robaron a todos.

-A toítos, sin excepción.

-Cuanto no daría yo por volver a ver mi patria.

- ¿Y no puedes ir desde aquí?

-No, yo estoy en el mismo bote que todos los demás.

-Es por eso por lo que yo le doy gracias a Dios de que ya estoy pronto a morirme.

- ¡Ay, señora! No diga eso.

-Mija yo no quiero vivir en esta Isla si la gente que vive aquí no somos nosotros los boricuas.

-Pero tenga fe que algo puede cambiar.

-Él único que puede cambiar esto es Dios y yo creo que hasta él se ha olvidado de nosotros.

-Hay que tener fe.

-A mi edad, ya hasta eso me está faltando.

La conversación duró un largo rato hasta que tía Rosa se fue para su casa a cocinar algo especial para la visita. Salomé entró a su nuevo hogar con su flor de amapola en la oreja y sonrió esperando la opinión de Raúl. Éste la miró sin hacer ningún comentario. Entonces ella se sentó a su lado y le preguntó que le pasaba. Él la miró y sin decir nada, se paró y caminó a revisar los alrededores del hogar para cerciorarse de que estaban solos. Luego se sentó al lado de ella y hablando en voz baja le comentó acerca de la reunión con el señor Ferré. Ella lo miró incrédula, pues sabía lo que significaba todo aquello.

- ¿Y qué vas a hacer? -preguntó ella curiosa.

-Primero tengo que hacer contacto, si es que esa gente está realmente aquí. -contestó él.

- ¿Con quién?

-Tú sabes con quien.

- ¿Y después?

-Depende de lo que pase, tomaré mis próximos pasos.

- ¿Estás seguro?

-Tú sabes lo que tengo que hacer.

-Tenemos que hacer, no te olvides que yo estoy en esto también.

-Yo lo sé, yo lo sé.

- ¿Y que tenemos que hacer ahora?

-Vamos al hotel, busquemos nuestras cosas y después hablamos.

Raúl y su mujer regresaron a San Juan, recogieron todas sus pertenencias para luego informarle al señor Ferré de sus intenciones. Éste le contestó que se mantendrían en contacto. Luego regresaron al barrio Los Infiernos a la casa de su abuelo Salvador. Esa fue su primera noche real en la Isla. Fueron a comer arroz con habichuelas, cerdo asado, aguacate, y hasta se tomaron un jugo de acerolas en la casa de la tía Rosa. Era la primera vez en muchos años que los dos probaban una comida verdaderamente criolla. Hecha con culantro, cilantro, achiote, y otros ingredientes locales. Al probar aquellos alimentos, el alma de Raúl sintió una conexión con su tierra. Y para Salomé fue como probar un pedacito de la suya. Luego de que estaban satisfechos, se quedaron hablando del pasado, anécdotas familiares y muchos recuerdos esporádicos. En la sala de la casa la canción Verde Luz del cantante "El Topo" sonaba en las bocinas de un viejo radio, enviando a Raúl a un viaje mental a recordar cuando esa música sonaba en la casa de su mamá mientras ella limpiaba.

Al otro día por la mañana salieron rumbo a San Lorenzo desde donde bajaron a Caguas, después a Gurabo. Pasaron por Trujillo Alto, Carolina, Canóvanas y finalmente a Loíza. Y en cada uno de estos pueblos, Raúl y Salomé dispersaron un poquito de las cenizas de Julia. Cuando se encontraban en el pueblo de Loíza, Raúl parado al lado del Rio Grande de Loíza ofreció unas palabras de duelo:

- *"Julia, mi amiga, quisiera que hubieras podido regresar en vida a ver a tu amado Rio Grande de Loíza. Sé que te hubiera gustado estar aquí en presente. Pero como no se pudo, he hecho lo que creo fue lo más prudente y disperse tus cenizas a lo largo del tramo del rio. Y desde hoy en adelante sé que estás hoy y estarás para siempre transitando sus aguas. Y me empeño en pensar que, de esta manera, estarás como las aguas de este rio, viva para siempre."*

Luego de decir estas palabras soltó su último puñado de cenizas y las observó caer al agua formando momentáneamente la imagen de un corazón. Y para un hombre que no creía en nada, ver aquella imagen lo inspiró profundamente. Salomé puso su mano alrededor del hombro de Raúl y le comentó:

-*A la verdad que esa mujer debió de ser alguien muy especial para ti.*

-*Julia era mi amiga, estaba tan empeñada como yo en regresar a la Isla, bañarse en las aguas de este rio. En morir aquí como quiero morir yo.*

-Yo creo que la entiendo. Creo que nos hubiéramos llevado muy bien.

-Yo creo que sí.

Se quedaron un largo rato conversando acerca de las circunstancias en las que Raúl y su fenecida amiga se habían conocido. Luego enfocaron sus miradas en el paisaje del rio y la belleza natural que los rodeaba. Salomé comentó que tanta belleza explicaba el amor de Julia por el lugar y se atrevió a decir que lo único que faltaba en el lugar eran flores de amapola para hacerlo un paraíso adonde ella quisiera descansar. Al atardecer regresaron a su nuevo hogar antes de volver a reunirse en la casa de la tía Rosa. Cuando estaban allí, Raúl preguntó adónde habían relocalizado el cementerio municipal a lo que su primo respondió que ya eso no existía. Unos años atrás el gobierno removió todas las tumbas y contactó a los familiares que pudo encontrar para entregarles los restos de sus parientes para que hiciesen con ellos lo que le diera la gana. Entonces Raúl preguntó acerca de los restos de sus abuelos a lo que Benito respondió que él los había reclamado para enterrarlos en un lugar muy especial.

- ¿Donde los enterró primo? -inquirió Raúl.

-Al mismito lado del jardín de abuelita Fortunata.

-Al lado del jardín de abuela.

-Si señor ahí mismo. Por eso es por lo que tengo todas esas flores sembradas allí. Porque quiero que a abuela nunca le falten sus flores de amapola.

-Las amapolas son mi flor favorita. -dijo Salomé.

-Pue ya en mi libro usted es de las mías. A mi abuela le encantaban esas flores.

-Primo yo tengo que enterrar las cenizas de mamí. ¿hay espacio?

-Seguro primo mañana mismo lo hacemos.

-Gracias primo creo que mi mamá estará eternamente agradecida por esto y yo también.

-De nada Raúl para eso es que somos familia.

Después de esto y como lo habían hecho en el día anterior, Raúl y su familia volvieron a sostener conversaciones acerca de los sucesos de los últimos años. Estuvieron conversando hasta la medianoche. Luego Salomé y él se despidieron dando las gracias nuevamente y regresaron a su hogar. Ya adentro del mismo, Raúl tomó la urna de cenizas de Manuela y se sentó en un pequeño sofá en la sala aguantando la misma con ambas manos. Acarició el envase por varios minutos, mientras le hablaba suavemente acerca de los planes para el día siguiente:

-Mamí, mañana por fin te voy a cumplir la primera parte de tu deseo. Y no te preocupes que también estoy trabajando en la segunda parte.

-Estamos trabajando en la segunda parte. -ofreció Salomé.

-Si eso mismo, nosotros estamos trabajando en cumplir tu último deseo. -dijo Raúl poniendo su mano en uno de los muslos de la mujer que se había sentado al lado de él.

A la mañana siguiente se levantaron temprano cuando alguien tocaba la puerta. Raúl preguntó quién era y su primo Benito le contestó que era él y traía regalos. Al abrir la puerta, se encontró que su primo cargaba con un termo de café y una bolsa con la insignia de la panadería El Fruto. Esto le trajo recuerdos de cuando su abuelito Salvador venía desde la misma cargando con pan y algunas golosinas, cada vez que cobraba su cheque del Seguro Social. Los dos hombres entraron a la casa, donde Salomé se encontraba colgando los cuadros que Raúl había traído con él desde la ciudad de Nueva York. Inmediatamente se sentaron a hablar y a desayunar juntos para luego ir a enterrar la urna de Manuela.

Unos minutos más tarde salieron de la casa y caminaron hasta la guardarraya del jardín adonde se encontraban las tumbas de los abuelos maternos de Raúl. Éste miró las mismas y por primera vez desde que había llegado desde el exterior pensó en sus abuelos paternos Agapito y Candelaria. Esto lo llevó a preguntarle a su primo acerca de las tumbas de estos, a lo que este respondió que no tenía ninguna idea, pues él no era familia de ellos y hasta lo que él sabía, los restos de estos no habían sido reclamados por nadie. Raúl sintió remordimientos por no poder hacer nada, pero él sabía que eso no estuvo a su alcance en el momento en el que sucedió.

Benito por su parte calculó la distancia y profundidad de la tumba para la urna de cenizas y se concentró en hacer el hoyo. Cuando ya había terminado le avisó a su primo que ya todo estaba listo. Raúl sintió una punzada en su corazón al darse de cuenta que tenía que decirle un último adiós a aquellas cenizas que lo habían acompañado en su dolor por tantos años. Era la segunda vez en aquella semana en la que le daba finalidad a las cenizas de un ser querido. Salomé comprendió lo que afligía al hombre y se acercó a éste para decirle que ya era hora de que su mamá descansara en paz de la manera que ella misma lo había pedido antes de morir.

-*Tienes razón.* -dijo Raúl con un semblante de tristeza.

-*Recuerda que mientras tú no la olvides, ella aun vivirá mientras tú vivas.*

- *¿Tú realmente piensas eso?*

- *¿Qué somos nosotros sino la memoria viva de nuestros padres?*

-*Yo nunca lo pensé así.*

-*Eso es porque te hacía falta yo para decírtelo.*

-*Primo la tía va a estar bien aquí, que mejor lugar que al lado de sus padres.* -dijo Benito.

-*Gracias primo eso significa mucho para mí.*

- *¿Estás listo?* -preguntó Salomé.

-*Creo que sí.*

-*Recuerda que esto no es un adiós, sino que un hasta luego.*

-*Gracias mi amor, yo no sé qué me haría sin ti.*

-*Y mejor que nunca te olvides de eso.* -respondió la mujer a manera de broma para levantar un poco el ánimo.

Así fue como en aquella mañana Raúl finalmente enterró a su mamá adonde ella se lo había pedido. Al finalizar el entierro Salomé fue al jardín y arrancó varios tipos de flores de sus diferentes matas e hizo un ramo de flores surtidas. Luego regresó a la tumba de Manuela y le puso el ramo encima. Se paró allí por un largo rato, observando la hermosa naturaleza que rodeaba al jardín. Por un momento se imaginó que podría quedarse allí hasta el fin de sus días, pues ya estaba en mejores estados emocionales que los que tenía unos días atrás en la ciudad de New York. De repente, un pensamiento la invadió y la saco de aquel sueño al recordarle lo que le prometió a Raúl. Entonces se arrodilló y ofreció unas palabras en voz baja:

- *"Doña le traje diferentes flores por si acaso. Y no se preocupe que yo sé que hay otro deseo que debemos de cumplir. Yo le prometo por la vida de mi madre Adela que vamos a tratar de cumplirlo hasta el fin de nuestros días. Como que yo me llamo Salomé Mercedes Mirabal."*

El Salto

Esa tarde Raúl y Salomé decidieron cocinar su primera comida en casa. Invitaron a Rosa, a Benito y su familia. Comieron juntos como se solía hacer en el pasado y después como ya lo habían hecho en otras ocasiones se pusieron a hablar de sus pasados y de las decisiones o sucesos que los llevaron a estar allí en aquel momento. Como a las 6 PM., todos se despidieron y regresaron a sus hogares. Salomé y Raúl fregaron los platos sucios y se sentaron a ver "las noticias." Mientras miraban las mentiras oficiales y hablaban de cosas esporádicas, el teléfono de Raúl comenzó a sonar y cuando éste lo miró vio que adonde se suponía que estuviera el número decía: *"Privado."* Raúl contestó la llamada y la voz de Virgilio Ferré se escuchó al otro lado de la línea. Éste le pidió que encontrase un lugar seguro para hablar y Raúl le hizo señas de silencio a Salomé con su dedo antes de decirle a Virgilio que se encontraba solo.

Luego de hacer varias preguntas para cerciorarse Virgilio le preguntó a Raúl si había escuchado algo acerca de los terroristas. Éste contestó que no había tenido mucho tiempo para nada, pues todavía estaba situándose en su nuevo hogar. Ferré le recordó que aquella misión clandestina tenía un tiempo límite:

-Tienes que ajorarte un poco, mira que aquí ya estamos cansados de buscar y no encontramos nada.

-Ya usted me lo explicó, pero recuerde que yo acabo de llegar.

172

-Y eso por eso por lo que te estamos pidiendo ayuda, pues nadie sospechara de ti.

-Señor ¿usted realmente cree que esa gente está aquí?

-Yo no estoy seguro de nada, pero hay rumores y los quiero corroborar.

-Bueno, mañana voy a buscar en los sitios que yo conozco y si encuentro algo le dejo saber.

-Bien entonces te llamo mañana.

-Y si encuentro algo ¿qué se supone que yo haga?

-Nada, activa el dispositivo que te dimos, déjalo escondido y vete de inmediato.

- ¿Qué piensan hacer con esa gente si los agarran?

-No te preocupes. Eso déjamelo a mí.

-Yo no quiero ser responsable de la muerte de nadie.

-Confía en mí, nada va a pasar.

-Pues como le dije yo mañana voy, pero no voy a llevar el aparatito ese.

- ¿Cómo qué no?

-Imagínese si me topo con ellos y me encuentran ese aparato encima. ¡Me matan!

-No seas exagerado.

-Yo no he llegado a esta edad por pendejo, si yo voy pa' allá lo hago a mi manera.

-Ahora me dices que no nos quieres ayudar.

-No señor, lo que le digo es que no quiero que me maten por peleas que no son mías. Yo lo ayudo, pero a mi manera.

- ¿Entonces?

-Primero los encuentro si es que están aquí. Y luego los identifico *pa' que ustedes hagan lo que van a hacer.*

-Recuerda que nosotros no somos personas con las que se juega. Y antes de cometer una locura acuérdate de la dominicana con la que andas.

- ¿Me está amenazando?

-No señor Canales, le estoy advirtiendo. -fue lo último que dijo Virgilio antes de colgar la llamada.

Después de aquella conversación Raúl le comentó a su mujer todo lo que se había discutido y hasta la amenaza que se había hecho en contra de ella. Raúl y Salomé comenzaron a discutir los pasos a seguir. Estuvieron en desacuerdo momentáneamente, pues él quería tomar el siguiente paso solo.

- ¿Cómo qué vas a irte solo? -preguntó Salomé molesta.

-Chica no me voy a ir solo. Lo que quiero es asegurarme de que no te estoy poniendo en riesgo sin necesidad.

-Yo no soy una pendeja. Yo sé cómo defenderme.

-Yo no he dicho eso, pero entiende que esto es un riesgo para los dos.

-Yo lo sé.

-Entonces entiende que es mejor que se arriesgue uno solo y él que conoce este lugar soy yo.

- ¿Y yo vine aquí pa' ser mujer de casa?

- ¡No! Solo quiero encontrarlos primero si es que están aquí. Luego de eso veremos.

- ¿Y si te pasa algo malo en ese monte?

-No me va a pasar na'.

- ¿Y si te pasa?

-Entonces tú decides que hacer, pero no importa lo que pase me tienes que prometer algo.

- ¿Qué es eso?

-Que no vas a ayudar a nadie a arruinar a esos muchachos.

- ¿Cómo te atreves a dudar de mí?

-Yo no estoy dudando de ti. Solo quiero que si me pasa algo no dejes que las emociones hagan las decisiones por ti.

-Raúl yo no podría hacerle eso a ti o a nadie.

-Entonces entiéndeme, no es que yo no quiera que tú vayas, es que no quiero ponerte en riesgo.

-Yo no estoy de acuerdo.

-No te preocupes que si los encuentro yo regreso de inmediato.

Esa misma tarde Raúl salió de la casa en dirección a uno de los montes que fueron parte de su niñez. Caminó por un camino de polvo que se conocía en la región como El Camino Real en rumbo a una finca localizada en unas montañas a una sección conocida como Las 16. Esta finca era propiedad de una familia que manejaba un procesador de leche en el pasado, antes de que la competencia extranjera les robara sus clientes y eventualmente su negocio. A través de esta región había muchos lugares que eran casi inaccesibles y esto los convertía en lugares deseables para esconderse y sobrevivir, pues el lugar era remoto y contaba con una quebrada de aguas cristalinas para bañarse y/o tomar agua. Raúl caminó por casi una hora hasta la primera entrada visible del lugar. Buscó los alrededores y varios puntos que él conocía desde niño, pero no encontró a nadie. Se gastó casi todo el día caminando por los recovecos del sitio y eventualmente se rindió, comprendiendo que su primera corazonada era errónea. Ya a eso de las 6 PM. regresó a su hogar y le contó a su mujer acerca del gasto de tiempo.

Como se había acordado Virgilio Ferré llamó como a las 9 PM. y le informó acerca de los eventos del día, a la misma vez que mentía para comprarse un poco más de tiempo. Al otro lado de la línea, Virgilio sonaba irritado, pero no le quedaba más remedio, después de todo el gobierno de Franklin Rigs llevaba años buscando a esos individuos sin ningún éxito. Raúl le comentó que dejaría pasar un día para no levantar sospechas y luego regresaría a seguir buscando. Después regresaría a Las 16 a examinar los lugares que no tuvo tiempo de visitar y luego de una corta conversación la llamada terminó. Un poco más tarde le comentó a Salomé sus planes de visitar otro lugar sin que Virgilio supiese nada. Otra vez, ella insistió en ir con él y éste se rehusó hasta que ella desistió.

Nuevamente Raúl salió temprano de su casa con un termo de café, un saco de hilo y un machete. Caminó por la carretera principal y volvió a internarse en el monte por El Camino Real. Para todo el que lo veía parecía que iba a buscar frutos como las toronjas, las parchas, las pumarosas y/o las acerolas que crecían al lado de la quebrada que cruzaba por el medio de la propiedad de Las 16. O otras personas podían pensar que iba a sacar ñames, tumbar panas y/o recoger aguacates. Él hacia esto, pues estaba consciente de que en el barrio había más de un espía y tenía que jugar su papel con mucha precaución, por su seguridad y la de su mujer. Ya adentro de la espesa maleza, Raúl sabia por dónde desviarse para llegar a la segunda región que tenía en su mente, la región del Salto y las cuevas que se encontraban en el lugar. Caminó bajo el manto de la naturaleza y con mucha dificultad llegó al frente del lugar.

Inmediatamente llegó a la entrada de la cueva y se sacó una linterna para caminar dentro de esta. Pero no había tomado más de diez pasos cuando sintió un objeto de metal aproximado a su cuello y una voz de mujer que le hacia una pregunta:

- *¿Qué carajos estás haciendo aquí?*

-*Cálmese señora yo no soy peligroso.*

-*Contesta infeliz ¿qué haces aquí?*

-*Yo vine buscándolos a ustedes.*

- *¿Y quién carajo eres tú?*

-*Mi nombre es Raúl Canales Ramos, a sus órdenes.*

-*Bueno señor Raúl dame una razón para no cortarte el cuello.*

-*Señorita, yo no vine aquí a causar problemas, pero si usted me va a matar, por favor déjeme hablar con Pedro Campos.*

- *¿Y quién te dijo que yo sé dónde está ese señor?*

-*Nadie, pero yo asumo que estoy hablando con Dolores Sotomayor o con la reportera Obdulia Diaz. Y si ese es el caso Pedro Campos no está muy lejos.*

- *¿Quién te envió?, ¿qué viniste a hacer?*

-*Señorita, ya yo llevo un tiempo muerto. Si me va a matar hágalo ya que yo no tengo todo el día antes de que el gobernador empiece a sospechar y le hagan algo a mi mujer.*

- *¿Qué quieres con nosotros?*

-*Yo lo que quiero es unirme a su causa, pero por favor, quíteme el cuchillo del cuello que ya me está poniendo nervioso.*

- *¿Creo que debemos de buscar a Pedro?* -dijo la voz de otra mujer que hasta ese momento se había mantenido en silencio.

-*Tú crees que podemos confiar en este tipo.* -preguntó la primera.

-*No tenemos de otra. O confiamos en él o lo matamos ahora mismo y salimos del caso.*

-*O me amarran las manos, me vendan los ojos y me llevan a ver a Pedro. ¿qué tienen que perder?*

Con esta pregunta las dos mujeres sostuvieron una ardua conversación que terminó con la decisión de amarrar y amordazar a Raúl. Luego de esto lo sacaron de la cueva y una de ellas se adelantó a avisarle a su líder acerca del suceso. Unos minutos más tarde, Raúl escuchó la inconfundible voz de Pedro Campos en el momento que éste le decía lo siguiente:

-*Raúl Canales, el ganador del Último Vuelo a Puerto Rico.*

Lola se paró detrás de Raúl y le quitó la mordaza para que pudiese contestar.

-*Mucho gusto señor Campos, vengo aquí a ofrecerles nuestra ayuda.*

- ¿Cómo nos encontraste?

-Fácil, yo también conozco este lugar desde niño.

-Entonces podemos asumir que estás aquí para matarme.

-No, realmente, yo solo estoy aquí para encontrarte.

-Si tu intención es sobrevivir ¿por qué me dices esto?

- ¿Podemos hablar en privado?

-Lo que tengas que decir, lo dices en frente de todos. Nosotros no guardamos secretos.

-Está bien.

Raúl comenzó a relatar su historia frente a Pedro, Lola y Obdulia. Les contó todo, sin omitir un evento. Los individuos lo dejaron hablar de todo lo que había en su corazón con las lágrimas ocasionales mojando las vendas que cubrían sus ojos. Habló del momento que cambio la historia, los miedos de su mamá, la muerte de ésta en una ambulancia, las protestas. Relató como conoció a Julia, sus tribulaciones y su eterno deseo de volver a mirar el Rio Grande de Loíza con sus propios ojos. Luego habló de la desesperación y la muerte de su amiga. Su obsesión con ganarse la lotería y sus pensamientos suicidas ante la imposibilidad de volver. Fue honesto al contar como conoció a su pareja y la improbable historia de una niña a la que él le había salvado la vida y como ésta le había devuelto el favor. Por último, habló de la promesa que le hizo a su mamá y de la determinación que tenía en cumplir la misma de alguna manera u otra.

Terminó su relato hablando de su regreso a la Isla, y la propuesta de Virgilio Ferré. En ese instante Pedro se puso de pie, y ordenó a Lola quitarle las vendas de los ojos a Raúl. Éste reconoció al hombre de inmediato, pero antes de hablar, miró al horizonte y vio las casas del barrio Los Infiernos para luego comentar:

-Cuando era niño me encantaba sentarme aquí a mirar el barrio. Siempre me preguntaba que estarían haciendo las personas en sus

casas, mientras yo estaba aquí, respirando aire fresco y disfrutando de toda esta naturaleza.

-Yo también hacia lo mismo. -ofreció Pedro.

-Este es un lugar especial para mí.

-Y para mí también.

- ¿Cómo conoces este lugar si tú eres de Ponce?

-Uno de mis abuelos vivía en el barrio.

-Mi familia entera vivía a aquí.

-Yo lo sé, Don Salvador y Doña Fortunata. Yo los llegué a conocer, buena gente que eran.

-Mis abuelos eran gente especial.

-Yo lo sé, he estado al frente de las tumbas en el jardín, pues me recuerdan a mis abuelos, dé los que por razones obvias no pude reclamar sus restos.

-Te doy las gracias por eso, pero déjame preguntarte ¿cómo vas a allí si todo el mundo te anda buscando?

-Las sombras son invisibles de noche.

-Ok, entiendo, pero comoquiera es un poco arriesgado.

-Dime ¿cómo fue que nos encontraste realmente?

-Para decirte la verdad, yo no esperaba encontrarte aquí, pero cuando ese hijo de puta me dijo que había una posibilidad de que estuvieras por Trujillo Alto, yo me entusiasme de inmediato y pensé que si no estabas aquí estabas por Las 16.

-Ese lugar no cuenta con...

-Con las cuevas pa' esconderse, yo lo sé. Que suerte que ya casi nadie se acuerda de ellas.

-Eso ha trabajado en nuestro favor.

-Yo me acuerdo de que cuando yo era niño ya casi nadie sabía de esto. Solo los viejos que siempre...

-*Siempre estaban regañándonos para que no nos metiéramos por estos montes.*

- *¡Exactamente! Te acuerdas de la advertencia.*

-*Cuidáo que te a vas a caer como Gonzalo.*

-*Eso lo decía to' el mundo.*

- *¿Qué es lo que quieres hacer?*

-*Lo que ustedes digan, mi mujer y yo estamos dispuestos a todo.*

-*Tenemos que estar seguros de que no estás aquí para traicionarnos. A lo mejor no sería prudente dejarte regresar a tu casa.*

-*Yo entiendo, pero si esa es su decisión, Al menos busquen a Salomé, ella está en esto al 100%.*

- *Señor Canales, ¿usted sabe lo que esta vida conlleva?*

-*Llámame Raúl. Si yo lo sé.*

-*Yo entiendo su promesa, pero debo de advertirle que esta vida no es algo fácil. ¿para qué arriesgar la vida que tienen si pueden vivir aquí como reyes?*

Raúl se paró frente a Pedro y aun con las manos atadas le apuntó en dirección al barrio y le dijo con su voz entrecortada:

-*Mi familia, ha vivido aquí por más de doscientos años. Ahora mismo solo quedan cinco de ellos. Y lo más que me aterroriza es un futuro en el que este lugar deje de ser nuestro. Tú y yo queremos lo mismo un Puerto Rico para los Puertorriqueños.*

-*Yo lo entiendo después de todo ese también es mi miedo. Yo no tengo nada en contra de los ciudadanos americanos. Pero lo que me molesta es el imperialismo que su gobierno práctica.*

-*A mí lo que prende la sangre es que ahora que necesitan quieren que los traten bien. Pero por muchos años los hijos de puta se pasaban gritándole a gente como nosotros que nos regresáramos a* nuestros países. *"Go back to your country[31]"* nos decían y ahora quieren vivir en nuestros países sin que nadie le repita sus propias palabras.

-*Pues mira Raúl que quieran vivir aquí no es el problema. Después de todo, cada persona debe de tener la oportunidad de vivir con dignidad, no importa de donde sean.*

- *¿Entonces?*

-*El problema es que vienen aquí a robarnos todo.* -interrumpió Lola.

-*Y están dispuestos a matarnos si es necesario.* -aportó Obdulia.

-*Aun así, nosotros no somos asesinos como ese infeliz Franklin Rigs. Pero eso no quiere decir que le vamos a perdonar atrocidades.* -respondió Pedro.

-*Yo ya le hubiera cortado el cuello.* -dijo Lola.

-*Yo también.* -apoyó Obdulia.

-*Y si es necesario, eso es lo que haremos. Pero no por gusto, pues hay que acordarse de que el gobierno americano sería capaz de matar a mucha gente inocente para llegar a nosotros.* -explicó Pedro.

-*Eso yo lo sé, pues ya nos amenazaron a mí y a Salomé.*

-*Virgilio Ferré es como un perro labrador que le sirve a su nuevo amo. Ese señor no tiene vergüenza.* -explicó Pedro.

-*A ese es otro que yo le cortaría el cuello.* -volvió a quejarse Lola.

-*Bueno, pero aún no me han dicho en que los puedo ayudar.*

-*Por el momento, tenemos que pensarlo. Regrésate a tu casa y nosotros te contactamos.* -instruyó Pedro.

- *¿Y cómo piensas hacer eso?*

-*Ya te dije que las sombras son invisibles de noche. Además, nosotros estamos más cerca de lo que tú piensas.*

---

[31] Go back to your country: Regresate a tu país.

-Pues quedo a sus órdenes. Tengo que seguir saliendo pa' to estos montes a pretender que los estoy buscando porque yo sé que en ese barrio hay un espía del gobierno.

-No te preocupes que nosotros ya sabemos quién es.

Luego de esto, Raúl fue puesto en libertad y regresó a su hogar por la misma ruta que había llegado. Cuando entró a su casa, Salomé lo vio de inmediato y se dio cuenta de que algo había cambiado. Raúl emocionado se sentó al lado de ella y hablando en voz baja como él que dice un secreto, le relató a su mujer todos los pormenores de aquella tarde. Mientras tanto en el monte Lola, Obdulia y Pedro hablaban de lo sucedido:

- ¿Tú crees que podemos confiar en él? -preguntaba Lola.

-Aun no lo sé. -respondió Pedro.

-Yo creo que es un buen hombre. A mí lo de la mamá me dolió un poco. -ofreció Obdulia.

-Tenemos que hablar con Eugenio y Segundo de todo esto. -dijo Pedro.

- ¿Y si te decides a confiar en él, le vas a decir? -preguntó Lola.

- ¿Decirle qué? -preguntó Obdulia.

-Decirle que Don Salvador también era abuelo de Pedro. -respondió Lola.

-Entonces ese señor y tú son... -comentó Obdulia sorprendida.

-Somos primos, y eso lo puede poner en riego a él y a su mujer.

- ¿Y cómo él no te conoce? -preguntó Obdulia.

-Porque mi abuelo Salvador nunca inscribió a mi papá, pues era un hijo ilegitimo. Es por eso por lo que casi nadie sabe de mis raíces en este pueblo.

- ¿Y por qué tu abuelo te reconoció a ti?

-Mi abuelo siempre mantuvo a mi papá, aunque no lo reconoció legalmente. Yo siempre lo visitaba cuando era un niño.

-*Entonces ¿qué vamos a hacer con él?*

-*Por el momento tengo que hablar con el primo para que este al tanto y se asegure de que a Raúl y su mujer no les pase nada.*

-*A la verdad que esto nos puede complicar si ese señor no está diciendo la verdad.* -comentó Lola.

-*Y si está diciendo la verdad también nos complica, pues ahora me debo asegurar de que no le pase nada. Sino tía Rosa me mata antes que el gobierno.*

-*Es verdad debemos de hablar con los demás y decidir qué hacemos.* -dijo Obdulia.

Esa misma noche Virgilio se comunicó con Raúl como lo hizo anteriormente. Éste volvió a mentirle repitiendo la mentira de que el área que estaba inspeccionando era extensa y la maleza había crecido demasiado desde que él se había ido del país. Ferré irritado demandaba resultados y Raúl le recordaba que él no era un soldado de la guerra fría. Por un momento la conversación se volvió hostil hasta que Virgilio envuelto en frustración y coraje le gritó a Raúl algo que no tenía planeado decirle:

-*No seas pendejo, Tú crees que nosotros no tenemos una pista, si ya tenemos al viajero y a esos cabrones en la mira. Lo que nos falta es una localidad para joderlos a todos.*

- *¿Y para que me necesitas a mi si ya tienes a alguien atrapado?*

-*Olvídate de eso que dije, no es importante. Lo importante es que ayudes a tu gente a librarse de esos mequetrefes.*

-*Yo lo que quiero es vivir en paz, mañana salgo a revisar más terreno. No se preocupe que, si yo encuentro algo, le dejo saber de inmediato.*

-*Gracias hombre, olvídate de lo que dije, es que estoy cansado de buscar.*

-*No se preocupe por nada.*

Al otro día Raúl y Salomé salieron de su hogar rumbo al mismo monte que él había visitado anteriormente. Dejaron atrás todo dispositivo electrónico para no dejar rastros digitales que se pudieran usar para encontrarlos. Pero antes de entrar al atajo que llegaba al Salto, Raúl se dio cuenta de que alguien los seguía aguardando distancia. Esto lo obligó a seguir en dirección a un charco conocido como El Charco de La Encantada, adonde él se bañaba en su niñez. Llegó allí de la mano de su mujer, se quitó su camiseta y se zambullo en las aguas del lugar. La mujer hizo lo mismo y mientras se divertían en el agua, Raúl y su mujer esperaban confirmar las sospechas de éste. Unos minutos más tarde, la figura de Benito se apareció a las orillas del charco y Raúl experimentó un sentimiento de alegrías y alivio.

-Primo ¿qué diablos hacen ustedes aquí solos? -preguntó Benito.

-Na' primo es que traje a Salomé pa' que viera el charco.

-Primo estos lugares ya no son tan seguros como antes. No se tire pa' acá solo y mucho menos desarmado.

- ¿Así de malo está?

-Desde hace mucho tiempo esto ya no es lo mismo. Es mejor que nos vayamos de aquí lo más pronto posible.

-Carajo primo yo no sabía que esto estaba así de malo.

-Esta peor de lo que te puedes imaginar. En este monte no se mete ya nadie por eso.

-Pues ya yo vine dos veces y no me paso na'.

-Tuvo suerte. Vámonos primo que este lugar me da miedo.

-No será que todavía cree en los mitos del abuelo.

-No primo si fuera por eso me quedo to' el día.

-Está bien déjeme salir y nos vamos ahora.

Regresaron al barrio hablando de algunos eventos que Raúl no conocía acerca de Las 16. Les decía Benito que en el lugar se habían desaparecido varias personas del barrio y alguno que otro desafortunado había sido encontrado muerto en el lugar. Salomé escuchaba la historia atentamente, pero algo en el tono de la voz del hombre le causaba dudas acerca de la veracidad de los relatos. Ya en el barrio Benito invitó a su primo a comer en su hogar y allí se pasaron la tarde entera. Luego los dos regresaron a su casa y Salomé comento inmediatamente:

- *¿Por qué tu primo nos está mintiendo?*

-No sé, pero yo también lo noté. -respondió Raúl.

- *¿Él sabrá algo que no nos quiere decir?*

- *¿Quién sabe? Pero tengo que intentar regresar mañana temprano. Tengo que advertirles que Virgilio ya tiene a alguien en la mira.*

-Yo voy contigo. Esta vez no me quedo, no importa lo que digas.

-Pero mujer...

-Pero mujer nada, yo estoy contigo desde antes de llegar aquí y no me vas a dejar atrás porque tienes miedo de lo que pase. Yo te lo dije, yo no tengo miedo.

-Está bien, nos vamos bien temprano pa'que Benito no nos vea.

El próximo día salieron antes de que se levantara el sol para evadir ojos espías. Y después de asegurarse de que no los seguían entraron a El Camino Real y llegaron al atajo que Raúl había usado para llegar al Salto anteriormente. Ya en los alrededores del lugar comenzó a silbar para dar su presencia a conocer. Unos segundos después se encontraban en la mira de un revolver en las manos de Lola. Raúl le aseguró que habían tomado precauciones y luego de unos segundos, ella bajó el arma al escuchar la voz de Pedro detrás de ella. Luego de esto Pedro le pidió a Lola que atendiera a Salomé mientras él conversaba con Raúl. Los dos se dirigieron al lugar favorito y Lola se quedó en compañía de Salomé.

- *¿Tú que pito tocas en todo esto?* -preguntó Lola con molestia.

-El mismo que toca usted. -respondió Salomé de mala gana.

- *¿Qué carajo sabes tú de mis razones?*

-Sé acerca de su hijo y de lo que han hecho esos desgraciados en esta Isla. Sé que, si fuese a mí que me lo hubieran hecho, yo los mato a todos. Sé que está aquí por lo mismo que estoy yo.

- ¿Y cuál razón es esa según tú?

-Está aquí por amor.

-Amor, no seas ridícula yo no estoy enamorá de nadie.

-Creo que sí. Yo estoy aquí por amor a ese hombre del que tú dudas. Y usted está aquí por amor a su patria. Entonces las dos estamos aquí por amor.

-Tú no me conoces a mí. No sabes nada de mí.

-Eso puede cambiar. Déjeme decirle que yo al igual que usted estoy dispuesta a todo por lo que quiero.

-Eso es tu error principal. En estas cosas no se puede pensar con el corazón.

-Por lo contrario, eso es lo que hay que hacer, pues si dejamos de pensar con nuestro corazón perdemos nuestra humanidad. Entonces la batalla ya estaría perdida.

-Yo lo único que quiero es que mi patria sea libre.

- ¿Y cuánto no daría yo por poder pelear por la libertad de mi patria como lo hace usted? Pero como no puedo estoy aquí tratando de luchar por la libertad de tu Puerto Rico.

- ¿Y qué esperas que te dé las gracias?

-No, yo lo que espero es que no se me meta en el medio.

-Eso es una amenaza.

-No señorita, eso es solo una advertencia de esta dominicana que está en su país dispuesta a todo.

-Gracias por la advertencia, pero yo no necesito tu ayuda.

-Yo no estoy aquí por usted, estoy aquí por Raúl. A él le debo la vida.

-Eso nos contó él, pero en su versión él dice que te debe la vida a ti.

-Entonces los dos nos debemos la vida.

-Yo todavía no confío en ustedes.

-Yo la entiendo, pero déjeme decirle que nosotros pudimos estar viviendo una vida de ensueño y mire adonde estamos en un monte arriesgando la vida para que usted tenga la oportunidad de insultarnos.

-Y me disculpa por eso, pero cuando tú hayas estado tanto tiempo en guerra entenderás que en este mundo la confianza se gana.

-Y espero que algún día tengamos la oportunidad de confiar la una en la otra, pero ahora lo importante es que Raúl hable con el señor Pedro.

- ¿Y por qué?

Salomé se sentó frente a Lola y le contó lo que Virgilio había dicho en su conversación telefónica. Esto alarmó a la mujer y ésta se dirigió al lugar adonde Pedro y Raúl sostenían una conversación. Al llegar frente a los dos hombres se dio cuenta de que ya Pedro sabía lo mismo que ella. Entonces los dos comenzaron a hablar entre si hasta que Raúl los interrumpió con una pregunta que envió los nervios de los dos en una misma dirección:

- ¿De cada cuanto tiempo ese señor viaja? ¿Cuándo sale otra vez?

-Lola tenemos que advertirle a Segundo que lo están velando.

- ¿Cómo hacemos eso? Tú sabes las reglas él se comunica con nosotros y solo una vez por semana.

-Tenemos que hacer algo antes de que lo agarren.

-Pedro no sé cómo le dejamos saber sin que nos agarren.

-Yo puedo enviar ese mensaje si ustedes me dicen como. -ofreció Raúl.

- ¿Crees que eso puede funcionar? -preguntó Pedro mirando a Lola.

-Tú sabes lo que yo pienso.

-*Y no importa lo que usted piense, nosotros estamos aquí para ayudar.* -dijo Salomé que había llegado al lugar.

-*Tenemos que hacer algo antes de que sea demasiado tarde.* -dijo Pedro.

-*Nosotros estamos aquí para ayudar. Dime que podemos hacer.* -ofreció Raúl.

-*No hay de otra, tenemos que hacer algo ya. Déjame pensarlo un momento.*

-*Pedro, esto es un poco arriesgado para esta gente y si los cogen y nos chotean[32].*

-*Señora, usted ya nos está ofendiendo sin motivos. A ver Raúl y yo sabemos dónde ustedes están hace unos días y todavía ustedes están a salvo. Nosotros tenemos el aparatito ese que nos dieron. Si nuestra intención fuese traicionarlos, lo hubiéramos traído.* -dijo Salomé.

-*Aun así...*

-*Lola chica, estamos sin opciones y la vida de Segundo está en peligro.* -ofreció Pedro.

-*Está bien, pues diles que le pregunten por un viaje de lujos.*

- *¿Un viaje de lujos?*

- *¿No te acuerdas de que esa es la forma de dejarle saber que se tiene que poner en contacto con nosotros?*

-*Si, si esto puede trabajar, pero lo que me preocupa es que Virgilio se dé cuenta de que Raúl y Salomé están ayudándonos.*

-*De eso no se preocupe usted, nosotros sabemos defendernos.* -dijo Salomé.

-*Señora yo se lo agradezco, pero yo no quiero ponerla en ningún riesgo sin necesidad.* -dijo Pedro.

-*Ya lo ha dicho usted "sin necesidad", pero en este momento hay*

---

[32] Chotean: Chotear es como traicionar.

una necesidad urgente. -comentó Salomé.

-*Que conste que nosotros no fuimos los que los arriesgamos.* -se quejó Lola.

-*Ya sabemos eso, pero ahora mismo lo importante es salvar a ese hombre.* -comentó Raúl.

-*Entonces ya está hablado. Déjenme pensar un poco y les dejo saber qué es lo que van a hacer y cómo.*

Pedro caminó una corta distancia para estar solo. Luego regresó y le dio instrucciones a Raúl y Salomé para que trataran de contactar a Segundo los más pronto posible, pero sin levantar sospechas. Tenían que llamarlo a pedir una cuota de un viaje turístico por la Isla usando la excusa de que ya él no se acordaba de cómo llegar a algunas áreas. Durante su conversación telefónica tenían que mantener su anonimidad, pues tenían que asumir que el gobierno escuchaba todo lo que ellos hablaban. Si tenían éxito darían el viaje sin hablar de nada fuera de lo normal. Luego se regresarían a casa hablando de lo que habían disfrutado el día. Si todo salía bien, podrían salvar la vida del hombre.

Raúl y su mujer regresaron a la casa con la urgencia de cumplir su primera misión en el movimiento. Llamaron al teléfono que se les había dado y al otro lado de la línea, no hubo respuesta. Intentaron varias veces, pero no recibieron respuesta. Decidieron esperar hasta la mañana para intentarlo de nuevo, pero nuevamente no hubo respuestas. Raúl desesperado no sabía cómo dejarle saber a Pedro que sus llamadas no recibieron respuestas. Salomé le decía que debía tener calma y un poquito de fe. Así se pasó casi todo el día. Ya en la tarde, Raúl encendió su televisión para mirar las "noticias" del día.

En la televisión se transmitían imágenes de ciudades en Los Estados Unidos, en el cintillo de información se leía: *"Emergencia Climatológica a través del norte de Los Estados Unidos"*. Raúl subió el volumen para escuchar al reportero hablar de como en la noche anterior había ocurrido uno de esos inesperados cambios de temperatura adonde esta dio un cambio de 50° a 120° Fahrenheit. Esto había causado la sofocación de un número desconocido de personas que no estaban preparados para este tipo de evento. Raúl se preocupó inmediatamente por la seguridad de Ángel y su familia. Éste tomó el teléfono en sus manos y marcó el número de su amigo, pero en la otra línea no hubo respuestas. Entonces llamó a su ahijada Destiny y el resultado fue el mismo. La próxima llamada se la hizo a Carmen para obtener el mismo resultado. Se puso de pie y fue a buscar a Salomé en la cocina y le contó lo que estaba pasando. Ésta hizo unas llamadas a sus pocas amistades en la ciudad y recibió respuesta de algunas de estas. Esto causó unos pocos de nervios en el corazón de Raúl y éste salió a sentarse en el balconcito de la casa para intentar calmarse. En el momento que se sentó, recibió una llamada de un número que no estaba en su lista de contactos. Al contestar el mismo escuchó la voz de un hombre que él no conocía:

- *¡Buenas noches! Alguien me llamó de este número.*

-*Si, ¿usted es el señor que da los viajes turísticos a la Isla?* - preguntó Raúl según se lo había instruido Pedro.

-*Si ese soy yo, Segundo Belvis, a sus órdenes.*

-*Muchas gracias, mire señor mi esposa y yo queremos un viaje por la Isla, pero queremos un viaje de lujo.*

-*Un viaje de lujo es un poco más caro de lo normal.*

-*Por dinero no se preocupe que yo puedo pagar.*

- *¿Y para cuando es este viaje?*

-*Para cuando usted pueda.*

- *¿Qué le parece pasado mañana?*

-*Pues nos vemos pasado mañana.*

-*Necesito una dirección y un depósito de un 50% antes de irlo a recoger.*

-*Ok, déjame saber tus detalles y yo hago la reservación.*

-*Se los mando en un momento con las instrucciones. ¡Muchas gracias!*

- *¡Gracias a usted!*

Luego de terminar la llamada, Raúl pensó en dejarle saber a Salomé que había enviado el mensaje, pero no tuvo tiempo de llegar a donde ella cuando su teléfono sonó y al mirarlo le envió un mensaje de alivio espiritual a su alma, pues era su amigo Ángel quien lo llamaba.

-Compadre, yo pensé que se había muerto y me había perdido las galletas y el café del velorio. -dijo Ángel de inmediato.

-Compadre ¿están todos bien?

-Si compadre, el evento nos cogió en la casa. Nos salvamos de milagro.

- ¿Y la niña, Carmen y el otro?

-Estamos todos bien.

-A mí no me importan todos, solo la gente por la que pregunte.

- ¿Entonces no se preocupa por su compadre del alma?

-No mijo, ya lo dijo el dicho: "Hierba mala nunca muere."

-Ya lo sé. Por eso es por lo que usted está vivo todavía.

- ¿Y qué ha pasado compadre?

-Mijo si te cuento…

Ángel comenzó a contarle a su amigo de los últimos acontecimientos en el país. Según las ultimas noticias, la inmigración del norte al sur continuaba ocasionando problemas en las fronteras con Méjico. El presidente de esta nación estaba trabajando con el presidente de Los Estados Unidos en una solución real al problema de la frontera adonde miles de estadounidenses trataban de cruzar para llegar a Méjico ilegalmente, lo que forzó al presidente mejicano a cerrar las fronteras mientras se firmaban acuerdos. Y como manera de persuadir a la gente a no cruzar las fronteras ilegalmente, este último ordenó la instalación de alambres de púas en la frontera con Texas y una muralla en la guardarraya de Arizona. El presidente estadounidense se quejó del trato mientras hablaba de los beneficios de fronteras abiertas y de cómo las dos naciones estaban unidas a través de una larga relación. El presidente mejicano agradaba con el mensaje, pero le recordaba a su colega que su país era un país de leyes y él solo estaba siguiendo la ley. Esta situación llevaba años sin resolverse, pues el presidente mejicano se beneficiaba del rencor que su pueblo sentía en contra de su vecino del norte, quien por muchos años había usado y humillado a los mejicanos que cruzaban sus fronteras en busca de oportunidades económicas.

Raúl escuchaba atento la conversación con Ángel y no dejaba de pensar en lo irónica que debería de ser la vida para los ciudadanos americanos en aquel momento cuando ya no podían seguir usando sentidos de especialidad y ahora estaban sujetos al mismo tratamiento inhumano que por años ellos utilizaron en contra de muchas personas extranjeras, especialmente personas de color. Ángel por su parte hablaba de todo esto con un poco de orgullo, pues él también estuvo expuesto a la discriminación y el odio en este país. Hablaron de estos y otros sucesos por mucho rato. En el teléfono de Raúl entró otra llamada y esta vez era de un numero privado. Raúl decidió enviarla al buzón y continúo hablando con su compadre. Luego le paso el teléfono a Salomé para que hablara con Carmen. Las dos mujeres continuaron conversando acerca de varios temas por un largo rato. Raúl fue a sentarse en el balcón nuevamente y estuvo allí un largo rato pensando en la conversación con su amigo. Unos minutos después, Salomé salió de la casa, se sentó al lado de él y comenzó a hablar de la conversación que sostuvo con Carmen. De repente el teléfono de Raúl volvió a sonar con la palabra *"privado"* en la pantalla. Raúl tomó el teléfono en sus manos y la voz que venía desde el mismo le dijo unas cosas y colgó la llamada.

- *¿Qué quería ese señor?* -preguntó la mujer.

-*Quiere que lo encuentre mañana en un lugar del pueblo.*

- *¿Y para qué?*

-*No me dijo.*

-*Tú crees que sabe lo que hicimos.*

-*No lo sabe, pero se sospecha.*

-*Hay que tener cuidado.*

-*Yo lo sé, pero ya no hay marcha atrás.*

Al otro día, Raúl salió de su hogar temprano según lo acordado con Virgilio. En ruta a la dirección que le dieron, se detuvo en la panadería y compró café con una tostada de mantequilla como lo hacía su abuelo Salvador. Luego llegó al lugar acordado y allí lo esperaba Virgilio. Entró al edificio y el hombre lo invito a sentarse, antes de preguntar:

- *¿Has hecho algún avance?*

-*Hasta ahora, nada. Todos los lugares que he visitado están como antes.* -respondió Raúl.

- *¿Cuantos lugares más te faltan?*

-*Unos cuantos, pero debe de saber que yo no conozco todo el pueblo. Solo lo puedo ayudar con los lugares que conozco.*

-*Yo eso lo sé, no soy ningún pendejo. ¿por qué me dices eso?*

-*Porque ya estoy por terminar los lugares que conozco y quiero que después de esto me dejen disfrutar de mi vida.*

- *¿Te molesta hacer algo por tu patria?*

-*No, pero yo no puedo hacer más de lo que ya he hecho.*

- *¿Y qué has hecho tú?*

-*Desde que llegué estoy en este ajetreo y no creo que usted tenga información correcta.*

- *¿Cómo tú sabes eso?*

-*Yo no sé nada, pero si ese hijo de puta de Pedro Campos estuviese en mi barrio, ya alguien lo sabría, ¿no cree usted?*

-*A lo mejor, pero mucha gente lo protege.*

-*Pues yo no soy una de esa gente. Yo lo que quiero es vivir en paz con mi mujer.*

-Si lo que quieres es vivir en paz, deberías de estar más dispuesto a ayudarme.

- ¿Y qué es lo que he hecho desde que llegué? Metiéndome en montes como niño chiquito día tras día, y nada.

-Y crea que se lo agradezco.

-No parece.

-Pero es así. El gobierno le agradece su esfuerzo.

- ¿Y usted no me pudo decir esto por teléfono?

-Si, pero tengo otra pregunta que hacerte y quise hacerlo en persona.

- ¿Y cuál es la pregunta?

- ¿Para qué estás llamando al señor Segundo Belvis?

Al escuchar el nombre, Raúl guardó un silencio momentáneo, lo que Virgilio interpretó como nervios. Raúl se dio cuenta y respondió casi instantáneamente:

- ¿Quién me dice usted?

-El señor Segundo Belvis.

-Deme un momento, tengo que hacer una llamada a mi mujer.

-Contesta la pregunta y después llamas a tu mujer.

-Para eso es que la tengo que llamar, para que me averigüe algo.

-Está bien llámala, pero rápido.

Raúl tomó su teléfono, llamó a Salomé le hizo una pregunta y colgó la llamada rápidamente. Luego miró a Virgilio a la cara y dijo:

-Ese es el señor que contrate para que me diera un viaje por la Isla. ¿cómo usted sabe eso?

-Eso no tiene importancia, lo importante es que...

-Que usted me diga porque está espiando mis llamadas.

-Eso es cuestión de seguridad nacional.

-Qué seguridad nacional, ni ocho cuartos. Ustedes me están espiando a mí.

-A usted y a todo el país si es necesario para agarrar a ese cabrón.

- ¿Y qué importancia tiene si yo y mi mujer nos damos un viaje? Nosotros no trabajamos para ustedes.

-Es que pensamos que usted ya estaba cerca de localizar a ese infeliz y nos sorprendió que se fuese a dar una vuelta con tanta cosa que hacer. -mintió Virgilio.

-Yo no he hecho más que tratar de ayudarlos y me pagan por eso espiándome.

-No se lo tome personal. Dígame ¿y cómo encontró a ese chofer?

-No sé, creo que lo vimos en algún lugar en el internet o le pregunté a un primo que vive aquí. -mintió Raúl para evadir más preguntas.

- ¿Su primo Benito Canales?

-Si, pero no estoy seguro si fue él que me lo dijo o que lo vi en el internet.

-Ok, entonces vaya y dese su paseo que luego hablaremos.

- ¿Para qué hay que hablar si ya ustedes están escuchando todo?

Dos días después, Raúl y su mujer esperaron por Segundo toda la mañana, pero éste no llegó. Esto causó un poco de confusión. Por una parte, parecía que Segundo recibió el mensaje, pero por el otro podía ser que algo malo había pasado. Realmente, ellos no tenían una forma de verificar, solo podían esperar. Como no podían hacer nada, decidieron viajar a Rio Piedras, un vecindario de San Juan, adonde había una plaza de mercado en el pasado, además de un sin número de negocios que vendían desde zapatos hasta relojes. Cuando llegaron allí encontraron que ya nada de eso existía, pues allí se encontraban los inicios de una construcción. En la pancarta había el diseño digital de una urbanización muy exclusiva con precios que comenzaban desde $ 1,000,000. Raúl asombrado le comentó a su mujer: *"Precio módico."*

Luego de esto trató de visitar el barrio Santurce en el mismo pueblo y otra vez los resultados fueron los mismos. Barrio Obrero, lo mismo. Eventualmente se cansó de buscar algún lugar que reflejara a Puerto Rico y nada. Se lleno de ira por todos los cambios que habían dejado al lugar como un lagartijo que muda el pellejo. Miraba a los alrededores y la mayoría de las personas que caminaban por las calles era de orígenes extranjeros. El lugar se parecía más al medio de la Isla de Manhattan en el principio del siglo, que a un país de raíces latinas. Allí había de todo, tiendas de café que vendían su producto a precios altos, salones de masajes de alta clase, gimnasios de membresías exclusivas y super mercados que vendían un sin número de productos sin sabor. El hombre gritaba barbaridades al encontrar que su imagen del pasado no tenía una remembranza en el presente. Salomé trató de calmarlo, algo que esta vez le costó un poco de trabajo. En la mente de Raúl estaba la imagen de su familia y de cómo la estadidad estaba poniendo las casas y/o propiedades fuera del alcance de los pocos Puertorriqueños que quedaban. Luego de andar buscando cosas y lugares que solo vivían en su memoria, regresó a su barrio adonde aun había una semblanza del pasado, aunque ya casi no había gente oriunda del lugar.

Pasaron unos días interminables en los que los dos se mantuvieron alejados de conversaciones comprometedoras, pues ya estaban al tanto de que los estaban espiando. Fue así como unos días más tarde Raúl vio algo curioso en las noticias locales.

"Continúan las redadas en Puerto Rico en contra de los insurreccioncitas"

Y un poco más adelante otra noticia:

"Arrestan ex-chofer del ex-gobernador Dr. Ricardo Rafael Barceló Colón por cargos de sedición:"

"El señor Segundo Belvis, fue arrestado la semana pasada por cargos de sedición en contra del gobierno. Según los cargos a este individuo se le acusa de proveer albergue y ayuda a los terroristas Pedro Campos, Dolores Sotomayor, Eugenio de Bonilla y la reportera radicalizada Obdulia Diaz."

Raúl y Salomé no sabían que pensar. En sus mentes repasaban todas las instrucciones y sabían que habían seguido las mismas al pie de la letra. Querían comunicarse con Pedro, pero esto también era arriesgado, pues estaban siendo observados, pero no sabían por quién. Raúl envuelto en un sentimiento de fracasos y corajes quería ir de todas maneras a hablar con el hombre. Salomé, mucho más paciente que él, le advirtió que esto no solo pondría en riesgos a Pedro, sino que también a su tía, a su primo y a ellos dos. Terminaron decidiéndose a esperar por una señal de Pedro.

Al otro día en las noticias aparecía otro titular que leía:

"Arrestan ex-gobernador de Puerto Rico en la ciudad de Orlando, Florida. Según detectives de la F.B.I y la C. I. A, El Dr. Ricardo Rafael Barceló Colón está acusado de proveer ayuda financiera a los terroristas de origen local mediante el uso de fondos públicos robados y a través de los servicios de su ex-chofer Segundo Belvis. El Dr. Barceló Colón se declaró inocente de todos los cargos. Se le fijó una fianza de $10,000 y fue puesto en libertad para esperar su juicio."

Un día después Raúl volvía a encontrar una noticia desagradable en la televisión local.

"Encuentran muerto en su celda al Señor Segundo Belvis, quien estaba bajo arresto por cargos de sedición. Según las autoridades este señor se ahorcó en su celda sin dejar una nota de motivos. Hasta este momento se desconoce como el individuo pudo ahorcarse en una celda que estaba siendo vigilada las 24 horas del día. La unidad de investigaciones del gobierno promete una investigación completa para determinar los hechos."

Después de esto, se vivieron unos días de incertidumbre en la casa, pues ya no sabían qué iba a pasar con el movimiento y no se atrevían a ir en busca de Pedro y sus aliados por miedo a causar el colapso de la causa. Raúl y Salomé se dedicaron a mirar las "noticias" y esperar que los contactasen primero. Entre visitas a los familiares de él y viajes de placer se pasaron cinco días. Fue así, como una noche en el sexto día, Raúl escuchó una voz que provenía desde afuera de la ventana de su cuarto. Era su primo Benito Canales que lo llamaba y le instruía a abrir la misma sin encender luz. Éste se paró al lado de la ventana y la abrió lentamente según las instrucciones de su primo. Al mirar afuera su primo le entrego una radio de larga frecuencia y le dio las instrucciones:

-Mañana, viaje al pueblo de Gurabo a eso de la una de la tarde, al barrio Santa Rita. Pretenda que va a comprar lechón en la lechonera. Entre al baño y llame a Pedro usando esta radio. No tengo tiempo de explicarle nada. Lo único que puedo decirle es que en la lechonera estás en territorio amigo. Otra cosa, asegúrese de que el carro rojo lo anda siguiendo. Ese hijo de puta está asignado a usted.

Al otro día Raúl y su mujer salieron en rumbo al barrio Santa Rita y tal como se les había advertido el carro rojo los perseguía. Llegaron a la lechonera y se bajaron del auto agarrados de manos mientras Raúl apuntaba al lechón asado en la vitrina y le hacía señas a la mujer de que tenía hambre. El hombre en el vehículo, Alejandro que llevaba años en el barrio tratando de encontrar una pista, observaba desde su auto según las instrucciones. En su vehículo contaba con un amplificador de sonido monocular de aumento micrófono parabólico para escuchar conversaciones desde lejos. Apuntando el micrófono al negocio, escuchó a Raúl ordenar lechón, batatas asadas y otras viandas, además de dos cervezas. Eventualmente oyó a Raúl preguntar por el baño y cuando apuntó el instrumento al lugar a donde estaba el mismo, escuchó como la puerta se abría de repente y antes de reaccionar ya lo estaban halando fuera del auto. Luego de esto un golpe lo mandó a la inconciencia y ya no tuvo percepción de nada.

Mientras tanto en el baño, Raúl llamaba al hombre según las instrucciones todavía analizando el envolvimiento de su primo en todo esto. Al otro lado, Pedro Campos contestó la llamada con unas palabras que emocionaron al hombre al mismo tiempo que lo preocuparon un poco:

- ¿Estás listo para ayudar la causa y cumplir tu promesa?

-Estamos listos. -respondió Raúl.

-Entonces baja desde Santa Rita hasta donde estoy y hablamos de lo

que hay que hacer.

-Voy pa' allá ahora mismo.

- ¡Raúl!

- ¿Dime?

Ten cuidado, las cosas están un poco difíciles. Acuérdate de que después de esto no hay marcha atrás.

-Yo lo se. Salomé lo sabe. Nosotros vamos por todo.

-Entonces te espero donde ya sabes.

Raúl y Salomé salieron de la lechonera con sus cervezas en la mano. Se montaron en el auto y se internaron por un camino de aquel barrio que conectaba con El Camino Real. Tomaron este camino y llegaron al lugar adonde los esperaban Pedro, Lola, Obdulia y por primera vez Eugenio. Los cuatro sostenían una conversación un poco animada acerca de los pasos que se deberían tomar. Eugenio, Lola y Pedro hablaban de un golpe de represalia inminente. Obdulia se oponía por razones obvias, ya habían atacado al hombre llamado Alejandro y esto podía comprometer su localización. Raúl y Salomé escucharon todo sin decir una palabra. Hasta que llegó un momento de incertidumbre. Entonces Salomé hizo una pregunta:

- ¿Cuantos espías tiene el gobierno?

-Un montón. Al menos uno en cada pueblo habitado por nosotros. - respondió Lola.

-Entonces la señorita Obdulia está preocupada porque ya en este pueblo atacaron al espía que tenían en este barrio. ¿estoy en lo correcto?

-Si.

-Pero en verdad no sabemos cuántos espías hay.

-No, tenemos nuestros informantes y son bastantes.

-Bueno, pero tenemos que crear una distracción ya que atacamos primero aquí.

- *¿Qué sugieres hermana?* -preguntó Pedro.

-*Creo que debemos de atacar lo más pronto posible a todos los espías que conocemos para que el gobernador no sepa en qué lugar buscar.*

-*Eso tiene lógica.* -aportó Obdulia.

- *¿Y qué vamos a hacer con ellos?* -preguntó Raúl.

-*Haremos lo imposible por no lastimar a ninguna persona.* -dijo Pedro.

- *¿Y qué haremos con ellos?* -volvió a preguntar Raúl.

-*Secuestrarlos y llevarlos lejos del pueblo donde están. Confiscar los aparaticos esos de los que te dieron a ti. Lo importante es enviar el mensaje para que el gobernador se desespere.* -analizó Eugenio.

-*Lo más importante es que no nos agarren de sorpresa. ¿cuál es la meta principal de este plan?* -preguntó Salomé.

-*La meta principal es Virgilio Ferré. A ese tenemos que cobrarle por lo que le hicieron a Segundo.* -dijo Lola con coraje.

- *¿Y para eso te necesitamos a ti Raúl?* -dijo Pedro.

-*Tú me dices que quieres que yo haga, y eso hago.* -respondió éste.

-*Nosotros lo hacemos.* -aportó Salomé.

-*Hermana para esta misión, solo podemos mandar a Raúl.* -dijo Pedro.

- *¿Y por qué yo no puedo participar?*

-*En los próximos días vamos a estar muy ocupados y quiero que te juntes con Lola para que ella te explique lo que tú vas a hacer.*

- *¿Y ella está ya lista para aceptar mi ayuda?* -dijo Salomé curiosa.

-*No me queda de otra.* -respondió Lola.

-*Entonces ¿qué tengo que hacer?*

-*Un día a la vez, hermana. Un día a la vez.* -dijo Obdulia.

- ¿Y qué tengo que hacer yo? -preguntó Raúl.

-Ponerte en contacto con Virgilio. Asegúrate de que venga al pueblo. De lo otro nos encargamos nosotros.

-Ese señor nunca anda solo.

-Lo sabemos, pero, aunque no ande solo, lo vamos a agarrar y le vamos a pagar con la misma moneda.

- ¿Cuándo hacemos esto?

-Mañana porque se cumplen siete días desde que mataron a Segundo. En el séptimo día Dios descansó, pero nosotros no descasaremos hasta vengarnos por la muerte de él.

-Entonces mañana lo llamo ¿bajo qué pretexto?

-Bajo el pretexto de que estás cansado de ponerme en riego. Y quieres que te dejen en paz. Lo mandas al carajo de una vez y te vas lo más pronto posible. -ofreció Salomé.

- ¿Crees que eso sea prudente? -preguntó Lola.

-Ese señor es un prepotente lleno de orgullos falsos. Que lo manden al carajo va a causar una reacción inmediata. Raúl tiene que mandarlo al carajo e irse de una vez. Dos cosas pueden pasar. Se molesta y persigue a Raúl con sus agentes de seguridad o lo manda a arrestar allí mismo. En ese caso, ustedes deben de estar listos para atacar en el instante. Pero él no va a querer hacer nada allí. Va a dejar que Raúl se marche, lo va a perseguir para lastimarlo fuera de la vista de nadie. Y cuando pase por el cruce de la Panadería El Fruto, ahí, estaremos nosotros esperándolos con la ventaja de conocer el lugar y el elemento sorpresa.

-Eso puede trabajar. -dijo Pedro.

-Pero nos estamos tomando un gran riesgo. -ofreció Eugenio.

-Yo confío en Salomé con mi vida. Si ustedes están de acuerdo debemos de hacer lo que ella dice.

-Hermana espero que tengas la razón. -dijo Pedro.

-*Créamelo señor, la debilidad más grande de ese hombre es la soberbia y se va a cegar ante un reto a su autoridad. Ese se cree un matatan*[33].

- *¿Cómo tú sabes eso?* -preguntó Lola.

- *De mis años como maestra. Vi muchos jóvenes con las mismas actitudes y así aprendí a identificar quien era quien.*

-*Entonces lo agarramos y disponemos de él.* -dijo Pedro.

- *¿Lo van a ahorcar verdad?*

-*Desafortunadamente ese es el plan.*

-*Yo sé a dónde lo debemos de colgar.* -dijo Raúl.

- *¿Donde?* -preguntó Lola.

-*De la estatua de Jefferson Davis, adonde estaba la estatua de Colón.*

-*Ahí es un poco arriesgado.* -dijo Eugenio.

-*Pero ahí, el gobernador se va a encojonar más, pues es cerca de su propia casa. Además, esto va a asustar a mucha gente que tienen la tendencia de pensar que nosotros somos violentos y descontrolados.* -ofreció Raúl.

Discutieron los pormenores del plan por un largo rato. No se podía dejar nada al azar. Eventualmente, Pedro se alejó del grupo y se fue a su lugar favorito a mirar el barrio en la distancia. Unos minutos más tarde Raúl llegó a su lado y miró el mismo panorama antes de preguntar:

- *¿Crees que logremos recuperar lo que hemos perdido?*

-*A decir la verdad, yo no puedo decir nada con certeza. Solo espero que esto levante conciencia en todos los Puertorriqueños del mundo.*

- *¿Pero piensas que lograremos liberarnos de esta invasión?*

---

[33] Matatan: El que manda.

-*Eso es lo que espero. Pero para eso tenemos que hacer cosas como la que haremos mañana. Algo que nunca pensé fuese necesario.*

-*En el amor y la guerra todo se vale. Eso es lo que dice el dicho.*

-*Se oye bonito, pero no hay nada lindo en tomar la vida de una persona. Eso lo cargas por el resto de tu vida.*

-*Yo no lo pensé así, pero si lo piensas hay más de una manera de matar a una persona.*

- *¿Cómo cuál?*

-*Como quitarle a una persona el derecho de regresar a su casa a enterrar a sus padres. Como forzar a miles de personas a abandonar sus hogares. Como atormentar al pueblo con mentiras y mierdas.*

-*Yo lo sé, pero no es lo mismo que quitarle la vida a una persona.*

-*Para mí es lo mismo. Todavía puedo ver a mi mamá rogándome que la ayudara a regresar. No hay día en que no la veo llorando. Y por sobre no puedo olvidar sus últimas palabras antes de que se me muriera en las manos. Por eso para mí, matar a ese cabrón es lo mismo, pues él ya ayudo a matar a muchos más.*

-*Entonces no hay marcha atrás.*

-*Solo tengo una pregunta.*

- *¿Dime?*

- *¿Desde cuándo mi primo Benito está envuelto en esto?*

-*Benito está con nosotros desde el principio. No te preocupes que, en el barrio, él no es el único. Casi todos saben dónde estamos.*

- *¿Y cómo es que nadie los ha choteáo[34]?*

-*Porque todos han perdido algo en este abuso. Y naturalmente porque ya casi toda la gente del barrio se ha ido con el Sistema de Servicios a la Nación.*

---

[34] Choteáo: traicionado, revelado.

-Entonces ¿estamos a la merced de todos los que quedan?

-Por mucho tiempo ya. La gente del barrio son la que nos sostienen con alimentos e información. Ellos son los que nos informan de todo a través de notas escritas que nos dejan en lugares acordados.

- ¿Y cuánta gente apoya lo que están haciendo?

-Los miles de Puertorriqueños que quedan nos brindan apoyo en cada pueblo. Además, los que trabajan para personas como el Virgilio ese, nos informan arriesgándose cada día.

-Caramba eso si no lo esperaba.

- ¿Te acuerdas del gobernador Barceló Colón?

-Él que metieron preso en estos días. Ya lo vi que estaba ayudando con todo esto.

-Pero ya lo agarraron y nos confiscaron el dinero de operaciones. De ahora en adelante se va a poner más difícil con los gastos.

- ¿Entonces?

-Tenemos decisiones difíciles que hacer y pronto.

Luego de esto la conversación continuó acerca del barrio y lo que el futuro deparaba para sus habitantes. Después se integraron al grupo para discutir los pormenores del plan. Al finalizar la planificación Raúl y Salomé regresaron a la casa. Al entrar él se paró en frente del retrato de Manuela y cerró sus ojos para imaginarse que ella lo miraba detenidamente. Salomé se paró al lado de él y lo abrazó antes de decir lo que Raúl estaba pensando:

-Échenos la bendición señora que mañana necesitamos que nos guie y nos guarde de todo mal.

En la mañana se levantaron temprano y hablaron de voz baja acerca del plan. Una premonición invadió la mente de Raúl y éste mirando a la mujer le pidió un favor antes de salir a cumplir con su misión de ser carnada viva. Le pidió que si algo le pasaba esa mañana ella desistiera de la causa. Que tratara de regresar a su país de alguna forma y que viviera el resto de su vida alejada de tantos tumultos. Ella se negó a pensar que algo grave podía suceder, pues eso la hacía responsable de lo suerte de él. Eventualmente, y después de discutir arduamente la falta de fe que Raúl tenía, Salomé accedió a sus demandas de comprometerse a regresar a La República Dominicana de alguna forma si su esfuerzo de ese día resultaba en algo negativo. Raúl salió al jardín y se arrodilló frente de la tumba de Manuela. Musito unas palabras en voz baja y luego activo el dispositivo que Virgilio le había entregado.

Unos minutos más tarde recibió la llamada que esperaba y éste respondía que quería sostener una conversación en persona. Virgilio le dio una dirección e instrucciones y él le contestó que estaría allí en menos de una hora. Salomé escribió los detalles en un papel y salió de la casa a encontrarse con sus asociados quienes la esperaban en un carro de cristales ahumados. Luego de esto, siguieron el carro de Raúl en la distancia a la misma vez que lo seguía el carro rojo de siempre. Al llegar al lugar acordado, se bajó del auto y entró a la pequeña oficina. Virgilio se paró en la puerta y buscó el carro rojo en la distancia. Al encontrarlo, se viro y miró a Raúl sonriente antes de hablar:

-Dime que me tienes buenas noticias. ¿Encontraste algo que yo puedo usar?

-No señor, yo no encontré na'. Yo no vine para eso.

- ¿Y para que me tienes aquí perdiendo el tiempo?

-Yo lo que quería hacer es entregarle el aparatito ese y decirle que no quiero participar en esto ni un minuto más.

- ¿Qué es lo que te pasa hombre? ¿por qué el cambio de opinión?

-Porque yo no quiero ser responsable de la muerte de nadie. Y ya ustedes mataron al hombre ese Segundo Belvis.

-Nosotros no matamos a nadie. Ese señor se ahorcó por no enfrentar una larga condena de cárcel.

-Primero que nada, yo no me chupo el déo. Yo sé que ustedes mataron a ese señor. Por eso es por lo que usted me preguntó porque

lo llamé, y yo como un pendejo no sabía que era lo que estaba pasando.

-O te estás haciendo el pendejo porque sabes algo y no me lo quieres decir.

-Lo único que sé es que desde que llegué usted me está jodiendo la existencia con esta mierda. No me deja vivir y ya no aguanto más sus mierdas.

-Tenga cuidado señor que usted está pasándose de la raya.

-Él que se pasó de la raya eres tú que te crees gran mierda sirviendo de judas en contra de tu propia gente. Hijo de la gran puta.

-Entonces ahora sale el verdadero Raúl, apoyador del terrorismo local.

-Yo no apoyo una cosa o la otra. Yo lo que no quiero es ser parte de este conflicto que no tiene na' que ver conmigo ni con mi mujer.

-Es que esto no tiene que ver nada con la dominicana. Esto es un asunto de Puertorriqueños.

-Y de gringos, no se te olvide de quien es tu dueño.

-Usted sabe que yo los puedo arrestar a usted y a su esposa.

-Usted a mí no me puede hacer un carajo. Así que tenga aquí su mierda de dispositivo y vaya y atrape sus propios terroristas.

Raúl tiró el aparato al suelo e inmediatamente abrió la puerta, salió de la pequeña oficina y se montó en su carro. Virgilio salió detrás de él y miró como el auto se alejaba. Acto seguido llamó al teléfono de su espía Alejandro y éste contestó de inmediato.

-Quiero que detengas a ese cabrón lo más pronto y lo más discretamente posible. -ordenó Virgilio.

- ¿Qué quieres que haga con él?

- Me llamas de inmediato y Alejandro, lo quiero en un lugar solitario.

- ¿Qué vamos a hacer?

-No lo he decidido todavía, pero algo es de seguro. Se va a arrepentir de haber regresado aquí a faltarme el respeto.

-Te llamo cuando lo tenga.

En el carro rojo, Alejandro sentado con el sudor bajándole por la frente, trataba de calmar sus nervios con el revolver que se apuntaba a su cabeza. Salomé y Lola sentadas detrás de él. Las dos se miraron entre sí y como si estuviesen pensando lo mismo. Entonces Lola llamó a Pedro para comunicarle que la emboscada iba a cambiar de lugar. Se haría en la carretera que entraba por el barrio La Gloria al Lago Carraizo, ya casi llegando al pueblo de Gurabo, adonde no había una casa y/o establecimiento local. Solo tenía que dejar a alguien atrás para cerciorarse de cuanto personal iba acompañando a Virgilio Ferré. Entonces se decidió que Obdulia se quedaría esperando escondida en los matorrales al lado de la carretera que pasaba por el frente de la panadería. Ella se quedó esperando allí hasta que el auto del oficial de gobierno pasó por el frente de su guarida improvisada perseguida de otro vehículo con ventanas ahumadas. Obdulia llamó a sus compañeros y les aviso los pormenores de la escolta. Pedro hizo una llamada y ordenó a algunas personas que se adelantaran y prepararan una emboscada en medio de la calle solitaria.

Dentro del carro rojo, Lola miraba a Salomé con nuevos ojos mientras apuntaba el revolver a la cabeza del espía. Éste continuaba sudando profusamente por la expectativa de que en aquel día podría perder su vida. De momento los nervios lo hicieron perder el control del vehículo momentáneamente. Cuando el auto se movió bruscamente, Lola le gritó unas obscenidades y éste no dejaba de temblar. Lola estaba endemoniada y Salomé le puso una mano en el hombro a ella y una a Alejandro, antes de decir:

-Cálmese mi amiga. Nada ganamos con matar a este pobre hombre aquí.

Alejandro le ofreció una mirada de agradecimiento mientras que Lola hablaba de los méritos de volarle los sesos a aquel traidor. Aun así, Salomé terminó convenciéndola de que no era necesario tomar decisiones de esta manera y debería de mantener la calma, evitar que el plan del día se desviara. Entonces decidieron detenerse y cambiar de posición. Lola conduciría, pues conocía el camino. Su compañera se quedaría en la parte atrás del vehículo con su prisionero esposado y amarrado de los pies. Al llegar al lugar acordado, Lola puso el carro rojo en frente del carro de Raúl, pararon a Alejandro al lado de éste y crearon la escena que querían que Virgilio y su escolta vieran. Hicieron la llamada y esperaron a que los dos carros arribaran al lugar. Virgilio miró a su confidente parado frente al carro de Raúl y ensayó en su mente las palabras que le diría antes de ordenar su muerte. Hasta se imaginó el título de la noticia en las redes y como él mismo lo escribiría. *"Encuentran muerto al ganador del Último Vuelo A Puerto Rico. Se sospecha que fue asesinado por su mujer de origines dominicanos, Salomé Mercedes Mirabal."* Entonces se bajó del carro y le hizo señas al carro de su seguridad de que se quedaran a esperar instrucciones. Caminó con la seguridad del que sabe que no se está tomando riesgos. Y antes de llegar al carro de Raúl escuchó un sin número de ruidos y palabras alrededor. Sorprendido miró atrás para ver que sus cuatro agentes de seguridad se encontraban rodeados de unas quince personas enmascaradas y fuertemente armadas. El miedo lo hizo frisarse adonde estaba antes de que de una de las esquinas del lugar se materializara la figura de Pedro Campos, acompañado de las tres personas más buscadas de la Isla, Dolores Sotomayor, Eugenio de Bonilla y Obdulia Diaz. Luego escuchó unas palabras de la boca de Pedro que hicieron que sus piernas comenzaran a flaquear.

-Señor Ferré, tenemos unas preguntas que hacerle acerca de Segundo Belvis.

Inmediatamente la capucha cegó sus ojos y lo único que Virgilio alcanzó a escuchar fue a algunos gemidos de dolor que provenían de las bocas de sus agentes de seguridad. Luego fue tirado en la parte de atrás de un carro adonde Raúl y Salomé lo vigilaban sentados a sus lados. Virgilio callado, pero temblando no sabía si rogar por su vida o arriesgarse a ser arrogante como siempre. Mientras pensaba que decir, la voz de Pedro cortó el silencio con una pregunta que él no esperaba:

-Señor Ferré, ¿usted sabe el error más grande que personas como

usted comenten?

-No sé de qué me hablas. -dijo éste nervioso.

-Ustedes los que se venden y traicionan a su gente, cometen el error de creer que, matando a un soldado, tienen posibilidades de acabar la guerra. Y aunque Segundo no esté aquí físicamente queremos dejarle saber que su misión sigue viva.

Luego de esto sintió un pequeño pinchazo en el hombro y los humos de la inconsciencia inundaron su mente sin darle tiempo de responder o sentir que estos iban a ser sus últimos momentos de vida. Al otro día hubo una explosión en las construcciones en Barrio Obrero. Otra en Santurce y otra en Rio Piedras. El gobierno tomó esto como un ataque terrorista coordinado y muchas unidades de policía fueron despachadas a atender e investigar los hechos. Unas horas más tarde, en la Plaza Jefferson Davis del Viejo San Juan, encontraron un hombre amordazado y colgando de la estatua de mármol. La identidad de la víctima no tardó en ser diseminada por los medios de comunicación y el gobernador Franklin Rigs ofendido por el insulto y la falta de miedos, declaró a la Isla en estado de emergencia, para así comenzar una ofensiva sin restricciones.

Los primeros ataques sucedieron en los pueblos habitados por los Puertorriqueños que quedaban. Imágenes de gente siendo atropellada por agentes especiales de las unidades antiterroristas ejercían sus derechos de abusar y lastimar a personas inocentes que se negaban a hablar de Pedro Campos y sus seguidores. Después de unas semanas había un sin número de arrestados, heridos y muertos, además de una recompensa que se multiplicaba con el pasar de los días. Las "noticias" cubrían los sucesos con aires de justificación mientras que los "ciudadanos" expresaban preocupación por la situación del país y lo incomodos que se sentían por el terrorismo local. Con cada crítica y queja de sus gentes, Franklin Rigs se enardecía más por no poder atrapar a estos sons of bitches[35] que continuaban evadiendo la "justicia."

---

[35] sons of bitches: hijos de puta

Las atrocidades se convirtieron en actos frecuentes y desde su guarida Pedro y sus compañeros estaban discutiendo los siguientes pasos a seguir. Era necesario alejarse de todas persona y mantener un perfil anónimo por precaución. Pero lo más primordial era ahorrar los pocos fondos que le quedaban desde que las cuentas del gobernador fueron frizadas por el gobierno de los Estados Unidos. A través de unas semanas largas hubo momentos de desacuerdos entre la organización, pues algunos querían arrematar al gobernador para salir de él de una vez y otros advertían que esto causaría tumultos innecesario. Raúl, Lola y Obdulia estaban en favor de eliminar al gringo. Pedro, Eugenio y Salomé advertían que tomar un paso tan drástico podría ocasionar muchas muertes de gentes inocentes. Esta indecisión los mantuvo atascados en la inactividad, mientras que la Isla continuaba sufriendo a las manos del gobernador Rigs, quien había logrado utilizar la Ley de Insurrección de 1807. Esta era una ley federal de los Estados Unidos que facultaba al presidente de la nación a desplegar tropas militares estadounidenses y de la Guardia Nacional federalizada dentro del país en circunstancias particulares, como para reprimir el desorden civil, la insurrección o la rebelión.

Eventualmente las imágenes en los medios de comunicación se volvieron muy difícil de ignorar. Hombres, mujeres, ancianos y hasta niños eran vapuleados diariamente por los militares y la guardia nacional en un intento de extraer información acerca de los lideres terroristas. La gente trataba de quejarse utilizando los medias legales, pero todo esto ya estaba comprometido como lo había estado siempre. Según la constitución los ciudadanos americanos tenían derechos inalienables, pero eso solamente aplicaba a personas de origen anglosajón. No aplicó a los ciudadanos de orígenes japoneses[36] en los años 1942 al 1946. Ni tampoco a los ciudadanos de origen mejicano[37] en los años 1929 al 1939. En aquellos momentos los ciudadanos americanos de origen Puertorriqueño estaban recibiendo esa lección

---

[36] orígenes japoneses: Orden ejecutiva 9066 que creo campamentos de relocalización para ciudadanos japoneses.

[37] orígenes mejicanos: Orden de repatriación mejicana.

que otra comunidades de color ya habían aprendido.

Todo esto forzó a Pedro a admitir que había que responder de una manera, pero matar al gobernador no era aún necesario, pues él entendía que eliminar a este abusador podría traerles un remplazo menos predecible. Entonces se decidió que el grupo tenía que dividirse. Pedro, Lola, Raúl y Salomé tomarían operaciones en diferentes partes de la Isla. Eugenio y Obdulia se quedarían en Trujillo Alto para ayudar a diseminar información acerca de lo que los eventos significaban. Al principio estos dos se opusieron a la asignación, pero Pedro los convenció que ellos deberían de mantenerse libres por si algo pasaba, ellos dos podrían continuar la misión de informar al pueblo.

La primera batalla ocurrió en Ponce adonde Pedro acompañado de un grupo de sus compatriotas atacó una base de soldados americanos responsables de abusos en este pueblo y en pueblos adyacentes como lo eran Juana Diaz, Santa Isabel, Peñuelas y otros. Las atrocidades cometidas por estos asesinos de nómina iban desde una paliza hasta la muerte a tiros de jóvenes que protestaban su presencia en la Isla en el pueblo de Ponce, adonde mataron a desististe personas e hirieron a más de doscientos, a la vez que dos de ellos perecieron en el lugar. Pedro espero a la noche y en una barraca improvisada le pegó fuego a las facilidades y en medio de la conmoción aprovechó el momento para eliminar al general del rango más alto.

En el Pueblo de Canóvanas, Raúl también acompañado de simpatizantes del movimiento comenzó por quemar instalaciones de vehículos militares que suplían a La Guardia Nacional. Esto causó daños estimados en millones de dólares y aunque en aquella incursión no hubo necesidad de terminar con la vida de nadie, la pérdida económica era el mensaje que éste pretendía llevar. Además de inmovilizar las fuerzas armadas del gobernador Rigs. En esta misión Raúl tuvo al mando un grupo de muchachos jóvenes que, aunque eran de origen Puertorriqueño, no hablaban el español bien. Según Pedro estos eran algunos de los jóvenes que provenían de la nación americana que lograron evadir el servicio de guardias costaneras establecido para proteger las costas de la Isla. Y aunque Raúl conocía de los muchos que fueron arrestados, nunca pensó que el orgullo y la ingenuidad de esta juventud hubiese sido capaz de burlar sistemas tecnológicos de vigilancia. Pedro lo asignó a aquel puesto, pues él era el único del grupo que se podía expresar en su segundo idioma, con la excepción de él.

Mientras tanto desde San Sebastián, Lola lideraba otra misión que tenía como meta deshabilitar el aeropuerto de Aguadilla, el cual era utilizado por el servicio militar de manera exclusiva desde que el gobierno había declarado una insurrección. Para Lola la misión era la de deshabilitar las torres del controlador de tránsito aéreo. Impedir que los aviones de carga militar pudiesen aterrizar en este, le compraría un poco más de tiempo al grupo. Era imperativo que el daño a la propiedad fuese sustancial, así como también de evitar lastimar a personas inocentes. Pedro era claro acerca de esto todo el tiempo, pues entendía que, si muchas personas perdían su vida en medio de estos operativos, esto podía cambiar la percepción de la causa.

Aun así, la misión del mayor riesgo fue asignada a Salomé a insistencia de ella misma. Según su razonamiento ella era menos importante para la causa y estaba dispuesta a arriesgarse más, pues si era atrapada la causa no perdía tanto. Raúl estaba en desacuerdo y hasta Lola que había aprendido a respetar la determinación de la mujer, aconsejó en contra de este movimiento. Aun así, Salomé insistió en que la deberían dejar hacer algo, ya que ella no lo podía hacer en su propia Isla. Eventualmente se le dio la asignación y esta era la de deshabilitar la sección de carga del muelle del Puerto de San Juan. Esto era crucial para enviar su mensaje, pues detener la entrada de suplementos militares a la Isla para así también detener los recursos que el gobernador necesitaba para cometer sus abusos era algo esencial. La asignación era clara, entra destruye la sección del muelle y huye antes de que llegue la respuesta militar.

Pero en aquella noche, Salomé hizo un poco más que cumplir con su objetivos, sino que también destruyó la sección del muelle que traía a los turistas a disfrutar de cosas que ya los mismos Puertorriqueños no podían, pues no podían pagar el cargo de admisión. Además de esto, la respuesta del gobierno fue mucho más eficaz de lo que se esperaba y antes de poder huir, Salomé y su grupo tuvieron que enfrentarse a un escuadrón de soldados mejor armados que ellos. Aun así, la mujer demostró aquella noche la ferocidad y la inteligencia que la habría de convertir en una leyenda viva. Según los testigos que sobrevivieron aquella noche, la mujer fue capaz de analizar todos los pasos a seguir y ganar la batalla que debió de haber resultado en su muerte y la de sus compañeros. Este evento resultó convirtiéndose en la plataforma que impulsaría cosas que ni ella misma esperaba. Al terminar la noche, Salomé regresó a su punto de extracción acompañada de todos sus compañeros. Algunos de estos heridos como ella, pero todo el mundo vivo. Mientras tanto en el muelle, un general del ejército trataba de explicarse como él y sus soldados no fueron un obstáculo para aquella mujer determinada.

Según lo contaba un muchacho llamado Juan, Salomé llegó al muelle de San Juan para cumplir con su parte de la misión de aquella noche. Pero no esperaba que en este ya hubiese una presencia militar más activa de lo que los espías de la causa estimaban. Uno de los muchachos del grupo expresó alarma acerca de las posibilidades de ser atrapados y mucho peor asesinados aquella noche. Ella los reunió a todos y les prometió que todo le saldría bien con la ayuda de Dios. Aun así, uno de los muchachos cometió un error mientras ponía sus dispositivos explosivos en la área que se había determinado como esencial. Después de ser descubierto y herido por un soldado, se armó un tiroteo en el que Salomé y su grupo se vieron acorralados y sin muchas opciones. En el calor de la reyerta, algunos consideraban la posibilidad de rendirse para salvar sus vidas, pero ella no.

-*Salomé, creo que ya estamos jodios. Lo mejor es rendirnos.* -dijo el muchacho llamado Juan.

- *¡No! Si nos rendimos ahora nos matan aquí mismo.*

-*Es que ya estamos atrapados, ¿qué podemos hacer?*

-*Dame un momento para pensar.*

Salomé miró desde su escondite y pensó en su posición y en la posición de su enemigo. Analizó las posibilidades de que el sargento o general estuviese en este edificio y/o el otro. Eventualmente se concentró en una de las torres del muelle y vio como una sombra se movió en ella. Entonces les instruyó a los muchachos a abrir fuego de cada cierto rato para que así la atención de los soldados estuviese en ellos y solamente ellos. Salomé tomó su pistola con un silenciador y se dispuso a salir en dirección a la torre. Juan la miró preocupado y le preguntó:

- *¿Adónde vas?*

-Mantén la calma y espera por mis instrucciones muchacho que yo te voy a sacar de aquí con vida.

- *¿Qué vas a hacer?*

-Voy a cortarle la cabeza a esta culebra.

- *¿Qué?*

-Espera mi llamada y prepárate para llevarte a tus compañeros heridos; y una cosa más.

- *¿Qué?*

-No esperes por mí que yo me las arreglo sola.

-Eso no lo puedo...

- *¡Es una orden!*

Juan miró la blusa de Salomé y observó la sangre que salía del área de su costado. Entonces se ofreció a llevar a cabo cualquier cosa que ella tenía planeada, pues ella también estaba herida. Pero Salomé le contestó que la herida no le dolía mucho y era más importante que la mayor parte del grupo pudiera escapar, aunque fuese sin ella. Sin pensarlo una vez más se deslizó por las sombras de la noche en dirección a la torre. Sigilosamente llegó a la puerta de la pequeña oficina de observación adonde un hombre con uniforme de militar hablaba calmadamente de sus intenciones de esa noche.

-I want all those sons of bitches dead. Take no prisoners[38].

-Understood[39]. -dijo una voz en el radio.

-Sons of bitches think they can deal with the might of the US Army. I will teach these fuckers to respect me the way they are supposed to.[40]

Distraído por la seguridad de su punto ventajoso, el comandante no se percató de que detrás de él se había abierto una puerta y antes de que éste pudiese reaccionar, sintió el frio de una pistola tocarle la parte izquierda de su cabeza a la misma vez que una mujer le decía en un fuerte acento de español:

-Don't move or I will kill you[41].

El general se quedó paralizado por un momento antes de responder con sentido de seguridad:

-Señorita, you won't kill me. It's not that easy to take a life.[42]

-You are wrong! I will kill you to protect my people.[43]

-You are bluffing![44]

-Try me![45]

---

[38] -I want all those sons of bitches dead. Take no prisoners: Quiero a todos esos hijos de puta muertos. No tomés prisioneros.

[39] Understood: entendido.

[40] Sons of bitches think they can deal with the might of the US Army. I will teach these fuckers to respect me the way they are supposed to.: Los hijos de puta creen que pueden lidiar con el poderío del ejército de los Estados Unidos. Enseñaré a estos hijos de puta a respetarme como se supone que deben hacerlo.

[41] -Don't move or I will kill you: No te muevas o te mato.

[42] Señorita, you won't kill me. It's not that easy to take a life.: Señorita, usted no me va a matar. No es fácil quitar una vida.

[43] You are wrong! I will kill you to protect my people.: ¡Te equivocas! Te mataré para proteger a mi gente.

[44] You are bluffing!: ¡Estás presumiendo!

[45] Try me!: ¡Pruebame!

El general titubeó de inmediato, pues en la voz de aquella mujer la determinación era inconfundible. Él conocía este tono de voz y sabía de sus próximas palabras dependía su vida misma. Entonces preguntó nerviosamente:

-*What do you want me to do?*[46]

-*Call off your men. Tell them that you received instructions to let them go so they can be followed.*[47]

-*Do you think my men will believe that?*[48]

-*They better or else I have no reason to spare your life. So, do your best. Convince them!*[49]

El general siguió las ordenes de Salomé al pie de la letra y aunque los soldados estaban sorprendidos de la orden, no tuvieron otra opción que seguir las mismas. La mujer por su parte contactó a Juan y le ordenó retirarse inmediatamente. Éste preguntó que iba a ser de ella y ésta le contestó que los vería un poco más tarde en el punto acordado. Luego de esto le ordenó al general a ponerse de rodillas y el hombre obedeció quejándose de que ella le había prometido perdonarle la vida. Ésta no le respondió para luego propinarle un golpe certero en la cabeza y dejarlo inconsciente antes de decir:

- *¡Maldito azaroso*[50]*!*

Con el pasar el tiempo, las misiones se vieron más centralizadas y esporádicas. Pero algo era obvio para todos, Salomé había demostrado ser una líder natural que tenía la capacidad de analizar situaciones

---

[46] What do you want me to do?: ¿Qué quieres que yo haga?

[47] Call off your men. Tell them that you received instructions to let them go so they can be followed.: Llama a tus hombres. Diles que recibió instrucciones de dejarlos ir para que puedan seguirlos.

[48] Do you think my men will believe that: ¿Tú crees que mis hombres van a creer eso?

[49] They better or else I have no reason to spare your life. So, do your best. Convince them!: Es mejor que lo hagan, o de lo contrario no tengo ninguna razón para perdonarte la vida. Por lo tanto, haz lo mejor que puedas. ¡Convéncelos!

[50] Azaroso: Desgraciado.

complejas de manera rápida y efectiva no importaba el momento. Esto la hizo una de las personas más respetadas del grupo y eventualmente sus lazos con el mismo la llevaron a convertirse en una de las personas más buscadas de la Isla de Puerto Rico. Un año después de la reyerta del muelle, Pedro les pidió a Raúl y Salomé unos minutos de su tiempo. Los dos caminaron al mismo lugar de siempre desde donde se podía ver el barrio. Pedro comenzó:

-*Defender este lugar se ha convertido en la única razón para vivir.*

- *Y la de nosotros también.* -dijo Raúl.

-*Y les doy las gracias por todo lo que han hecho desde que llegaron.*

-*No tienes que darnos las gracias.* -ofreció Salomé.

-*Yo lo sé, pero aun así les doy las gracias.*

-*Pedro ¿nos querías decir algo?*

-*Tengo que pedirle algo a Salomé, pero creí prudente hacerlo con los dos presentes.*

-*Dígame usted para que soy buena.*

-*Raúl prométeme que no te vas a enojar conmigo.* -pidió Pedro mirando al hombre.

-*Pero hombre como va a ser*

-*Bueno entonces déjame decirlo: Salomé tengo una misión muy importante para ti.*

-*Si Pedro ¿qué necesitas?*

-*Necesito que seas mi representante en la NAA.*

- *¿Qué es eso?*

-*La Nueva Asociación Antillana.*

-*No te entiendo.*

-*Creo que ya es hora de que sepas que lo que está pasando en Puerto Rico, está pasando de la misma forma en tu país.*

- *¿En la República Dominicana?*

-Si, nuestros hermanos dominicanos sostienen una batalla similar a la nuestra.

- ¿En mi país?

-Si hermana, pero en tu país hace falta algo.

- ¿Qué hace falta en mi país?

-Haces falta tú. Créeme que en mis contactos con el liderazgo del movimiento me he dado cuenta de que, aunque la determinación no es un problema, la implementación está un poco débil.

- ¿Y tú piensas que yo soy tan importante?

-Mi hermana tú eres la definición de lo que ellos necesitan.

-Pedro yo no puedo irme de aquí. Yo le hice una promesa a Raúl y una a su mamá. Todavía no he cumplido.

-Piénsalo Salomé que ya tengo todo en orden. Solo esperamos tu respuesta.

-Yo no puedo, no puedo. No en este momento.

-Tu mamá te está esperando. -dijo Pedro para sorpresa de la mujer.

Salomé se puso las manos en la boca y comenzó a llorar al escuchar las palabras de Pedro, mientras éste le explicaba la situación del país y el delicado estado de salud de su mamá Doña Adela. Raúl comprendiendo el peso de aquella decisión abrazó a la mujer antes de decirle unas palabras que le dolían en el alma:

-No te preocupes por mí. Ya tú me salvaste la vida más de una vez.

- ¿Tú quieres que me vaya y te deje?

-Por supuesto que no. Pero ¿sabes cuál es el sentimiento más fuerte del mundo?

-El amor por supuesto.

-No mujer... El arrepentimiento. Y si tú no vuelves a ver a tu mamá con vida mientras lo puedes hacer, te vas a arrepentir por el resto de tus días.

-*Pero yo no puedo dejarte solo ahora que ya estamos haciendo esto.*

-*Piénsalo de esta forma: es solo por un momento.*

-*Necesito tiempo para pensarlo.*

-*Tomate todo el tiempo que quieras. Yo respetare cualquiera que sea tu decisión.* -dijo Pedro poniendo su mano en el hombro de la mujer antes de alejarse.

Salomé y Raúl se quedaron solos y entre lágrimas, abrazos, miedos y premoniciones fatalistas les llegó la mañana. Así se pasaron unos días de indecisión entre los dos. Vivieron momentos de incertidumbre y hasta de decepción. Eventualmente, Raúl guido por la cicatriz de la muerte de su madre y el amor por aquella mujer, logró convencerla de irse y ésta con dolor en el alma le prometió que regresaría por él en un futuro no muy lejano. Pedro volvió a reunirse con ella para darle las instrucciones finales de su misión. Primero la llevarían a la casa de su madre Doña Adela para que la pudiera abrazar y besar como se debía. Luego de esto debería de llegar al pueblo de Dajabón y cruzar al país de Haití adonde sus compatriotas y los pocos nativos haitianos planeaban ataques estratégicos para liberar la Isla entera. Salomé no entendía porque su misión comenzaba en aquel país con el que había tanta mala historia y Pedro le explicó todo en unas simples palabras que ésta entendió de inmediato:

-*Nuestros hermanos haitianos también tienen el derecho de luchar por la libertad de su tierra. La NAA nos incluye a todos.*

Eventualmente la noche de la partida llegó con la caída del sol. Raúl y Salomé se despedían en privado unidos por el dolor de la separación y la incertidumbre. Premoniciones de finalidad los envolvían a los dos, que por primera vez desde que se conocieron iban a tomar caminos diferentes. Los dos sabían que desde aquel momento la comunicación sería casi imposible. Raúl miró a la mujer y le dijo con pena:

- *¿Cómo sabre que estás bien?*

-*Yo te dejo saber.* -contestó Salomé con una leve sonrisa pintada en sus ojos humedecidos de llanto.

- *¿Cómo vas a dejarme saber?*

-*Ya tú lo veras.*

Luego Lola que se encontraba presente, abrazó a Salomé fuertemente y le dijo que se cuidase mucho, pues ella era de las buenas. Las dos habían aprendido a trabajar juntas por la causa que las unía. Y en aquel momento el respeto mutuo y la hermandad les causaba un poco de penas. Pero no había de otra, Salomé iba a tener la oportunidad de hacer por su país lo que estuvo haciendo por Puerto Rico por mucho tiempo, intentar darle una oportunidad a su gente de luchar por recuperar lo que le habían robado. Con todos los pormenores acordados la mujer abordó una lancha que la llevaría de vuelta a casa. Y mientras se alejaba de la costa en una obscuridad total, miró hacia el cielo para ver todas las estrellas en el mismo, cuan si fueran las infinitas posibilidades que le deparaba el destino. Entonces pensó en el futuro y todo lo que este deparaba para ella y en especial para Raúl.

Flores de Amapola

Después de un viaje lleno de emociones y esperanzas, aunque con un poco de vacío por la partida, aquel mismo corazón latía con gran intensidad por el regreso, Salomé tocó las costas de su país por primera vez en muchos años. Al bajarse de la lancha en una costa de la provincia de La Romana, la mujer se tiró al agua y mientras las olas se llevaban sus lágrimas a la profundidad del mar, su alma sintió ese alivio que se siente cuando se regresa a casa después de una ausencia prolongada. Luego de esto se acostó en la arena por unos segundos y respiró profundamente el aire del país que la vio nacer. Ya estaba por amanecer y debería de abordar el vehículo que la llevaría de manera secreta a la casa de Doña Adela Reyes, su madre. Ya escondida en su transporte, una pareja de edad avanzada le hablaban de la situación y de cómo el lugar ya casi no parecía ser La República Dominicana. Ella escuchó atentamente sin hablar mucho, pues había escuchado lo mismo muchas veces y lo había vivido a través de las palabras y las experiencias de Raúl cuando éste buscaba lugares en su Isla que ya no existían.

El viaje duró casi cinco horas, pues era importante evadir autoridades en rutas más rápidas. Escuchando a sus compatriotas, pero hundida en sus reflexiones personales, Salomé pensaba en lo que estaría haciendo Raúl en El Salto en aquella mañana. Un sentimiento de añoranzas mezclado con gratitud invadía su alma, mientras se imaginaba entrar a ver a su madre en el lugar donde ésta vivía. Eran como las 2 PM. cuando por fin se bajó del auto y entró rápidamente a la pequeña casita que su mamá compartía con una de sus tías. La mujer ya avanzada en edad y sufriendo de cataratas, no reconoció a su hija visualmente, pero no hubo una duda cuando entre medio de sollozos y gemidos tímidos su hija se arrodilló frente a ella y le dio un abrazo que llevaba añorando por muchos años. La mujer casi ciega dejó escapar una lagrimas por sus ojos nublados y dijo:

-*Mija, muchacha estás aquí. Cuanto le he rogado a Dios de déjalme verte.*

-*Mamá, mamá ya estoy en casa.*

-*Mi niña que bendición me está concediendo Dios. Verte a ti antes de morirme.*

-*Usted no se va a morir mamá. Yo la voy a cuidar.*

-*Lomé ¿cómo te dejaron entrar al país?*

-*Ya le cuento, pero dígame, mamá ¿cómo está?*

-*Bueno yo estoy ca'día más ciega y enferma, pero gracias a mi Dios estoy viva y Él me ha concedió mi más grande deseo de verte a ti otra vez.*

-*A mí también vieja. Yo nunca pensé poder regresar aquí después de tanto tiempo.*

-*Cuéntame mi niña ¿cómo es que llegaste?*

Salomé se sentó en un pequeño banquito frente a su madre y comenzó a relatarle la historia de como conoció a un boricua llamado Raúl. Después de esto le relato todo acerca del viaje que la llevó a aquella Isla del caribe a pelear por una causa que no era de ella. Luego le dijo a la anciana acerca de las batallas y las veces que había sido herida en algunas de ellas, levantándose la blusa para tratar de enseñarle la cicatriz, que la mujer no podía ver. Doña Adela se puso las manos en la boca en un acto de sorpresa, antes de persignarse y preguntar algo que no había escuchado de la boca de su hija:

- *¿Fueron esa gente la que te mandaron pa'aca?*

222

-Si mamá, yo estoy aquí porque esa gente me ayudó a regresar.

- ¿Y vienes a cuidarme a mi verdad?

-Si mamá, pero tengo unas cositas que hacer primero.

- ¿Qué cosas?

-Tengo que ayudar a unos compatriotas con algo.

-Mija no te vayas a envolver con esa gente.

-Yo no vine a envolverme con ellos.

-Qué bueno porque eso...

-Yo vine a ayudarlos en su lucha por un tiempo.

- ¿Cómo que a ayudar?

-Esa gente tiene la misma misión que la gente de Puerto Rico. Y el líder Puertorriqueño cree que yo puedo ayudar la causa.

-No niña no. Por favor no te metas en eso.

-Ya es muy tarde para eso. Yo llevo un tiempo largo en esto.

-Lomé eso es muy peligroso, tú eres una mujer de letras, ¿por qué estás haciendo eso?

-Porque yo he visto y sentido el abuso que tienen con nosotros y está bueno ya de tanto abuso.

-Mija, piénsalo otra vez, hazlo por mí.

-Mamá por usted es que lo hago. Por usted y por todos nosotros los dominicanos.

Luego de gastarse unos días compartiendo con su madre. Salomé volvió a irse bajo las sombras de la noche rumbo a Dajabón, una provincia fronteriza con Haití. Debería de cruzar rumbo a Chaîne de la Selle, específicamente al Pico la Selle, el punto más alto del país para reunirse con el líder haitiano Henri Dessalines y el líder dominicano Francisco Rosario Mella. Allí se efectuaría su primera reunión con los lideres de la Nueva Trinitaria. Aquella tarde se habría de identificar el plan de ataque y los objetivos de estos. Salomé tenía la visión y la práctica, además de la paciencia y la sabiduría para lidiar con opiniones contrarias que de seguro escucharía de los dos hombres.

Durante ese otro viaje observó a su país y toda la nueva infraestructura que nunca había sido desarrollada por la corrupción del gobierno dominicano. Sintió un poco de vergüenza mezclada con coraje al ver como de fácil se les había hecho a los invasores cambiar cosas que no parecían posibles cuando ella residía en este país. Pensó en la ironía de que habían arreglado a la República por el costo módico de desterrar a todos los dominicanos. En aquel preciso momento su mente le regalo imágenes de Raúl y sus reacciones ante la misma realidad en Puerto Rico. Esto la llevó a extrañarlo otra vez, pero más que eso, a determinarse a luchar como lo hacían ellos dos en Puerto Rico.

Al llegar a la montaña adonde la reunión tomaría lugar, la mujer fue recibida con todos los honores de un funcionario de gobierno. En un pequeño claro, había una pequeña mesa arriba de un toldo verde y algunas sillas. Algunos suministros como el agua, el pan y unas carnes asadas que se encontraban en una esquina mientras el humo de una leña que se quemaba lentamente ahumaba el lugar para espantar las moscas del puerco asado. En la mesa solo había tres sillas. Una de estas ocupadas por Francisco Rosario Mella y la otra por Henri Dessalines. Los dos le hicieron señas a Salomé para que se sentara, mientras lucían intrigados por la presencia de la mujer.

Luego de que se hicieron las introducciones necesarias. y se contestaron las preguntas más urgentes, los dos hombres miraron a Salomé y le preguntaron que ella pensaba de los planes. Como ya era típico en ella, pidió un poco de tiempo para estudiar los planes. Hizo algunas preguntas acerca de la historia del movimiento, específicamente la cantidad de batallones clandestinos la Nueva Trinitaria tenían alrededor del país. También preguntó dónde estaban los puntos y/o lugares más preciados del nuevo invasor. Después de recibir la información requerida se sentó frente a los dos hombres y dijo:

-*Señores nuestro ataque inicial debería de ser en una semana si es posible.*

- ¿Dónde empezamos? -preguntó Francisco.

- En Neiba, Azua y Santiago en el 30 de marzo.

- ¿Por qué en el 30 de marzo? -preguntó Francisco.

-Es el aniversario de La Batalla de Santiago. Yo soy santiaguera y quiero comenzar en mi pueblo. Recordarle a mi gente que nosotros somos bravos.

- ¿Qué batalla fue esa?

-Una de las batallas que definió nuestra independencia.

-Cuando lucharon contra mon pays[51]. -ofreció Henri.

-Eso es el pasado. Ahora luchamos juntos por nuestros derechos a existir. -dijo Salomé con firmeza.

-Hermana usted está abarcando mucho. -ofreció Francisco.

-Por supuesto que sí, estoy pensando en el futuro de mi gente.

Unos días después mientras se encontraba parada en los escombros del antiguo Monumento Natural Pico Diego de Ocampo en la noche del 29 de marzo, Salomé miraba desde lo alto a su pueblo de Santiago con todos los cambios de estructura que habían sucedido en su ausencia. Por unos momentos pensó en Raúl y recordó las muchas veces que, desde El Salto, él miraba su barrio por las noches y hablaba de lo que estaría haciendo la gente del lugar en aquel preciso momento. Esto la llevó a ella a pensar en lo mismo, pero un pensamiento se atoró en su cabeza en un momento de dudas mientras se decía: *"Sabrá mí gente los sacrificios que hacemos por ellos, lo que hice para regresar, lo que dejé."* Entonces volvió a pensar en Raúl y la emoción la hizo arrugarse un poco sin llorar, pues pensó que entre su amor por él y por su patria no había un ganador claro, pero ella estaba luchando por uno mientras soñaba regresar al otro. Una vez más enfocó sus ojos en su pueblo y esta vez dijo en voz baja: *"Mañana*

---

[51] Mon pays: mi país.

comienza mi lucha por ti. "

Mientras tanto en El Salto, Raúl sentado en su lugar favorito miraba el barrio, mientras escuchaba una serenata de coquíes cantando su melodiosa canción. Se llenó de pena pensando en que ahora solo podía visitar el jardín de su abuela de noche. El gobierno, de seguro esperaba que él cometiera el error de regresar al lugar. Pensando allí se le paso un buen rato hasta que llegó Pedro a ofrecerle los detalles de su próxima misión. Luego de recibir los detalles, Pedro lo miró un poco preocupado y le dijo:

-Salomé te envió un mensaje.

- ¿Hablaste con ella?, ¿Cómo se comunicó contigo? -preguntó Raúl curioso.

-No hablé con ella, pero sé que te mandó un mensaje a ti.

- ¿Y cómo sabes eso?

Pedro se sentó y le relató a Raúl como en la noche del 30 de marzo había ocurrido un ataque sincronizado en Neiba, Azua y Santiago que había causado una gran consternación en la República Dominicana. Raúl preguntó como eso era un mensaje para él, a lo que Pedro respondió:

-En la provincia de Santiago luego de que el ataque hubo terminado las autoridades encontraron un ramo de flores de amapola con una nota que decía:

- "¡R. estoy bien!"

Raúl se emocionó, pues sabía que ese mensaje era de la mujer que luchaba ahora por su propia causa. Lleno de esperanzas miró al barrio y pensó que, a lo mejor, algún día, el tiempo le traería a aquella mujer de vuelta a su vida para vivir el resto de estas en la casita de su abuelo. Pedro al mirarlo emocionado se sentó al lado de él, sintiendo un poco de culpas y decidió hablarle a Raúl con franqueza.

-Raúl yo nunca quise que te envolvieras en esto, perdóname.

-No tengo nada que perdonarte, yo tenía esas intenciones desde que

mi mamá me hizo prometerle.

-Yo no sé porque tía Manuela hizo eso. Después de todo ella nunca aceptó que yo existía.

-Tía Manuela ¿de qué carajo tú hablas?

Pedro miró a su primo y le relató todo acerca de su relación con el barrio. De cómo Salvador lo llevó a conocer a su esposa en su niñez, y de la relación que sostuvo con los dos. Según sus propias palabras Doña Fortunata era para él su tercera abuela a la que él adoraba. También de la resistencia de algunas de sus tías de aceptarlo como parte de la familia, específicamente Manuela y la tía Rosa. Eventualmente, todos fueron aceptándolo menos Manuela que era una mujer buena pero terca, según su padre decía. Raúl miró a Pedro y ahora no sabía que pensar de aquella historia. Después de todo su madre nunca le habló de él de esa forma, aunque muchas veces lo obligó a prestarle atención al mensaje de éste. Solo se limitó a hacer unas preguntas:

-Por eso Benito me estaba velando.

-Algo así. Nosotros no sabíamos si podíamos confiar en ti.

- ¿Cuándo me dijiste que no pudiste recuperar los restos de tu familia?

-Solo lo hice para proteger tu identidad, el gobierno te está siguiendo desde que llegaste.

-Eso me lo sospechaba. ¿por eso es por lo que Benito me estaba siguiendo en los montes de Las 16?

-Si, era para tu protección.

-Eso lo entiendo, pero yo no soy ningún chota.

-Eso ya lo sé.

-Ahora entiendo parte de la promesa.

-Yo también lo entendí así.

-Entonces tú fuiste el de la idea de enterrar a los abuelos en el

jardín.

-La idea fue mía y del primo Benito.

- ¿Por qué nos dejaste unirnos al movimiento?

-Porque sé que todos nosotros debemos de tener la oportunidad de defender lo nuestro. Tú sabes porque lo digo.

-Si.

-Además tú no sabes cuantas promesas le tuve que hacer a tía Rosa antes de que te unieras a la causa.

- ¿La tía también está envuelta en esto?

-Como te dije, todo el barrio está envuelto de una forma u otra. Tú lo has visto en los otros pueblos.

Raúl guardó silencio por un largo rato, mirando a Pedro detenidamente, como para analizar lo que éste decía. Nuevamente miró el barrio con nostalgia para luego comentar:

-Que lindo es este barrio, ojalá que las cosas se resuelvan pronto. - comentó Raúl cambiando el tema.

- ¡Dios te oiga!

-Tú sabes que es lo que yo no entiendo.

- ¿Qué no entiendes?

-A los muchachos que pelean por este lugar sin haber nacido aquí. Yo no sé por qué lo hacen.

-Lo hacen porque quieren.

-Si, pero yo nací aquí y tengo una promesa que cumplir. ¿qué razones tienen ellos?

-Eso son condenas de la sangre.

- Debes de tener la razón, pero yo nunca pensé que alguien que nació en Los Estados Unidos se sintiera así.

-Recuerda una cosa, el gobierno estadounidense siempre se aseguró de separar a personas como nosotros de la historia de la nación. Eso

creó un sin número de personas que necesitaba mantener su identidad y el sentirse que pertenecían a algún lugar.

-De eso si me acuerdo. Éramos hispanoamericanos, afroamericanos o asiáticos-americanos.

-Así era si tu piel tenía un poco de pigmentación.

- ¿Cómo así?

-Si eras de origen anglosajón no ponían ningún tipo de descriptivo frente a tu existencia. Solo eras americano y nada más.

-Eso si es verdad.

-Entonces entiendes porque esos muchachos defienden esta causa.

-Ahora lo veo con más claridad.

-Bueno primo, ya usted sabe la verdad. Ahora dígale a Lola, pa'qué me deje en paz.

-Pedro tengo una pregunta.

- ¿Dime?

- ¿Tú crees en Dios?

-Por supuesto, sin Dios no pudiéramos hacer las cosas que hacemos. Al menos eso decía mi abuelita que en paz descanse.

-Yo no puedo creer en eso.

- ¿Por qué no?

-Es que no tengo fe, desde hace mucho tiempo ya.

- ¿Y qué quisieras creer tú?

-Yo quisiera creer en la reencarnación.

- ¿Por qué en la reencarnación?

-Vas a pensar que estoy loco.

-Yo ya creo que estás loco, ¿cuál sería la diferencia?

- Es que yo quisiera creer que si yo vuelvo a renacer quisiera que *fuese aquí.*

-Eso dice la canción del Gran Combo. Pienso que tiene un poco de sentido.

-Yo creo que sí, porque el coquí solo vive aquí.

- "De aquí como el coquí" eso es lo que dice el dicho.

-Así mismo, pues ya ves que tiene sentido.

- Para mí eso suena un poco loco, pero como dice el otro dicho: "Cada loco con su tema."

- ¿Tú crees que me estoy volviendo un "viejo chocho" como decía mi papá?

-Bueno, eso solo lo sabes tú.

-A lo mejor es eso que como me estoy poniendo viejo, me estoy poniendo pendejo o algo así.

-Raúl a todos nos llegan momentos de dudas. Si pensar que la reencarnación es tu forma de tener esperanzas, ¿por qué no?

-No sé, a lo mejor me estoy volviendo loco de tanto ajetreo.

- No te preocupes hombre, que de las esperanzas vive el hombre.

-Otra cosa.

- ¿Qué?

- ¿Estás seguro de que yo no estoy aquí solamente porque soy familia tuya?

-No, si fuera por eso, yo hubiese preferido que tú y Salomé no se hubiesen envuelto en todo esto.

- ¿Entonces?

-Yo no soy quién para negarte la oportunidad de cumplir con tu promesa.

Los dos continuaron su conversación acerca de la conexión de la sangre y de lo que esperaban para el futuro. Pedro no perdió la oportunidad para decirle a Raúl que las cosas no iban bien. El dinero se había acabado, el gobierno continuaba los abusos con los ciudadanos y si las cosas seguían así, habría que tomar una de las medidas más drásticas del movimiento. Raúl preocupado hizo unas sugerencias que Pedro reconoció como buenas, pero según él, pronto deberían de decidir un plan de acción a tomar, pues la situación en la Isla corría el riesgo de cambiar la opinión pública en contra de ellos. Eugenio y Obdulia continuaban su misión de informar al pueblo acerca de todo lo que sucedía en la Isla, hasta en las áreas más remotas de esta. Ya para ese tiempo, Vieques y Culebra estaban perdidos, fue una decisión que se tuvo que tomar, pues estos dos pueblos por ser Islas separadas del territorio principal de Puerto Rico no ofrecían rutas de escape para el movimiento. Todo esto era divulgado en el canal de Eugenio en su duodécima interacción, ya que de cada cierto tiempo el gobierno bloqueaba acceso al canal y éste tenía que reinventar la manera de comunicar lo necesario. Lola crecía cada vez más impaciente, pero su dedicación a la causa y su fe en los planes de Pedro eran inmovibles. Y por esta razón, moderaba sus instintos de guerrera.

Mientras tanto en La República Dominicana, Salomé ya contaba con la atención del gobierno y de la prensa. En varios canales de televisión se discutían los eventos del 30 de marzo y de los significados de estos. Aun así, lo más que parecía intrigar a los reporteros eran las flores de amapola y la identidad del tal "R" en su mensaje. En todos los medios de comunicación enseñaban el dichoso ramo de flores y todos los reporteros repetían como papagayos:

- *¿Quién será el misterioso "R"?*

Desde aquel momento la historia del ramo de flores se convirtió en un misterio que todos querían resolver. Había teorías de que uno de los radicales de aquellos ataques era un enamorado empedernido al que su amada no le había dado el sí. Otro rumor de que era un hombre que lloraba la pérdida de un amor y quería dejarles saber al mundo de su sufrimiento. Y hasta había teorías de que el grupo de terroristas conocido como la Nueva Trinitaria, solo quería romantizar su violencia con las imágenes de aquellas flores. Así se pasaron unas semanas en aquellas discusiones absurdas y nadie parecía recordar el originen de aquella historia hasta la mañana del 6 de diciembre. En esta fecha habría de ocurrir otro ataque sincronizado en Francisque, Ocoa y San Juan. Este nuevo ataque causó un poco de confusión, pues no solo afectó a la República, sino que también un pueblo de Haití había sido atacado de igual forma. Los daños a la infraestructura fueron calculados en millones de dólares, no pesos. El gobierno comenzó a preocuparse por la ocurrencia. Pero lo más que causaba consternación en los funcionarios de gobierno era lo estratégico de los ataques y la popularidad del atacante que otra vez había dejado un ramo de amapolas en el pueblo de San Juan con otra nota que decía:

- *"¡R te extraño mucho!"*

Nuevamente la prensa se dedicó en divulgar las noticias de los acontecimientos recalcando que esta vez hasta el pueblo de Haití estaba incluido en estos, pero concentrándose en las amapolas y preguntándose para quien era el mensaje. De manera que el gobierno comenzó a perder la narrativa, así como también había perdido la batalla de mantener las costas del país en vigilancia constantemente para que los dominicanos desterrados no pudieran regresar a casa. Aquel esfuerzo les costó mucho dinero y aun así muchas personas lograron evadir la captura y eran ellos mismos los que ahora causaban aquel problema que tenían en tratar de doblegar el espíritu de un pueblo. Entonces se inició una campaña de "información" para que el pueblo, o lo poco que quedaba de este, se volviera en contra de lo que estos extremistas estaban haciendo en el país. Lejos de influenciar al pueblo de la manera que esperaban, levantaron en este un orgullo lastimado, como un carcomillo que molesta y lastima el alma. Desde ese momento el pueblo se enfocó en los acontecimientos que comenzaron a ser un poco más frecuentes.

Hubo ataques en Baoruco, Port-au-Prince y en Monte Cristi. Complejos turísticos, urbanizaciones exclusivas y varios proyectos de infraestructura comenzaron a arder en los fuegos pasionales del orgullo de los habitantes originales de los dos países. El gobierno trató de predecir adonde sería el próximo objetivo, pero siempre estaban unos pasos atrás. Siempre había tres lugares en la lista. Y en cada ataque, el ramo de amapolas con otro mensaje aparecía en uno de estos.

- *"¡R. ya pronto nos vemos!"* -fue el último mensaje que se encontró en Monte Cristi.

Y mientras el gobierno debatía la creación de un escuadrón antiterrorismo en el país, en la Loma Diego Ocampo, localizada en los municipios de Santiago de los Caballeros, Villa González y Altamira, Salomé, Francisco y Henry debatían la efectividad de los ataques.

-*Creo que esto está trabajando un poco.* -dijo Francisco.

-*Mon Frère,[52] esto está trabajando mucho.* -ofreció Henri mirando a Salomé a los ojos.

-*A esta gente lo que les importa es el dinero y sentirse seguros.* -ofreció ésta.

- *¿Qué vamos a hacer si terminamos ganando esta guerra fría?* -preguntó Francisco.

-*Yo digo mandarlos a todos a la merde[53].*

-*No podemos hacer eso.* -dijo Salomé.

- *¿Por qué non[54]?* -preguntó Henri.

- *¿Y por qué no?* -preguntó Francisco también.

-*Esta lucha es por el futuro de nuestra gente, pero no podemos esperar que millones de personas que no tienen adónde ir se vayan a otro lado. No vamos a repatriar a millones de gente como lo hizo Los Estados Unidos con sus ciudadanos mejicanos.* -explicó Salomé.

-*No te entendemos.*

---

[52] Mon Frère: mi hermano.

[53] Merde: mierda.

[54] Non: no

-Nosotros estamos luchando para devolverle la Isla a sus dueños, pero no debemos de olvidarnos de quienes somos.

- ¿Quiénes somos? -preguntó Francisco.

-Somo gentes hospitalaria que siempre hemos tratado de ayudar a todo el que necesita. Y créanme que ser crueles como esa gente no es algo que nos hará felices.

-Alors?[55] -preguntó Henri.

-Cuando acabe todo esto, debemos de darle a esa gente la oportunidad de vivir dignamente.

-Al carajo con la dignidad, mira lo que nos hicieron a nosotros. -se quejó Francisco.

- ¿Cómo te atreves a decirme eso? Estuve fuera de mi país por muchos años. Mi viejo se murió y no pude regresar a enterrarlo. Tuve que ir a Puerto Rico a pelear por su causa, sin saber si volvería a pisar mi país a ver a mi mamá antes de que se me muriera también. Yo sé lo que nos hicieron, pero eso no elimina una verdad que nadie quiere discutir.

- ¿Qué verdad es esa?

-Que fueron los mismos políticos dominicanos los que nos vendieron como verdura barata para ellos vivir como reyes mientras nos moríamos en otros países. Y si ustedes quieren mi ayuda, yo se la daré. Pero no voy a participar en abusar de otra gente como abusaron de mí.

-Calme-toi[56]. -dijo Henri con firmeza.

-Primero tenemos que forzar negociaciones antes de hablar de lo que se hará. -continuó Henri.

-Salomé yo no estoy de acuerdo con lo que propones. -se quejó Francisco.

---

[55] Alors?: ¿entonces?

[56] Calme-toi: cálmense

-Yo vine aquí a luchar en contra del colonialismo y eso es lo que estoy haciendo. Pero no voy a participar en abusos. No puedo.

-Yo creo que tú lo que quieres es irte para Puerto Rico a ver al boricua ese, como que estás asfixiada por él.

-Ese boricua se llama Raúl; y a él le debo más de lo que le puedo pagar. Además, no me digas que tú no te has beneficiado de lo que él hizo.

- ¿Yo?

-Si tú. Antes de que yo llegará aquí, ustedes estaban todos desorganizados sin lograr que nadie los tomara en serio. Ahora se está hablando de un escuadrón antiterrorista para combatir lo que hemos hecho. Pero no dudes ni un segundo que lo que está pasando aquí es el resultado de mi presencia.

-Mírala a ella poniéndose alante y dándose tanto crédito. -dijo Francisco en forma de burla.

-Mon Frère, ella tiene la razón. Sin Salomé no somos nadie. -dijo Henri apoyando a Salomé.

La discusión duró unos minutos largos y Salomé se mantuvo firme en su posición de buscar una resolución que ofreciera la oportunidad de vivir en armonía, si el movimiento tenía éxito. Los tres estaban en desacuerdos, pero no era la primera vez. Para Francisco tener que seguir ordenes de una mujer era algo un poco humillante, pues él era un hombre de voluntad firme como se lo enseño el machismo de su papá. Para Henri, estar allí luchando junto con dos dominicanos, después de siglos de riñas entre las dos naciones era algo casi irreal. Pero a Salomé, los sentimientos de orgullos heridos de sus acompañantes le valían un carajo, ella tenía la misión clara, una República Dominicana con los dominicanos al mando y un viaje de regreso a Puerto Rico a cumplir su promesa.

Mientras tanto en Puerto Rico, Raúl continuaba participando en operaciones alrededor de la Isla, ya no pasaba mucho tiempo en El Salto con Pedro y los demás. Se reunían por lo menos una vez al mes a discutir en persona lo que estaba sucediendo en la Isla y afuera de la misma. Ahora era uno de los más buscados de Puerto Rico, después de que se dio a conocer su envolvimiento en la desaparición de un funcionario de gobierno de nombre Virgilio Ferré. No se le inculpaba de su muerte, pues de acuerdo con las autoridades el cuerpo de éste fue encontrado ahorcado con una nota de suicidio adonde se disculpaba con sus compatriotas por las atrocidades que ayudó a perpetuar en la Isla. El gobierno trató de culpar a los terroristas, pero no había testigos, pues sus guardaespaldas se negaban a testificar algo acerca de las circunstancias de su muerte. Y los espías como Alejandro, Jennifer y otros más continuaban desaparecidos, sin ningún rastro de éstos por toda la Isla. En la prensa local, la imagen de un Raúl Canales jubiloso acompañado de su mujer Salomé Mercedes Mirabal cuando llegaron a Puerto Rico después de ganarse El Último Vuelo a Puerto Rico, aparecía en la pantalla mientras el reportero local leía la noticia acerca de éstos y de cómo era importante para la seguridad de la gente que fueran detenidos lo más pronto posible.

Durante una reunión de la causa en El Salto, Raúl se encontró mirando en su teléfono celular videos que había grabado en el pasado con su mujer. Pedro se le aproximó de momento y le recordó que el uso del celular los ponía en riesgos, antes de enseñarle su propio celular con las noticias de último momento en La República Dominicana:

"Las autoridades del país continúan buscando a las personas responsables de varios ataques en diferentes zonas como Azua, Santiago, Monte Cristi, Dajabón y otros. Estos individuos han causado millones de euros en daños a la infraestructura y proyectos de desarrollo. Es por eso por lo que el presidente Jacopo Accardi acaba de anunciar la creación de una unidad antiterrorista para combatir la destrucción y traer a estos criminales a la justicia"

Otro reportaje leía:

"Dentro de todo el misterio que abarca los incidentes en el país en los últimos meses, el más grande de estos es la identidad del mensajero de las flores. Este individuo ha dejado un sin número de

mensajes acompañados de flores de amapola cada vez que hay uno de estos ataques. Los mensajes como: "R. Estoy bien", "Te extraño mucho", "Ya pronto nos vemos", "Salúdame a todos" y "Agradezco la oportunidad, aunque me duele no estar contigo." Todos estos mensajes tienen al país entero preguntándose ¿Quién es ese misterioso hombre que se ha decidido a destruir al país entero mientras envía mensajes de despecho a su amada? ¿Hasta dónde va a llegar para que le contesten sus mensajes? Y los más importante: ¿Cuál es la misión?

-Parece que Salomé está teniendo mucho éxito en su país. -dijo Pedro.

-No se podía esperar menos de ella. -respondió Raúl.

- ¿Usted cree que fue un error ofrecerle esa misión?

- ¡No! Creo que fue la idea correcta, pues ya ves lo que ha hecho.

-Tiene a dos países en trances de terror y amor.

- ¿Qué quieres decir con eso?

-Que los aterroriza la efectividad de la destrucción que causa, pero lo de las flores y los mensajes le provee un aura de romanticismo que no se puede negar.

- ¿Tú crees?

-No te has fijado que el gobierno no puede tildarlos de terroristas cuando hay alguien en el movimiento que está expresando su amor.

-Yo no creo que nadie esté pensando en amor con lo que ella está haciendo.

-Por lo contrario, Raúl, las redes sociales están inundadas de preguntas acerca de las flores de amapola y su significado.

-A ella le encantan esas flores.

- Y las está usando para mandarte mensajes a ti.

-Ya lo veo.

-Espero que algún día esto termine y la puedas ver nuevamente.

-Yo lo que espero es que esté bien y no le pase nada.

-Que va a ser hombre, esa mujer es muy astuta para dejarse agarrar.

-Siempre hay la posibilidad.

-De agarrar a Salomé, no jodas, pensé que la conocías. -dijo Lola uniéndose al grupo.

-Yo la conozco. -respondió Raúl.

-Pues sabes que mi amiga es muy inteligente y audaz para dejarse atrapar.

-Si lo dices tú.

-No se me ofendan con lo que voy a decir, pero si yo me encuentro en una encerrona alguna vez, preferiría estar acompañada de Salomé que de cualquiera de ustedes.

- ¡Auch! -dijo Pedro tocándose el centro el pecho.

-Es la verdad Pedrito, Salomé es capaz de robarte el reloj mientras te pregunta la hora y tú estás mirándola.

-Eso si es verdad. -dijo Raúl.

-Por eso fue por lo que pensé que ella hacía falta en su país. Además, ella se hubiera enterado y no le hubiese gustado que no se lo dijimos.

-Aun así, no quería irse, ni yo quería que ella se fuera. -dijo Lola.

-Yo tampoco, pero tenía que ver a su mamá con vida. -dijo Raúl.

-Aun así y hablo por todos, la extrañamos mucho, pero ella tiene una misión que cumplir. -ofreció Pedro.

Durante aquella conversación se habló de todo un poco. En esos momentos, Eugenio y Obdulia no se encontraban con el grupo, pues Pedro consideraba un riesgo muy grande ya que estos dos eran muy efectivos en comunicarse con el pueblo que cada vez crecía más impaciente. Todo esto coincidía con una tendencia que se estaba desarrollando en la Isla cuando los "ciudadanos" comenzaron a demandar la renuncia del gobernador Franklin Rigs. Aparentemente su inhabilidad de capturar a los terroristas locales era tan palpable que ya los negocios que estaban siendo desarrollados en la Isla comenzaron a cancelarse uno por uno. Además de esto, muchos expresaron su deseo de poder elegir a otro líder mientras que otros comenzaron a buscar países en Sur América que fueran más amigables que lo que eran Puerto Rico y La República Dominicana en aquellos momentos, que al parecer estaban infectados por la misma enfermedad de gentes que no sabían lo que era bueno para ellos.

Al ver su poder amenazado por las demandas de la población anglosajona que cada vez vivía más atemorizada, Rigs comenzó a actuar erráticamente y a causar daños irreparables para su reputación, que ya estaba en el suelo. Esto lo llevó a cometer un sin número de crímenes que iban desde poner en la cárcel a cualquier persona que se expresara negativamente de él, local o extranjera, hasta de mandar a matar a personas sospechosas de ayudar con el movimiento de Pedro Campos. Sentado en su oficina el gobernador Rigs se consumía en sus propios odios, sentidos de impotencia mezclados con el aura de invencibilidad que ya nadie parecía respetar. Y para complicar sus cosas, tenía al General Walton demandando una resolución definitiva, pues el ex-presidente Ted J. Smith estaba en el proceso de mudar a su familia a la Isla a una mansión que llevaba tiempo en construcción sin que nadie supiera para quien era.

Era ya el verano del 2050 y los tumultos de los últimos doce años eran palpables en el estado emocional de todas las personas en Puerto Rico. Una parte de los residentes se sentían oprimidos constantemente. Otra parte vivía con el terror de sus peores estereotipos en la mente. Y la clase política, por encima de todos estos, se sentía envalentonada a hacer lo que le diese la gana con todo el mundo. Al mismo tiempo en la Republica Dominicana/Haití se vivían unas situaciones similares, pues las autoridades de sus gobiernos se encontraban en el proceso de raptar y mutilar a personas en busca de los lideres del movimiento al que todos se referían como Las Amapolas en vez de La Nueva Trinitaria.

Habían pasado cuatro años desde que los ataques habían pasado de ser ocasionales a algo coordinado. El presidente Jacopo Accardi trataba de evitar una guerra abierta con un grupo de personas que parecía crecer cada día más. Fue así como en una reunión con su junta de gobierno discutió las posibilidades de una reunión con los lideres del movimiento, aunque no tenía ni la menor idea de quienes eran estos. Entonces decidió dirigirse a la nación en busca de calmar los ánimos a la misma vez que pretendía envolver a los terroristas en una trampa mortal. La reunión tomaría lugar en el país de Haití en la provincia Léogâne, pues el presidente de este país David V. Müller estaba envuelto en las negociaciones para tratar de evitar más daños al país que éste dirigía.

Luego de unas negociaciones intensas, la reunión tomaría lugar una mañana de septiembre del 2050. A esta acudió un joven dominicano que se identificaba como JPD sin ningún apellido. Llegó al lugar temprano acompañado de otras dos personas que servirían como su seguridad. Cuando ya estaba en el lugar acordado, no tuvo tiempo a sentarse cuando ya la balacera había comenzado y sus dos compañeros caían al suelo, todos excepto él. Momentos más tarde fue rodeado por unos soldados enmascarados los cuales lo encapucharon antes de golpearlo y llevarlo a un lugar donde los dos presidentes esperaban para hacerle preguntas:

- *¿Dónde están tus amigos? Dinos eso y te prometemos que no te va a pasar nada.* -dijo el presidente Accardi.

-Si, dinos y te perdonamos la vida. -afirmó el presidente Müller.

-Yo vine aquí de buena fe, ustedes prometieron no lastimarnos y mataron a mis compañeros a sangre fría. -se quejó JPD.

-Y te mataremos a ti también si no nos dices quienes son tus cómplices.

-Yo no puedo decirles nada. Yo no sé nada.

- *¿Cómo que no sabes nada?*

-Yo solo vine a darles un mensaje.

-*Un mensaje ¿de qué carajo tú hablas?*

-*Mis compatriotas y los suyos.* -dijo JPD mirando al presidente de Haití. -*queremos que se nos regresen nuestras tierras y nada más.*

- *¡Que poquito piden! ¿Ustedes creen que eso es posible? De verdad que están locos.* -dijo el presidente de la república.

- *¿Entonces tú no tienes ningún valor para nosotros?* -dijo el presidente Accardi.

-*Míralo a él pensando que estos dominicanos de mierda y los mugrosos haitianos tienen algo que decir en estos países.* -se burló Accardi.

-*Todo esto nos pertenece a nosotros, ya ustedes no mandan nada aquí.* -ofreció Müller.

-*Esa vaina es lo que piensa usted. Yo solo sé algo que ustedes no saben.*

- *¿Qué es eso?* -preguntó el presidente Müller.

-*Que hay muchos más ramos de amapola listos para dejárselos como recordatorio.*

- *¿Recordatorio de qué?* -inquirió el presidente de la república.

-*Que no hay guerrero más dispuesto que el que pelea por la libertad de su gente.*

-*Eso es todo mierda. Ustedes deben de saber que no van a ganar nunca.* -dijo el presidente Accardi.

- *¡No escuches lo que te dicen, mira lo que hacen!* -dijo JPD.

- *¿Qué quieres decir con eso?*

-*Eso es algo que me enseño la persona que deja las amapolas. Una persona tan inteligente que sabía que como a Anacaona, a nosotros nos iban a traicionar hoy y en el mismo lugar.*

- *¿Y tú sabiéndolo te ofreciste para esto?* -dijo el presidente Accardi.

-Porque esa persona también sabía que ustedes están desesperados, pues saben que esta batalla ya la están perdiendo.

-Creo que estás equivocado y si fuese como tú dices, no estarás aquí para ver si ganamos o perdemos.

-Señor la vida mía no es más grande que mi causa. Ustedes hagan lo que les dé la gana conmigo, pero antes déjenme darles el mensaje que les traje.

-Dinos ¿qué carajo nos tienes que decir?

-Mi líder me dijo que les comentara que, si alguno de nosotros moría hoy, mañana las nubes solo serán obscuras para ustedes. Y otra cosa...

- ¿Qué cosa? -preguntó el presidente Müller.

-Lo que va a llover no es agua.

Al escuchar la amenaza, los dos presidentes se miraron el uno al otro. Caminaron unos metros para hablar acerca de lo que el muchacho les decía. Los dos consumidos por los sentidos de seguridad no encontraban como ninguno de aquellos criminales podían llegar a donde estaban ellos. La suerte de JPD estaba echada en el momento en que se nominó para participar en aquella trampa. Entonces los dos regresaron al lado del muchacho acompañados de uno de sus escoltas militares, el cual cargaba con su arma de fuego ya en la mano. Listo para ejecutar al muchacho, pero antes de que éste se aproximara a ejecutar al muchacho, el presidente de Haití le ordenó que se detuviera. Luego se acercó al muchacho y le dijo:

- ¿Cómo Anacaona ahh?

- What are you thinking?[57] -preguntó el presidente Accardi en inglés para que el muchacho no los entendiera.

-He mentioned how Anacaona was betrayed, then it's only fitting

---

[57] What are you thinking? ¿Qué estás pensando?

that we burn him alive[58].

-respondió Müller.

-You shouldn't discuss a crime in front of a witness.[59] -comentó JPD para sorpresa de los hombres.

-Entonces también hablas inglés. -dijo Accardi sorprendido.

-Pa' que usted lo sepa. Yo nací en Nueva York.

- ¿Por qué estás aquí metido en todo esto? -preguntó Müller.

-Porque esta es la tierra de mis padres y como ellos no pueden pelear por ella, yo lo haré en su lugar.

- Creo que tú ya no harás nada. -dijo Accardi.

-Ya usted vera, si no lo hago yo, lo hacen mis compañeros.

-Quemar a este infeliz está un poco extremo, no sé si debemos de arriesgarnos a que la gente se entere de que hicimos algo tan bárbaro. -dijo Accardi mirando a su acompañante.

- ¿Entonces qué hacemos? -preguntó Müller.

-Démosles un tiro y después decimos que ellos vinieron a matarnos y no tuvimos opción.

-Ok, entonces acabemos con esto de una vez y por todas. -pronunció Accardi.

-Antes de que me maten les puedo ofrecer un concejo. -dijo JPD.

- ¿Que concejo nos puede dar un dominicano de mierda como tú a nosotros?

-Que la próxima vez que se encuentren insultando a un pueblo y discutiendo un asesinato, lo hagan en privado. -declaró JPD con una mirada arrogante en su rostro que desafiaba la realidad del momento.

---

[58] He mentioned how Anacaona was betrayed, then it's only fitting that we burn him alive.: Él dijo que como Anacaona lo traicionamos, pues es justo que lo quememos vivo.

[59] You shouldn't discuss a crime in front of a witness.: No deberían de hablar de un crimen frente a testigos.

- *¿Qué...?* -dijo el presidente Accardi antes de que la realización le llegara a la mente.

- *¡Regístralo!* -demandó Müller.

El militar aun con su arma de fuego en la mano comenzó a registrar al muchacho hasta que encontró un pequeño teléfono celular amarrado en el costado del muchacho. Este enseñaba una llamada abierta. Acto seguido se lo enseño a los dos hombres y casi de inmediato se escuchó la voz de una mujer al otro lado de la línea:

-Señor Accardi, señor Müller les voy a dar una oportunidad de hacer lo correcto. Escuchen bien que yo no soy mujer de repetir palabras. -dijo Salomé.

- *¿Qué es lo que quieres?* -preguntó Müller.

-Primero quiero que se callen la boca los dos. Ya han hablado mucha mierda en toda esta grabación, énfasis en grabación. Segundo quiero que mi compañero JPD sea puesto en libertad inmediatamente. Luego de esto, quiero decirles que, por cada muerto de hoy, van a pagar un precio muy alto. Y si mi compatriota no regresa a casa hoy sin que lo sigan, el país arderá en el fuego de la retribución que ustedes han desatado con sus acciones en este día.

- *¿Y por qué haríamos algo así?* -inquirió Accardi.

-Porque yo tengo la grabación que los dos países y el mundo escucharan esta noche si mis demandas no son cumplidas.

- *¿Después de eso qué?* -preguntó Accardi con odio en sus ojos.

-Podemos hablar de las condiciones de una reunión actual adonde las demandas de la Nueva Trinitaria serán expuestas.

- *¿Por qué crees que haremos eso?*

-Porque hasta ahora solo hemos hecho lo mínimo para llamar su atención. Además, ustedes van a estar un poco ocupados mañana. -dijo Salomé.

- *¿Por qué vamos a estar ocupados?* -preguntó Müller.

-Ya nos comunicaremos. Ahora pongan a mi compatriota en libertad o las consecuencias serán severas. -dijo Salomé colgando la llamada.

Los dos hombres se miraron entre si preguntándose a la misma vez a que se refería la misteriosa mujer cuando les dijo que estarían ocupados el próximo día. Se viraron al muchacho que tenían amarrado y lo cuestionaron. Éste se limitó a decir que no estaba al tanto de ningún detalle. Entonces los dos continuaron una conversación acerca de sus próximos pasos a tomar. Durante esa discusión entró otro militar al cuarto adonde tenían amarrado a JPD. En su cara la preocupación y la sorpresa no se podían esconder. Los dos presidentes miraron al hombre un poco irritados por el atrevimiento de entrar, antes de que éste dijera:

-Ha habido unos ataques.

- ¿Adonde? -preguntó Accardi.

-En la Av. México esq. Calle Dr. Delgado en la Republica Dominicana.

- ¿En el Palacio Nacional? -preguntó Accardi con incredulidad en su rostro.

-Y en el 6110 Avenue de la Republique, Haití. -continuó el militar.

-En el Palais National. -dijo Müller.

-La prensa está esperando una declaración.

- ¿Qué pasó? -preguntó Accardi.

-Las dos estructuras están intactas, solo que hirieron a muchos soldados.

- ¿Entonces? -preguntó Accardi.

-Dejaron un sin número de flores de amapola alrededor de los dos lugares y una nota que dice: "Ultima Advertencia."

- ¿Cómo carajos pudieron llegar tan lejos? -preguntó Müller.

-Nosotros estamos más cerca de lo que ustedes piensan. Ahora por

favor desátenme que tengo que regresar antes de que sea demasiado tarde. -demandó JPD.

- *¿Muy tarde para qué?* -preguntó Accardi.

-Créanme ustedes no quieren la respuesta a esa pregunta, con esa mujer no se relaja. Yo prefiero hacerle trampas al Diablo y esperar su clemencia antes de joder con ella.

- *¿Por qué?* -inquirió Müller.

-Porque el Diablo tiene menos determinación que ella. No hay enemigo más determinado que una mujer encojonada. Y esa mujer está más determinada a cumplir su misión de lo que ustedes pueden comprender.

¿Cuál es su misión? -preguntó Accardi.

-Ustedes ya se enterarán. -respondió JPD.

Por primera vez en toda la tarde, los dos hombres se sentían preocupados al darse cuenta de que el aura de invisibilidad con el que se arropaban era tan real como un espejismo de un oasis refrescante en medio de un desierto. Luego de esto, el militar preguntó cuál eran las órdenes por seguir. Los dos presidentes sintiéndose atrapados por la realidad de que la mujer y el muchacho los tenían acorralados, miraron al joven y le instruyeron al militar que lo soltara. JPD los miró con odio en su mirada y les ofreció unas últimas palabras antes de salir del lugar:

-Una leña que está echando humo, solo necesita que la soplen un poco para que se prenda en fuego.

- *¿Qué carajo dices infeliz?* -preguntó Müller.

-Eso me lo dijo esa mujer. ¿Y saben qué?

- *¿Qué?* -preguntó Accardi.

-Acaban de soplarle vientos a la leña equivocada. Y pongan a mis compañeros en mi vehículo que no los voy a dejar aquí.

Luego de decir esto, el muchacho salió del lugar con las miradas de muchos militares que deseaban acabar con su vida allí mismo, pero no podían. JPD abordó su vehículo y huyó del lugar sin que nadie se atreviese a perseguirlo. Los dos presidentes sabían que la advertencia tenía el peso de sus propias palabras dirigiendo insultos a los pueblos que lideraban. Pero lo que más los aterrorizaba eran las palabras del muchacho que retumbaban en sus cabezas como ecos en una cueva vacía:

- *"Yo prefiero hacerle trampas al Diablo y esperar su clemencia antes de joder con ella."*

- *"Acaban de soplarle vientos a la leña equivocada."*

Al otro día en el monte de La Encantada adonde el grupo se había mudado temporeramente por precaución, Raúl miraba las noticias de La República Dominicana con su boca abierta y sus nervios corriéndose de un lado a otro. La reportera hablaba a la cámara mientras que él escuchaba esperando una mención del nombre de Salomé:

"En las horas de la tarde de ayer, un grupo de individuos guiados por un hombre de orígenes dominicanos atacaron a las fuerzas militares responsables de proteger El Palacio Nacional. En la reyerta muchos militares resultaron heridos, algunos de gravedad. Hasta ahora se desconoce el propósito de este ataque, pero si podemos decirles con seguridad que este hombre representa al movimiento amapola, ya que dejó un sin número de estas flores en el lugar. Esta vez no se ha divulgado nada acerca de una nota para la desconocida "R." En otras noticias similares, el restaurado Palais National del país de Haití sufrió un ataque similar dirigido por otro hombre al parecer de orígenes haitianos. En dicho ataque la situación fue similar al de la república. Hasta el momento los presidentes de ambas naciones se han negado a hacer comentario advirtiendo que los hechos están bajo investigación en ambas naciones. Esta es la primera vez que podemos informarles con seguridad que este movimiento al que todos le han asignado el nombre de Las Amapolas parece estar activo en ambas naciones."

Luego de esto Lola se le acercó y le preguntó acerca de las noticias.

No había indicios de que Salomé había estado envuelta directamente en los confrontamientos. Lola lo miró y le preguntó incrédula:

-*Tú sinceramente piensas que mi amiga Salomé no estaba envuelta en esto.*

- *Yo sé que ella está bien, pero me preocupa que esta vez no hubo un mensaje para mí.* -respondió Raúl.

- *¿Cómo que no hubo mensaje para ti, y las amapolas qué?*

-*No...*

-*No lo dudes Raúl, ese ataque tiene todas las huellas y la esencia de ella en cada esquina.*

-*Espero que estés en lo cierto.*

-*Yo estoy en lo cierto, pero ahora tenemos que hablar de nuestra misión.*

En aquel momento, las cosas en Puerto Rico estaban en una situación crítica. La mayoría de las personas de la Isla pedían abiertamente elecciones gubernamentales, pues el gobernador Rigs se había convertido en la mejor versión de un dictador emergente. Muchas personas languidecían en las cárceles de la Isla acusados de apoyar el movimiento de Pedro Campos, no importaba si existían pruebas o no. Tampoco importaba quien fuese, Rigs estaba tan frustrado por su incapacidad de exterminar a sus enemigos que ya usaba las leyes de insurrección día tras día para disipar desacuerdos que las personas tenían con su manera de gobernar. A todo esto, se le unía la presión de las intenciones del ex-presidente de hacer de la Isla su lugar de residencia, lo que hacía que el general Walton le estuviera apretando el cuello reclamando una resolución inmediata al problema de Campos. Fue así como en un fatídico día sucedió algo que Pedro y sus compañeros no se esperaban. El gobernador se había enterado de los lazos de Pedro con el barrio y con Raúl. Esto ocasionó que éste arrestara a Benito y luego de unos días de interrogación intensa, éste último terminó en un hospital en la sala de cuidados intensivos, con pocas posibilidades de sobrevivir. Para añadirle insultos a la herida, su mujer fue arrestada y sus hijos puestos bajo los cuidados del gobierno.

Desde aquel momento nació la idea de la misión de aquella noche. Una cosa que Pedro siempre quiso evitar, pero no pudo. Había que matar al gobernador. Pedro herido por la proximidad a la muerte de su primo Benito, el orgullo de boricua enardecido y la preocupación de que su tía Rosa fuera la próxima víctima, no se parecía al hombre calculador de siempre. Lola por su parte, no tenía peros ni contrarios, ella siempre quiso desquitarse del hombre por los abusos en contra de su hijo. Eugenio y Obdulia estaban con él hasta el final, aunque preferían otra solución, pues Eugenio en su eterno entendimiento de la historia y sus consecuencias, advertía que matar a aquel hombre podría traer consecuencias extremas. Y por último Raúl, al que ya solo le quedaban aquellos familiares oficiales en el barrio Los Infiernos, pensaba en ellos y sus posibles muertes le hervía la sangre como llamas de un sol de verano en un desierto.

La misión no iba a ser fácil, pues entrar a La Fortaleza era algo imposible. Entonces tenían que esperar que el gobernador saliera de su guarida a alguna reunión oficial para dar el golpe certero. Hasta aquel momento todos se preguntaban sin cesar cómo Pedro lograría cumplir con aquella misión suicida, porque éste que parecía siempre tener alguna que otra carta bajo su manga, no contaba con un plan de acción seguro. La planificación oficial llevaba unas semanas y no se podían poner de acuerdo en cómo desquitarse de aquella transgresión. Raúl se ofreció a liderar lo que parecía una misión suicida, pero ninguno de los demás consideraron su proposición. Fue entonces cuando se anunció en la Isla las intenciones del ex-presidente de mudarse allí y esto les proveyó con un sin número de posibilidades para llevar a cabo su represalia.

En la República Dominicana, la historia de la mujer de las amapolas cobraba más vida y comenzaba a transformarse en una leyenda viva. Los dominicanos que quedaban en el país comenzaron a identificar sus tribulaciones en ella, y en las calles se hablaba de como la valentía de la mujer le hacía honores al himno nacional del país. Algunos caminaban por las calles repitiendo versos de este. Pero el que se escuchaba con más frecuencia era el verso número #10:

"Que es santuario de amor cada pecho

De la patria se siente vivir;

Y es su escudo invencible: el derecho;

Y es su lema: ser libre o morir."

El presidente de la república calculaba los riesgos de ignorar las demandas que esta misteriosa mujer le había hecho unas semanas atrás. El presidente de Haití también lidiaba con tumultos similares. Por primera vez en 246 años, el territorio que incluía ambas naciones parecía estar unido por una misma causa. Durante semanas los dos presidentes sostuvieron muchas conversaciones que iban desde una nueva emboscada hasta un acuerdo en secreto que mantuviera la grabación de los dos fuera del alcance público. Existía un desacuerdo en la manera de lidiar con aquella mujer a la que ambos odiaban a la misma vez que la admiraban por su inteligencia y tenacidad.

Salomé por su parte debatía con Francisco y Henri las posibilidades de que sus intentos de resolver todo sin escalar actos de violencia fueran fútiles. Frustrada por su inhabilidad de llegar a un acuerdo con sus compañeros, decidió hacer algo que no había hecho desde que llegó a su país, contacto a sus compañeros de lucha en Puerto Rico. Primero habló con Pedro y se informó de todo lo que sucedía en la Isla en aquel momento. Éste último le aconsejo a su amiga los pasos a seguir en su asignación del momento. Luego de estos discutieron factores a favor y en contra de lo que Pedro decía, para más tarde ponerse de acuerdo en cual sería la forma más prudente de continuar con su misión de crear la NAA. Luego sostuvo una conversación con Lola, advirtiéndole que fuera firme al lidiar con estos hombres tan tercos. Y por último preguntó por Raúl. Había evitado hablar con él por miedo de que sus sentimientos los traicionaran y se arrepintieran de las acciones que habían tomado. Luego de preguntarse como estaban y de hablar de lo mucho que se extrañaban llegaron a la conversación que los asustaba a los dos, pues esta incluía un futuro difícil de imaginarse en aquellos momentos:

- *¿Cuándo tú crees que se va a acabar esto?* -preguntaba Salomé.

-A la verdad que yo no sé. -respondió Raúl.

-Aquí esto está próximo a reventar.

-Yo creo que aquí ya estamos perdiendo la batalla.

-No digas eso Raúlito, ten un poco de fe.

-Tú sabes que yo no soy de esas personas que tienen fe como mi mamá o tú.

-En estas cosas hay que atreverse a soñar como lo hicimos nosotros cuando decidimos hacer esto.

-A lo mejor estábamos pensando en pajaritos preñaos.

-Y a lo mejor tú estás perdiendo tus deseos de cumplir con tu promesa.

-Mujer, acuérdate de que mi gente no ha intentado ser libres desde el año 1868. Y en esa ocasión no logramos hacer nada.

-Eso no importa, pues esto es diferente.

- *¿Cómo crees que esto es diferente?*

-Porque ahora tu gente sabe que esta puede ser la última pelea por su derecho a existir.

-Yo espero que así sea, pues siento que estamos al borde de un desastre.

-No seas negativo, piensa en el futuro y en que vamos a hacer después de que todo esto se acabe. Piensa en cómo vamos a vivir en la casita de tu abuelo.

-Yo espero que estés en lo cierto.

-Yo sé que nos vamos a encontrar en ese jardín. He dejado amapolas en todo mi país, pero las de tu mamá no se me pueden quedar.

Luego de unos minutos de aquella conversación inundada de añoranzas, Raúl y Salomé la concluyeron con el compromiso de no dejar pasar mucho tiempo entre conversaciones. Aunque los dos sabían las reglas de comunicación de ambos grupos. Raúl revitalizado por el contacto comenzó a pensar y pensar en cómo se podía acabar aquella guerra. Habló con Pedro y con Lola acerca de la estancación del movimiento. Todos estaban al tanto de qué después de tantos años de sacrificio, la opinión popular se inclinaba a su favor, pero nada parecía encender la chispa que se necesitaba. Además, se comparaban con el progreso de Salomé en su país y aunque estaban contentos por este, sentían un poco de desespero de que a ellos no les iba igual. Después de todo, eran dos enemigos diferentes y dos países con similitudes y diferencias.

Con el pasar de los días, los presidentes de la República Dominicana y Haití no pudieron llegar a un acuerdo con Salomé y su gente. Entonces tomaron la decisión de desatar una guerra de desinformación en contra del movimiento que ésta representaba. En la mañana de 18 de abril del 2050 el gobierno presentó un video alterado de JPD en el que lo enseñaban matando a sus compañeros y luego subiendo los cuerpos de estos a su auto antes de lograr evitar que lo capturaran. Luego de esto apareció en la pantalla la foto del muchacho con una pancarta de recompensas que leía: *"Se Busca Vivo o Muerto."* La mentira oficial había comenzado y los presidentes advertían que cualquier audio que se escuchara en la voz de ellos era algo que se había hecho con el uso de inteligencia artificial, por lo tanto, debería de ser descartado sin ningún prejuicio. Con lo que éstos no contaron fue con lo que vino a suceder en el 19 de abril de 2050.

Esa noche de primavera, el pueblo dominicano vio por primera vez la cara de Salomé Mirabal, la famosa mujer de las amapolas. Ésta había grabado un video de mensaje al pueblo adonde exponía sus deseos de volver a existir en su país bajo el mando de su propia cultura, sin yugos o precondiciones. También hablaba de la importancia de respetar la vida ajena y la necesidad de muchos de los nuevos habitantes de poder respirar y vivir en un mundo que se estaba quemando. No obstante, expresó su descontento con los gobiernos locales y extranjeros que, usando las necesidades históricas del país, habían abusado y sentenciado a miles de dominicanos a morir fuera de su tierra o tratando de regresar a esta en yolas, irónicamente clasificados como ilegales en la tierra que los vio nacer. Luego de esto explicó el envolvimiento de JPD en el movimiento de La Nueva Trinitaria y exhortó al pueblo a sintonizar sus teléfonos y/o computadoras a esperar una nueva comunicación de ella el día siguiente.

A la gente que al ver la imagen de aquella mujer de color obscuro con una flor de amapola enganchada en una de sus orejas fue algo que les trajo deseos de encontrarse en el pasado, cuando entre quejas, necesidad y la eterna habilidad de soñar con mejores futuros, vivían en su país como debería de ser. Todos los que vieron el video, lo miraron dos veces antes de compartirlo con otros dominicanos. No tardó mucho en regarse y hacerse viral en las redes sociales. Fue así como la tía de Salomé, Bélgica Reyes entró a la casa donde convivía con Doña Adela, para compartir con ésta la noticia acerca de su hija adorada, la cual en aquellos momentos se identificaba a con su pueblo, mostrándoles la leyenda viva en la que ella se había transformado. La mujer ya totalmente ciega, trataba de ver con sus ojos muertos a su hija. En su corazón sintió una mezcla de orgullos y temores de los que no podía escaparse. Entonces le dijo a su hermana:

-*Esa es mi niña Salomé.*

-*Esa es tu guerrera Salomé.* -comentó Bélgica.

-*Ojalá que Dios me la cuide, me la favorezca y me la traiga de vuelta a casa.*

-*Ella, ya está en casa. Este país es su casa.*

-*Pero tengo miedo de que me le pase algo.*

-*No te apures, ella ya tiene el apoyo del pueblo.*

-*Pero anda con esos tigres*[60].

-*Ellos no son tigres, son guerreros por la patria.*

---

[60] Tigres: Dicho dominicano para la palabra maleante

-Yo no quería que ella se metiera en eso. ¿por qué es que anda metía en eso?

-Por amor.

-Por amor a que, al Puertorriqueño que la mandó pa'aca.

- ¡No! Por amor a la patria.

En la mañana siguiente la prensa local enseñaba la imagen de Salomé con una pancarta similar a la de JPD mientras que los reporteros la acusaban de ser cómplice de asesinato además de ser la persona responsable de los disturbios de los últimos años. El presidente Accardi convencido de que aquella campaña de desinformación iba a cambiar la percepción del pueblo, ofreció un pequeño discurso acerca de cómo su administración iba a terminar con aquellos ataques sin sentido. Entonces anunció la creación de otra división militar que iba a estar encargada de redadas, investigaciones y aplicación de la ley por sobre todas las cosas. Convencido de un apoyo que no tenía, el presidente Accardi, descansaba en la seguridad de que su plan de engaños iba a dar los frutos necesarios, pues la mujer de las flores ya no contaba con ninguna carta por jugar.

El 20 de abril del 2050, en las redes sociales del mundo entero apareció un video que mostraba a unos soldados del gobierno dominicano acribillando a dos muchachos en una emboscada. Luego de esto aparecieron los presidentes de Haití y La República Dominicana discutiendo como iban a asesinar a un muchacho que todos reconocieron de unas noticias de días anteriores. El presidente Accardi estaba en su oficina cuando su secretaria entró con su celular en la mano y le dio una mirada que decía mil palabras de preocupación, sin que ella hubiese abierto la boca. El hombre la miró e inmediatamente preguntó que pasaba. La mujer le mostró el celular con el video corriendo. El hombre miró a su secretaria y dijo en voz alta: "Puttana[61]." La secretaria le informó que ya en ese momento, las masas estaban poniéndose en marcha a través del país. Además de esto

---

[61] Puttana: Puta

tenía una llamada urgente del presidente de Haití, el señor Müller. Los dos pusieron en marcha a sus mejores escritores para que redactaran una manera de convencer a sus pueblos de que sus ojos les mentían. Ya en la tarde, en ambas naciones, los presidentes ofrecieron discursos similares que resonaron en los oídos sordos de las miles de gentes que estaban iracundos.

No tardó mucho y había un infierno de fuegos y destrucción que se podía observar en la Isla completa. Ardían fuegos que quemaban autos, oficinas y otras cosas en las cuarenta y dos divisiones que compartían los dos países. En la República Dominicana treinta y una provincias y el Distrito Nacional enfrentaban las realidades de un pueblo rabioso con ganas de libertad. En Haití los diez departamentos que constituían sus pueblos estaban de la misma forma. Para los dos presidentes la reacción fue algo que no esperaban, pues en sus mandos de superioridad, no podían visualizar a aquellos pueblos menospreciados como capaces de levantarse en contra de ellos. Entonces ordenaron a sus fuerzas militares a abrir fuego contra cualquier disidente que se atreviese a demostrar en forma violenta. Con esa orden llegó un periodo de incertidumbre e inestabilidad política a través de los dos países que culminó con las muertes de centenares de personas en las calles.

Salomé, Francisco y Henri comprendieron que había llegado el momento de soplarle vientos a la leña que según JPD estaba ardiendo, y por primera vez se presentaron juntos en un video a la misma vez que se identificaban con el país completo. Y al ver a estos integrantes de La Nueva Trinitaria hablándole directamente acerca del movimiento, el pueblo se llenó de fuerzas para arremeter en contra de su victimario. Pero lo más que los impresionó fue la mujer de las amapolas, pues cuando ella hablaba parecía que tocaba las cuerdas pasionales del alma con la misma afinidad y maestría con la que Beethoven tocaba el piano.

Los enfrentamientos se hicieron frecuentes. Hubo victorias y derrotas para ambos bandos. Y en el medio de todas las reyertas, el presidente Accardi se tomó el riesgo de viajar fuera de la capital, Santo

Domingo para dar un discurso de unidad social en el pueblo de Punta Cana. En ruta a este evento y acompañado de sus hombres más leales, el presidente fue emboscado y balaceado, el 30 de mayo de 2050. Esto puso en marcha la retoma del poder del gobierno y la posibilidad de una nueva reestructuración social. Salomé y Francisco representando al pueblo y los remanentes del gobierno negociaron un alto al fuego, mientras se decidía el futuro de la nación en medio de la realidad muy posible de una guerra extendida. Por las calles comenzaron a sonar los deseos del pueblo de que Salomé Mirabal llevara las riendas del poder en el periodo de restructuración política, pero ésta se negó a aceptar el ofrecimiento explicando que Francisco estaba más capacitado para este mundo que ella.

La discusión duraría unos meses, mientras que, en el pueblo de Haití, el presidente Müller ya no abandonaba su hogar por miedo de sufrir la misma suerte que su colega. No bastó con contratar más seguridad y de ni tan siquiera asomarse por una ventana, no obstante, el día 7 de julio de 2050, Müller fue balaceado en su propio hogar, lo que a su vez causó unos tumultos que Henri Dessalines se vio obligado a controlar, asegurándole al pueblo sus intenciones de corregir desigualdades de carácter histórico en aquel país. Luego de que llegó la calma al país comenzaron las discusiones acerca de una nueva alianza con el pueblo dominicano en la que éste y su colega Francisco tratarían de rectificar problemas que comenzaron en el año 1822.

Después de unas semanas de negociaciones y contratiempos, la decisión final acerca de quienes tomarían las rindas del destino de los pueblos de La República Dominicana y Haití llegó a una conclusión pacifica adonde se tomaron decisiones de reversar la política del exilio que había estado en lugar desde los 2030s. Esto le daría paso a un éxodo de personas que caminaban nómadas por el mundo desde que sus países les cerraron las puertas súbitamente. Imágenes de hombres, mujeres y nuevas familias se vieron a través de todas las noticias del mundo mientras que en el cuerpo de La Naciones Unidas se discutían sanciones en contra de los dos países, pues estos se negaban a rendirse ante el poder de los otros.

En La República Dominicana se hicieron cambios de inmediato y uno de estos lo propuso el nuevo presidente interino Francisco Rosario Mella cuando le presentó al pueblo dominicano su plan de cambiarle el nombre al Aeropuerto de Las Américas a El Aeropuerto Internacional Salomé Mercedes Mirabal. Y sin ningún contratiempo ni objeciones el pueblo reaccionó de manera positiva a la sugerencia de que aquella mujer que había luchado por el cambio que estaban experimentado y que se había rehusado a aceptar una posición política, tenía su lugar asegurado en los anales de la historia de su país.

Mientras tanto en la casa de su mamá en la provincia de Santiago, Salomé trataba en vano de ponerse en contacto con sus aliados Puertorriqueños. Una corazonada sombría nubló su semblante y en el corazón le entró la premonición de futuros de carácter obscuro. Entonces se decidió a regresar, pero en el momento en que se disponía a salir rumbo a Puerto Rico, Doña Adela se enfermó gravemente y se vio obligada a posponer su viaje de regreso. Con estas dos preocupaciones en su pecho, la mujer más determinada del país comenzó a vivir en la incertidumbre de sus dos mundos. Arrodillada frente a la cama donde estaba postrada su madre, Salomé exhibía en sus ojos el dolor de la incertidumbre. Doña Adela que ya estaba completamente ciega, preguntó en su voz débil:

- ¿Qué te pasa mija?

-Nada mamá, no me pasa nada.

-No me mientas Lomé, a ti te pasa algo y yo lo sé.

-Mamá a mí no me pasa na'.

-Lomé yo estoy ciega, pero hay cosas que no necesito ver con mis ojos para saberlas. Yo soy tu madre, sé que algo te molesta.

-Está bien. Es que tengo una promesa que cumplir.

- ¿Por eso no cogiste la posición del gobierno?

-Por eso mismo.

-Tiene algo que ver con Raúl y Puerto Rico.

-Si vieja.

- ¿Estás pensando en volver?

-No puedo ahora mismo.

- ¿Por mí?

-Tengo que cuidarla y llegar allá es algo un poco complicado.

-No me des excusas. Tú llegas allá como llegaste acá.

-Yo sé, pero no la puedo dejar así.

- ¿Así como, muriéndome?

-Usted no se va a morir mamá. Yo estoy aquí para cuidarla.

-Lomé esta vieja que está aquí se va a morir contigo presente o sin ti.

-Eso lo sé yo, pero no la voy a dejar mientras la tenga viva.

-Niña si yo me tengo que morir para que te vayas a buscar lo que te hace falta, entonces me muero.

-No diga eso que Raúl me va a esperar.

-No para siempre. Y si te tengo que dejar ir antes de tiempo no importa. Después de todo al Raúl ese le debo más de lo que él se puede imaginar.

-Usted no le debe nada a nadie.

-Lomé si él no te hubiera llevado a Puerto Rico, tú nunca hubieras regresado y yo me hubiera muerto rogándole a mi Dios por el milagro de volverte a ver.

-Yo le estoy agradecida por eso.

-Y yo también mija. Ahora te voy a pedir el favor más importante que te he pedido en mi vida.

-Dígame mamá.

-Regresa a Puerto Rico, ese hombre te necesita mucho más que yo.

-Pero vieja...

-Hazlo por mí. Cúmpleme ese último deseo.

-Es que...

-Por favor no me hagas rogar. Vete y yo te prometo que te espero como te espere todos esos años.

- ¿Entonces quiere que me vaya?

-Yo lo que quiero es que estés en paz contigo misma.

Unos días después de esta conversación Salomé intentó ponerse en contacto con Pedro en Puerto Rico sin tener ningún éxito. Entonces decidió hablar con sus contactos locales acerca de la posibilidad de un viaje de regreso a la Isla, pero ahí encontró que la situación en la Isla del Encanto era un poco más dificultosa que cuando ella regresó a su país. Según las informaciones disponibles es aquellos momentos, el gobierno de Los Estados Unidos respondiendo a la situación en La República Dominicana y Haití había incrementado la seguridad costanera de tal manera que para llegar a Puerto Rico por el mar debería de ser en un submarino nuclear. Según sus contactos la rebelión de aquellos países había causado un sin número de problemas para Los Estados Unidos que iban desde lo económico hasta lo político. Y el candidato a la presidencia por el partido demócrata Robert R. Warren enfrentaba un torbellino de opiniones que amenazaban su candidatura de reelección en el año 2052. Por esas razones y respondiendo a la presión de la clase alta de la nación decidió incrementar la Guardia Nacional para que los ilegales Puertorriqueños no hicieran lo que hicieron los ilegales dominicanos que habían repoblado la Isla, yola a yola. Salomé volvió a sentirse atrapada, esta vez en su patria. Mientras tanto en Puerto Rico, el gobernador Franklin Rigs sentía la respiración de sus supervisores en la parte atrás del cuello, y el pensar en las consecuencias de su fracaso lo empujaba a actos desesperantes que podrían resultar en una catástrofe para todo aquel pueblo.

Toques que Quedan

El gobernador comenzó a organizar bloqueos de tráfico alrededor de la Isla. En cada pueblo había varios puntos estratégicos que los conductores, la mayor parte Puertorriqueños, no podían evadir para regresar a sus hogares después de sus horas laborales. Día tras día o noche tras noche dependiendo de las horarios de trabajo, los ciudadanos eran abordados por las autoridades y sus autos eran examinados en busca de alguna pista acerca del movimiento. Si alguno poseía algo que se pudiese tildar de sospechoso, era arrestado e interrogado sin ningún derecho. La situación se volvió tan incomoda que eventualmente se formaron altercaciones entre los ciudadanos y las autoridades. En estas peleas mucha gente resultó herida por el uso excesivo de la fuerza y cuando los ciudadanos se quejaban, sus palabras eran ignoradas y/o eran acusados de traición y encausados sin razón. Eventualmente los abusos se convirtieron en terror y el pueblo comenzó a revelarse en contra de los abusos, lo que causó muertes innecesarias.

En el monte de La Encantada, Pedro, Raúl y Lola seguían los acontecimientos de cerca mientras que Eugenio y Obdulia se mantenían ocupados mostrándole al pueblo la realidad entre tanta mentira. En una mañana del otoño, los primeros tres regresaban a su guarida después de una misión en la que rescataron a los hijos de Benito y los enviaron a vivir con un familiar lejano de Pedro, para que el gobierno no los encontrara. Luego de esto continuó la búsqueda de una oportunidad para asechar al gobernador y en una conversación entre Pedro y Raúl, éste último recordó una conversación que tuvo con una mujer llamada Adolfina y de cómo el tono de la voz de ésta decía más que las palabras que salían de su boca. Esto lo llevó a pensar en un dicho muy famoso en Los Estados Unidos que decía: *"Mira lo que hacen, no lo que dicen."* Y en el tono de la voz de la mujer, Raúl identificó el descontento que escuchó de muchos otros en la Isla. Entonces le sugirió a Pedro contactarla y éste no estuvo de acuerdo con la idea. Raúl insistió ante la oposición de Pedro, Lola, Eugenio y Obdulia, pues según ellos este movimiento era muy peligroso aun tomando precauciones extremas. Eventualmente, se armó una discusión entre todos y Raúl salió caminando hacia el charco de La Encantada para tratar de calmar su coraje. Sentado frente a las aguas cristalinas del charco, las cuales le proveían calma a su alma cansada de luchas, se quedó dormido por unos minutos hasta que sintió unas manos moviéndolo de un lado a otro. Al abrir sus ojos con un poco de nerviosismo por la sorpresa encontró a Pedro musitando palabras que él no pudo identificar. Ya despierto por completo, escuchó a su primo decirle:

-Raúl he pensado en lo que propones y déjame decirte que no estoy de acuerdo.

- ¿Entonces? -preguntó Raúl aun incomodo por la discusión.

-Pero reconozco que tú le has dado mucho a nuestra causa y también que confío en ti.

-Yo lo que quiero es ayudar, cumplir con la promesa.

-Yo creo que ya tú cumpliste tu promesa y mucho más.

-Entonces ¿por qué siento que no he terminado?

-Porque esta lucha en la que estamos envueltos es por el alma del pueblo. Y en luchas como esta, las victorias no son tangibles como en otras guerras.

-Quiero ver los efectos de nuestra misión.

- ¿No los has visto?

-No, creo que no.

-Tu unidad de lucha está compuesta de jóvenes que no nacieron en esta Isla.

- ¿Y qué tiene que ver eso?

-Que todos pelean y arriesgan sus vidas por un lugar que no los vio nacer. Eso son ataduras de la sangre. Están aquí representando la herencia de los sufrimientos de sus padres.

-Nunca lo había visto de esa forma.

-De la misma manera estás aquí tú.

-Yo nací aquí.

-Pero estás aquí tratando de cumplir una promesa por el sufrimiento de tía Manuela. Su sangre te trajo aquí en busca de descansos.

-Yo quiero cumplir con ella. Nada más.

-Ya tú cumpliste.

-Entonces ¿qué es lo que viniste a decirme, que ya no me necesitas?

-No hombre como va a ser. Vine a decirte que se va a tratar lo que sugeriste.

- ¿Y los demás?

-No están de acuerdo, pero entienden.

-Yo no quiero causar problemas entre nosotros.

-No te preocupes eso se les pasa.

- ¿Y a ti?

-Ya se me pasó. Ahora tengo que investigar a la mujer esa y decidir lo que hacer.

-Esta misión es mía, solo mía y de nadie más.

-Eso está claro. Solo dame unos días y yo investigo si lo que propones tiene posibilidades.

-*Ya verás que yo estoy correcto.*

- *¿Por qué estás tan seguro?*

-*Es que de mi mamá y de Salomé aprendí a mirar lo que las personas piensan sin decirlo.*

-*Espero que tengas razón, pues estoy cansado de que este cabrón esté abusando de nuestra gente.*

Pasaron unos días y Pedro investigó a Adolfina. Era una mujer joven proveniente del pueblo de Loíza, que había sido desplazada cuando comenzaron la construcción de una urbanización en el lugar. Aunque era empleada del gobierno, eso no bastó para que no la sacaran de su hogar. La mudaron a un barrio en San Lorenzo desde donde tenía que viajar todos los días a La Fortaleza a ejercer su trabajo como oficial de comunicación para el gobernador Franklin Rigs. Estaba encargada de redactar las mentiras oficiales, participar en reuniones de importancia menor y otros trabajos serviles que a nadie le gustaba hacer. Cuando Raúl y Salomé se ganaron la lotería de regreso, ella fue seleccionada para atenderlos y explicarles el proceso. Era de esa conversación que Raúl percibía una molestia interna en el tono de voz de ésta. Todo esto él lo había deducido de sus encuentros con ella. Ahora una corazonada le decía que podía tratar de verificar si estaba en lo cierto.

Una noche, cuando Adolfina regresaba a su hogar, cansada de su día laboral, abrió la puerta y la cerró detrás de ella. Al caminar a la sala encontró a Raúl sentado en un sillón en medio de esta, y dio un grito de sorpresa. Éste se puso de pie y la mujer sacó un revolver de su cartera, y se lo apuntó inmediatamente, haciendo una advertencia.

-*No te muevas o te mato.*

-*No tengas miedo, no estamos aquí para hacerte daño.* -aseguró Raúl.

La mujer miró hacia atrás y vio la cara del famoso Pedro Campos parado al lado de una mujer a la que reconoció como Dolores Sotomayor. Asustada y apuntando el arma a todos lados, Adolfina se encontró perdida, preguntó:

- ¿Qué quieren ustedes de mí?

-Tu ayuda. -respondió Raúl.

- ¿Mi ayuda con qué?

- Primero baja el arma para que escuches nuestra propuesta.

- ¿Y si no quiero?

-Entonces nos vamos y te dejamos en paz. -aseguró Lola.

-Yo no confió en ustedes, son unos criminales.

- ¿Confías en el gobernador? -preguntó Pedro.

- ¿Qué tiene que ver eso conmigo?

-Todo.

- ¿Cómo que todo? ¿qué me van a matar si no estoy de acuerdo?

-No chica, todo porque el futuro de todos nosotros está envuelto en lo que te vamos a proponer.

- ¿Has visto los abusos de este hijo de puta? -comentó Lola.

-Yo no puedo comentar acerca de eso.

-No tienes que comentar nada. Solo tienes que decirnos algo que nos sirva. -dijo Raúl.

- ¿Les sirve para qué?

-Para disponer de ese cabrón de una vez y por todas. -dijo Lola.

- ¿Qué quieren hacer, matarlo? -preguntó Adolfina con ironía.

-Si yo lo pudiera matar tres veces, lo mataría cuatro pa' asegurarme de que está muerto.

- ¡No! Yo no puedo ser cómplice de esto. Yo mejor me quedo callada.

-Pero ser cómplice de los crímenes del gobernador si puedes. -gritó Lola molesta.

-El silencio es una forma de diálogo. Los que no hablamos

apoyamos. -comentó Pedro.

-*Yo solo trabajo para él. Usted no me puede acusar a mí de nada.*

-*Mija nadie te está acusando, pero no pretendas que fui...* -estaba diciendo Lola antes de ser interrumpida.

- *¡Lola!* -grito Raúl

-*Ustedes no tienen derecho de invadir mi hogar y de tratar de convencerme de romper la ley.*

-*Sabes, yo creo que tienes la razón. Raúl ya te dije que esto era solo un sueño. Vámonos dejemos a la señora en paz.* -dijo Pedro.

- *¿Podría hablar con ella a solas por unos minutos?*

-*Como tú quieras. Nosotros nos retiramos y te vemos donde siempre.*

-*Allá los veo entonces luego.*

Pedro y Lola salieron de la casa de Adolfina dejándola sola con Raúl. La mujer aun nerviosa aguantaba su arma de fuego en las manos mirándolo con miedo. Éste calmadamente le habló de todo lo que había sucedido en su vida hasta aquel momento. Le relató de su mamá, el rescate de Destiny y su eventual amistad con los padres de ésta. Le contó acerca de Julia y de cómo sus frustraciones la habían llevado a una muerte prematura en el alcoholismo. También le habló de lo que hizo con las cenizas de ella. Por último, le habló de Salomé y de como ella lo había rescatado de una muerte que ya él tenía planeada. Por último, le habló de su promesa y de cómo sentía que no había cumplido los deseos de su madre moribunda. Luego de todo esto Adolfina puso su arma de fuego en la cartera nuevamente y le ofreció una taza de café. Raúl por razones de confianza le dijo que no, pero ésta le pidió que aceptara y le dijo que podía venir con ella a su cocina para asegurarse de que ella no haría nada malo. Entonces él aceptó el café y caminó a la cocina con la mujer. Esta puso su cafetera de colador en la estufa eléctrica y comenzó a hablar:

-*Yo también he perdido mucho en los últimos años. Mi casa, mi familia, mi lugar.*

-Yo sé lo que se siente.

-Creo que no lo sabes. Yo me he tenido que tragar todos los insultos y la ignorancia de ese señor por muchos años. Siempre deseando poderle dar, aunque sea una bofeta[62] por lo idiota que es.

- ¿Por qué trabajas para él?

- ¿Qué más voy a hacer?

-No sé, otra cosa.

-Yo no quiero hacer otra cosa. Yo me jodí estudiando para este trabajo y no le voy a permitir robarme mis esfuerzos.

-Yo lo entiendo, pero tú sabes por qué estoy aquí.

-Realmente no. Tú regresaste y pudiste vivir como un rey sin corona. Yo comprendo lo de tu mamá, pero yo creo que ella ya no está para que tú la decepciones.

-Ella está aquí conmigo. Todos los días la memoria de sus últimos días me invade los pensamientos y me llena de un horror mezclado con rabia.

-Tú no eres el único que ha sufrido por este infeliz.

-Yo lo sé.

-Lo que no sabes es lo que me hicieron a mí.

- ¿Qué te hicieron?

-Cuando desalojaron Loíza, mataron a mi hermana por parte de padre para quitarle la casa.

- ¿Cómo pasó eso?

-Querían el terreno donde ella vivía en el pueblo de Loíza. Luisa se negó y trató de luchar contra estos animales. Eventualmente las cortes como suelen hacer fallaron en favor de los intereses de los ricos y enviaron a unos policías a sacarla de su casita de madera y zinc.

---

[62] Bofeta: cachetada.

Luisa se rehusó y le lanzaron gases lacrimógenos adentro de su casa con sus hijos y su esposo adentro. Luego abrieron fuego e hirieron a mi cuñado. Mi hermana Luisa trató de proteger a su familia y le dispararon dieciséis veces. Imagínate una mujer negra que no valía nada para nadie. Al fin de cuentas el oficial que la mató fue absuelto de todos los cargos y mis sobrinos pasaron a ser niños huérfanos que el estado repartió por todos lados, pues enviaron a mi cuñado a la cárcel.

- ¿Te acuerdas del nombre del policía que la mató?

- Se llama James Beverley.

- ¿Sabes dónde está?

-Trabaja como seguridad del gobernador.

-Entonces podemos asumir que él acompaña al gobernador a todos lados.

-Eso es así.

-Creo que nos podemos ayudar mutuamente.

- ¿Cómo así?

- ¿No quisieras vengar a tu hermana?

-Yo no podría matar a nadie. Eso no está bien ante los ojos de Dios.

-Tú no vas a hacer nada, de eso nos encargamos nosotros.

-Yo no sé.

- ¿No quieres evitarle ese dolor que sientes a otras familias? ¿has visto cómo este infeliz abusa de todos sin consecuencias?

-Si, pero...

-Lo que necesitamos es su agenda. Donde anda y a qué hora.

-Yo no...

-Hazlo por tu hermana. Por tus sobrinos. Por mi mamá.

-Si les doy esa información me pueden matar.

-No te preocupes, nosotros no hablamos de esto con nadie. Solo las personas que estaban aquí lo saben.

-Yo no sé.

- ¿Quieres tiempo para pensarlo?

-Si, necesito unos días.

-Tienes tres días. Tenemos que hacer esto lo más pronto posible.

Raúl salió de la casa de Adolfina dirigiéndose al lugar que había acordado con sus compañeros. Al llegar allí discutió lo que había hablado con la mujer y la reticencia de ésta a participar en aquel plan. Luego les dijo del plazo de tiempo que había acordado con Adolfina y estos no estuvieron de acuerdo. Lola no sentía que era prudente que se arriesgaran a ir a la casa de ésta una segunda vez por si acaso ella los delataba. Otra vez se abrió una discusión entre ellos y Pedro decidió darle a Raúl una advertencia.

-Si vas en tres días, lo tienes que hacer solo.

-Lo sé.

-Primo yo espero por su vida que no se haya equivocado.

-Yo también.

-Yo no quiero tener que decirle a tía Rosa y mucho menos a Salomé que puse tu vida en peligro.

-Esta decisión es mía y solo mía. Además, yo creo que Salomé lo entenderá.

-Dios lo cuide primo. Espero que no estemos cometiendo un grave error.

-Ya también primo. Sino estoy feo pa' la foto y estrujáo pa' el video.

-Esto no es broma.

-Yo lo sé, pero qué más puedo hacer.

-Tratar de otra forma.

-Primo si algo me pasa recuerde, yo cumplí.

Así se pasaron los días del plazo acordado y Raúl se dirigió a la casa de Adolfina con un poco de nervios. En el carro que lo transportaba pensaba en las posibilidades de que estos fueran sus últimos momentos en libertad o con vida. De todas maneras, persevero, convencido de que su corazón le decía lo correcto. Llegó a su destino en horas de la noche y cuando llegó a la puerta de atrás de la casa, encontró que estaba abierta. Raúl tomó una pausa y sacó un revolver de la parte de atrás de su cintura. Entró sigilosamente y vio que en la estufa había agua hirviendo. De momento Adolfina entró a la cocina y Raúl levantó su pistola con los nervios en la punta de los dedos. Ésta se asustó y gritó, a lo que él respondió poniéndose un dedo en los labios para pedir silencios y sin decirle nada le preguntó con los ojos si estaban solos.

-*No te preocupes que aquí no hay nadie.*

- *¿Estás segura?*

-*Si hubiera alguien ya estuvieras muerto.*

-*Está bien.*

- *¿Quieres una taza de café?*

-*Uhhhh.*

- *¿Si o no?*

-*Si por favor.*

-*Entonces siéntate en la mesa en lo que lo cuelo.*

Raúl se sentó en la mesa y de inmediato se percató de que había una carpeta con papeles en ella. Miró a Adolfina y ésta le dijo que mirara lo que había en la carpeta. Cuando la abrió había un sin número de papeles de itinerario que contaba con detalles de días, horas, rutas y seguridad. Mirando no se percató de que la mujer se sentó frente a él con dos tazas de café recién colado. Ésta se tomó un sorbo antes de comenzar a hablar:

-*Ahí está lo que me pediste.*

-*Ya lo veo.*

-Pero no te molestes, en esas rutas no hay chance de agarrarlo.

- ¿Entonces?

-Entonces me tienes que hacer un favor por lo que no te he dicho.

- ¿Qué favor es ese?

-No me falles con James Beverley.

- ¿Quién te dijo que el fracaso es una opción?

-Lo quiero ver como tuve que ver a mi hermana.

- ¿Dieciséis es el número?

-Si señor, dieciséis es el número.

- ¿Qué te hizo cambiar de opinión?

-Estoy cansada de redactar las mentiras que se le dicen al pueblo. Estoy cansada del abuso.

-Yo también.

- ¿Entonces tenemos un acuerdo?

-Seguro que sí. Te prometo que ese no se nos escapa.

-Sabes que aún no estoy totalmente de acuerdo.

-Yo sé, pero a veces hay que hacer cosas malas en el presente para evitar terrores mayores en el futuro.

-Yo solo espero que salga algo bueno de esto.

-Entonces ¿Dime?

-Creo que tu mejor momento es...

Adolfina le contó que el gobernador Franklin Rigs se preparaba para recibir al ex-presidente Ted J. Smith en unas semanas. Todos los planes estaban guardados y solo unas personas selectas conocían el itinerario. Ella lo había grabado en su memoria y ahora se lo contaba a Raúl. La oportunidad iba más allá de cumplir con su misión, sino que enviaba un mensaje más grande a los próximos en llegar, pues él sabía que otros habrían de llegar. Adolfina habló con él de varios temas hasta que éste se tuvo que ir. Al pararse de la silla en la cocina ella lo abrazó y sollozando calladamente le dijo:

-Por mi hermana. Por mis sobrinos.

-Por mi Mamá. Por Julia. Por mi gente.

-Por todos. ¡Que Dios los cuide!

- ¡Amén! -dijo Raúl por primera vez con una fe religiosa que le había faltado toda su vida.

-Otra cosa.

- ¿Qué?

-Llévate la carpeta para que puedas verificar que lo que te digo es verdad.

-Está bien, me la llevo.

-Y dale las gracias a Eugenio de Bonilla de mi parte.

- ¿Por qué?

-Por mantenerme informada por todos estos años.

Raúl regresó al barrio Los Infiernos al caer la noche, deseó por unos momentos ir al jardín a hablar con su madre, pero sabía que el lugar estaba vigilado por alguno que otro espía y eso lo disuadía. Caminó por unos caminos de polvo y llegó a El Camino Real. Cargando con su carpeta se dirigió al Charco de la Encantada para intentar hacer una llamada que estaba posponiendo por mucho tiempo. Marcó el teléfono y el timbre sonó más de tres veces antes de escuchar la voz al otro lado:

-Hello. -dijo la voz.

-Compadre Ángel tanto tiempo.

- ¿Raúl?

-Él mismo que viste y calza.

-Compadre usted me ha tenido preocupado por mucho tiempo.

-Preocupado, ¿por qué?

-No se me haga el pendejo, nosotros ya sabemos lo que está pasando.

-Ángel lo que sabes no es la historia completa.

-Lo hemos visto en el canal de Eugenio.

- ¿A mí?

-No mijo, hemos visto lo que están haciendo en la Isla, que pena.

-Entonces entiendes porque hago lo que hago.

-Yo sé porque tú lo haces, pero Salomé, eso no lo entiendo.

-Salomé se fue a su país hace un tiempo ya.

-No era cieguita después de todo.

-No ella se fue a hacer lo mismo en su país.

-Yo lo sé. Estoy jodiendo contigo. Ya la vi en las noticias.

- ¿En las noticias?

-Si en las noticias, creo que hasta un aeropuerto le han dedicado.

-Eso ya lo había oído, pero usted sabe que en esta vida hay que andar huyendo.

- ¿Y por qué la dejó irse?

-No podría en buena conciencia pedirle que se quedara aquí.

- ¿Y por qué no?

-Porque no importa quien tú seas, la tierra te llama.

- ¿Pero ella quería irse?

-No.

- ¿Entonces por qué se fue?

-Su gente la necesitaba.

- ¿Y usted no?

-Ángel lo que estamos haciendo es más grande que nosotros mismos.

- ¿Y qué están haciendo? Si cada día que pasa parece que nunca van a terminar con esta guerra.

- ¿Qué harías tú?

-Compadre no me mal interprete, yo lo apoyo, pero aquí todos estamos preocupados por su bienestar.

-Ángel, gracias por eso, pero yo estoy adonde debo de estar.

-Destiny se siente culpable.

-Dile a mi ahijada que gracias a ella pude cumplir mi promesa. No se debe sentir mal por haberle dado a este infeliz la oportunidad que ella me dio.

-Yo sé, pero ya usted sabe cómo son los jóvenes.

- ¿Y cómo están las cosas en Nueva York?

-A la verdad que no lo sé. Nosotros nos tuvimos que ir a Kansas.

-A Kansas, ¿Y por qué carajo se mudaron allá?

-No te enteraste de que la ciudad de Nueva York comenzó a inundarse desde el bajo Manhattan hasta Union Square.

-Yo escuche algo, pero no tanto.

-Imagínate entre el frio, el calor y los humos, ahora también había que lidiar con la posibilidad de ahogarse o peor, congelarse en agua como un limber[63].

-Eso está cabrón. Usted sería un limber de naranja agria.

- Y usted sería un limber de limón de cabro.

- ¿Entonces se tuvo que ir?

Ya no se podía respirar y para el colmo ahora tenía uno que nadar pa'

---

[63] Limber: Agua frizada hecha con diferentes sabores de frutas como el coco y/o tamarindo.

llegar a cualquier lado. Por eso decidimos que era hora de irnos.

- ¿Y en Kansas que hay?

-Aquí no hay un carajo.

La conversación continuó por una hora, y al concluir la misma, Raúl se sintió aliviado de poder haber sostenido una conversación con su compadre. Luego de esto se sentó a leer detenidamente los contenidos de la carpeta que le dio Adolfina. En estos había una lista de viajes importantes, pero ninguno parecía cumplir con los requisitos necesarios para un ataque que dejara un mensaje. Una hora más tarde caminó hacia El Salto y allí se encontró con sus compañeros. Les presentó la documentación y también les comentó acerca del acontecimiento que la mujer les había ofrecido acerca de su hermana en el pueblo de Loiza. Todos se miraron entre sí, comprendiendo el significado de aquella oportunidad y Eugenio expresó preocupación de las consecuencias que podrían venir si este ataque era exitoso. Raúl también los informó acerca de lo que Adolfina quería a cambio de su ayuda. Todos comprendieron el por qué.

Aquella noche se sostuvo una ardua discusión acerca del evento. y Pedro, Lola y Raúl decidieron que era una gran oportunidad para enviar un mensaje claro. Eugenio y Obdulia no estaban de acuerdo, pero cedieron a lo último. También, se decidió verificar algunas de las informaciones en la carpeta para confirmar que la mujer les decía la verdad. Persiguieron algunas de las pistas por varios días y confirmaron lo que la mujer les había dicho. Además de esto investigaron acerca de la hermana de ésta y su asesinato, y otra vez pudieron verificar la veracidad del relato. Entonces comenzaron a planificar el ataque con más determinación, pues ahora estaban convencidos de que no había otra solución y tenían más de un blanco.

El plan se basó en la decisión del ex-presidente de evitar la prensa local y el escrutinio que sufriría cuando un pueblo en revuelta se diera cuenta de que él, quien había presidido en el cambio de situación política de la Isla, se iba a beneficiar de todo aquello al mudarse con toda su familia a una urbanización muy exclusiva en el pueblo de Rio Grande. Por esta razón se había seleccionado el aeropuerto local de

Humacao como lugar de desembarque para el viajero sigiloso. El expresidente seria recibido por el gobernador Rigs en secreto y este último estaba a cargo de proveer la seguridad necesaria para que éste último y su familia llegaran a su destinación sanos y salvos. El viaje tomaría lugar el 26 de julio del 2051. Todo debería de salir de acuerdo con los planes del exmandatario, pues el futuro político del gobernador estaba en juegos si algo contrariaba la mudanza de su ex-presidente y bienhechor. Por esa razón el plan era secreto, pues la delicadeza de su ejecución y el posible fracaso de esta podría poner en riesgos legales a un hombre inescrupuloso que hasta aquel momento era apoyado ciegamente por la autoridad de su gobierno.

El vuelo tomaría lugar en horas de la madrugada para evitar que la gente del pueblo viera al pasajero. El gobernador viajaría en compañía de su equipo de seguridad por las calles de San Juan en busca de la carretera #30 que lo llevaría a lo que antes fue el pueblo de Humacao. La caravana no era grande, solo tres autos sin identificación. Uno atrás y el otro al frente con el auto que cargaba a Franklin Rigs en el medio. En otras ocasiones hubiesen sido al menos seis carros, pero no querían levantar sospechas, por eso ajustaron el equipo de seguridad a solo tres vehículos. Saldrían de San Juan en la ruta #22 hasta ruta #18. Luego hasta la ruta #52 y eventualmente la ruta #30, la cual los llevaría al aeropuerto bajo el telón de la noche cual si fuesen ladrones en medio de una escapada.

Pedro, Lola y Raúl acompañados de muchos jóvenes que se habían unido a la causa a través de los años habían determinado que el punto de ataque ocurriría en la carretera # 30 entre los pueblos de Gurabo y Juncos. La proximidad de estos al pueblo de Trujillo Alto y el conocimiento de las carreteras pequeñas habrían de facilitar su escape. Además, como el viaje era en la madrugada, ellos también se beneficiarían de la obscuridad. Partirían por la carretera #181 y atajos adyacentes hasta una intersección de la carretera # 30 y en medio de la madrugada se efectuaría la emboscada que debería de terminar con el terrorismo del gobernador Rigs de una vez y por todas.

Al mismo tiempo Eugenio y Obdulia preparaban los planes de

contingencia por si algo salía mal. Ellos no estarían en la vecindad del pueblo de Trujillo Alto, al menos no físicamente. Todo estaba determinado desde mucho tiempo atrás cuando Pedro planto la idea de nunca estar reunidos en el mismo lugar para que así el gobernador no tuviese la suerte de aplastar el movimiento capturándolos a todos al mismo tiempo. Los dos estaban lejos del grupo de ataque y su papel era muy importante para el grupo, aunque Obdulia se quejaba de su papel el aquel momento, ella entendía que las razones eran solidas. Además, en el grupo no había otra persona capaz de llegar al corazón del pueblo con la efectividad que ella poseía.

Así fue como llegó la noche del 25 de julio de 2051 y el grupo de más de veinte personas estaba en puntos estratégicos a ambos lados de la intersección escogida. Mientras tanto, en el auto del gobernador éste se cocinaba en los jugos de la preocupación, pues su futuro por el que tanto había trabajado estaba atado al desenlace de aquella noche. Rigs no soportaba al ex-presidente Ted J. Smith, pero en los escalones del poder él no era más que una alfombra en la que los otros poderosos se limpiaban los pies. El desdén que sentía por Smith era palpable y en las muy pocas ocasiones en las que estuvo en su presencia, estuvo obligado a tragarse su orgullo de hombre para atender los antojos de Smith que siempre fue un egoísta que solo velaba por su bien y el de nadie más, pues él era un ex-presidente de Los Estados Unidos, lo que lo hacía prácticamente un dios.

-This motherfucker comes to my Island and suddenly I must babysit his fucking ass. I am the fucking governor, not a high-priced babysitter.[64]

Envuelto en sus pensamientos de odio por aquel hombre, Rigs contempló un futuro en el que no tendría que servirle un minuto más. Luego dirigió sus recuerdos a Pedro Campos y como éste había evadido captura de una manera audaz por tanto tiempo. En ese momento cerró los puños y sintió como la venas de su cuello se le

---

[64] -This motherfucker comes to my Island and suddenly I must babysit his fucking ass. I am the fucking governor, not a high-priced babysitter.: Este hijo de puta viene a mi Isla y de repente tengo que cuidarle el culo. Soy el cabrón gobernador, no una niñera cara.

llenaban de una sangre violenta. Pensó en los años por los que había perseguido a aquel hombre inferior a él según su manera de mirar al mundo. Y aun en aquellos momentos no se podía explicar a sí mismo como una persona tan inferior a él pudo burlarse de él por tanto tiempo. Esto lo llevó a pensar en lo que haría si estuviera en presencia de éste y los pensamientos se tornaron violentos. Se miró a si mismo ahorcando a Campos. También cortándole el cuello. En otra instancia se imaginó torturándolo como lo habían hecho con Segundo Belvís y por último se dibujó una imagen en la mente en las que mataba a Campos después de torturar en presencia de éste a Lola, Eugenio, Obdulia, Raúl y a Salomé. Este último pensamiento le causaba un placer divino. El sentirse que había terminado de una vez y por todas con aquellos asquerosos Puertorriqueños y la dominicana que se atrevieron a desafiar su poder absoluto.

De repente el carro adonde iba frenó y al irse al frente y darse con la butaca del pasajero en la cara, regresó desde sus pensamientos para escuchar con terror la voz de su jefe de seguridad James Beverley gritando unas palabras que se registraron inmediatamente en su mente con una ansiedad existencial:

-I repeat, we are under attack.[65]

De manera casi inmediata los disparos se escucharon rompiendo el silencio de la noche e interrumpiendo las serenatas melancólicas que los pocos coquíes que quedaban le ofrecían a su Isla de manera triste. El gobernador Franklin Rigs agarró un revolver y se tiró al suelo de su vehículo, pues durante toda su carrera militar nunca estuvo expuesto a un riesgo tan real como el que enfrentaba allí. Su chofer trató de moverse en reversa, pero el vehículo de atrás estaba envuelto en un tiroteo intenso lo que había ocasionado que sus ocupantes estuviesen atrapados, pues cada vez que intentaban bajarse, las balas bañaban el carro brindado de chispas brillantes de color rojo o anaranjado.

Aterrorizado Rigs vio como el auto del frente fue arremetido por otro vehículo, lo cual lo hizo girar afuera de la carretera y caer en una

---

[65] *-I repeat, we are under attack.*: Repito estamos siendo atacados.

zanja que estaba en la esquina. Luego alguien lanzo una botella de gasolina al carro que estaba con las gomas hacia arriba y el fuego se esparció inmediatamente. Para su sorpresa los agentes de seguridad que andaban en este auto no recibieron disparos de advertencia como los recibían los del vehículo trasero. Los agentes se bajaron y casi de inmediato fueron rodeados por unos ocho hombres enmascarados. Uno de los encapuchados comenzó a preguntar quién era el encargado del grupo en el idioma inglés:

-*Who is in charge?*[66]

Hubo un silencio total que se sintió como un año de largo. El hombre de la capucha volvió a hacer la pregunta y esta vez advirtió que el silencio seria castigado severamente. Otra vez el silencio que solo se rompía con el disparo ocasional de los que mantenían a los agentes del carro de atrás, resguardados en su auto brindado. Fue entonces que el hombre le hizo un disparo a la pierna de uno de los agentes y éste cayó al suelo gritando de dolor. Entonces el hombre de la capucha volvió a preguntar y aunque nadie le contestó, uno de los agentes miró en dirección a James Beverley disimuladamente. Solo esto bastó para identificarlo y el hombre de la máscara lo separó de los demás antes de decirle:

-*Mr. Beverley, I bring a message from Luisa Osorio and her children.*[67]

Inmediatamente los disparos comenzaron a fluir hasta que se habían efectuado dieciséis. El hombre cayó de bruces al suelo sin darse un momento a pensar en aquella mujer que él había ultimado en su casita de Loíza para quitarle la misma. El gobernador Rigs observó todo esto desde su auto y para su terror vio como su chofer en un ataque de pánico abrió la puerta del auto y se echó a correr en dirección a la maleza. Un minuto más tarde vio como un hombre se metía al auto aguatando una granada explosiva en sus manos. Se la mostró a Rigs y

---

[66] Who is in charge?: ¿Quién está a cargo?

[67] Mr. Beverley I bring a message from Luisa Osorio and her children.: Sr. Beverley le traigo un mensaje de Luisa Osorio y sus hijos.

le ordenó que se bajase del auto inmediatamente. Rigs nerviosamente se preguntaba dónde estaban sus reservas de seguridad y recordó que, por lo secreto de su viaje, no tenía ese lujo. Pensó en dispararle al hombre, pero su auto brindado no era protegido por dentro, adonde el hombre enmascarado le daba instrucciones una vez más. Se dio cuenta de que estaba vencido y de que nadie iba a venir a su rescate. Hizo un inventario de todas las atrocidades que había cometido desde que declaró una insurrección en la Isla. Pensó en lo humillante que era estar en las manos de sus enemigos. De momento, en su ventana apareció el hombre que más odiaba en su vida, Pedro Campos. Analizó las posibilidades de darle un tiro allí mismo, pero si bajaba la ventanilla lo mataban de inmediato. Entonces escuchó la voz de Campos decirle:

-*End of the line governor, we will take it no more. Get out of the car*[68]

-*What assurances I have that if I get out, you won't kill me*[69].

-*None. You will not be spared tonight*[70].

-*Please, don't kill me. I was just following orders.*[71]

-*Last chance*[72]. -advirtió Pedro.

El gobernador lleno de terror perdió el control de su vejiga y enfrentándose a la posibilidad de la muerte se orinó en los pantalones. Pensó en su papá, en su orgullo militar y en la humillación de haber sido capturado por aquellos infelices. Como guiado por una rabia ciega, se olvidó de la muerte y solo pensó en el orgullo herido que

---

[68] -End of the line governor, we will take it no more. Get out of the car.: Este es el final del camino gobernador. Nosotros no lo vamos a soportar más. Salga del auto.

[69] What assurances I have that if I get out, you won't kill me: Qué aseguransas tengo de que si salgo no me matarás.

[70] None. You won't be spared tonight.: Ninguna, no te perdonaremos esta noche.

[71] -Please, don't kill me. I was following orders.: Por favor no me mates. Yo solo seguía órdenes.

[72] Last chance: último chance.

provenía de sus complejos de superioridad. Recordó las palabras de su padre, el general y de cómo éste le llenaba su cabeza de sentimientos de superioridad, e inteligencia con las que nunca contó. Se dio asco a si mismo de estar en aquella situación tan precaria. Defraudado por su fracaso y en un acto casi inexplicable, levantó su revolver, se lo puso en los sesos y apretó el gatillo. Pedro desde afuera del auto lo vio caer hacia atrás en el sillón del auto y pensó en su abuela y en las muchas otras personas en la Isla que habían perdido sus vidas a las manos de este cobarde, que al final no tuvo el valor de enfrentar la muerte como todo un soldado de bajo rango.

- *¡Pendejo!* -dijo Pedro mirando al hombre muerto antes de levantar su mano para indicar el final del operativo.

Los hombres enmascarados se retiraron del lugar y finalmente los agentes de seguridad del tercer auto pudieron bajarse a desatar a los que estaban en el vehículo al lado de la carretera. Solamente uno de ellos había sido asesinado por los radicales y en el vehículo del centro, el cuerpo sin vida del gobernador Franklin Rigs, todavía goteaba un poco de sangre desde su cabeza destrozada por la bala que él mismo disparó.

Mientras tanto en el aeropuerto de Humacao, el ex-presidente Ted S. Smith rabiaba por la desfachatez del gobernador de no llegar allí a recibirlo según lo acordado. Esto puso en marcha una cadena de comunicaciones que terminó con una unidad de seguridad de emergencia dirigiéndose al lugar por la ruta que hasta aquel instante había sido secreta para mucha gente. Luego de unos minutos, la noticia de la muerte del gobernador llegó a los oídos del ex-presidente y éste sintió miedo de que él fuese el próximo objetivo del grupo. Entonces comenzó a llamar y a hacer planes para regresarse de inmediato a los estados continentales, olvidándose momentáneamente de todos los planes que había hecho desde el momento que firmó la ley H.R. 4901-B, convirtiendo a la Isla en el estado al que planeaba mudarse eventualmente.

Al otro día, las noticias locales mostraban los autos destruidos de la caravana del gobernador con la foto de éste al lado, mientras los reporteros informaban lo que sabían hasta aquel momento y le añadían un poquito de mierdas a lo que no, ofreciendo sus opiniones acerca del suceso. Él único muerto además del gobernador era su director de seguridad, un hombre llamado James Beverley. A quien por alguna razón le habían dado dieciséis tiros. Mirando esto en su televisión, Adolfina se sintió un poco culpable, pero luego la imagen de su hermana acribillada volvió para recordarle que la justicia no siempre puede ser divina. Cerró sus ojos y dejó escapar una lagrima de odio al mismo tiempo que decía:

-Hijo de la gran puta, por fin pagaste.

En Los Estados Unidos, la prensa comenzó a hacer su trabajo de tratar de influenciar a los ciudadanos acerca de la necesidad de aplastar a aquella organización terrorista liderada por Pedro Campos y sus secuaces. Unos días más tarde el presidente Robert R. Warren declaró la ley marcial en el estado de Puerto Rico enviando al ejército de la nación en busca de los famosos fugitivos a los que se les atribuía la muerte del gobernador Franklin Rigs, aunque todos sabían que éste se había quitado la vida él mismo.

Unas semanas después la Isla era regida por el ejército y las pocas libertades civiles que tenían los Puertorriqueños se fueron extinguiendo. Los ciudadanos de preferencia todavía disfrutaban del privilegio que les compraba el gobierno. Eran excluidos de redadas, investigaciones y maltratos. Para éstos todo continuaba como si nada hubiese sucedido. En la otra cara de la moneda, personas de descendencia local, eran maltratados a diario y a veces con consecuencias mortales. Mucha gente joven que se rehusaba a respetar toques de queda y otras atrocidades se metieron en problemas con las leyes militares del gobierno. Los abusos eran constantes sin ninguna indicación de que iban a llegar a un final, lo que provocó una migración de jóvenes desde los pueblos hasta los montes de la Isla en busca de libertad y esperanzas.

En su guarida del Salto, en una rara ocasión adonde todos estaban reunidos, el grupo discutía las consecuencias de la muerte de Franklin Rigs y Eugenio continuaba reiterando lo que decía antes de que se

F.A.H

tomase aquella decisión, pues él había advertido que históricamente cuando algo como aquello sucedía la reacción del poderoso era mucho más grave que el abuso original. Pedro, Lola y Raúl no estaban en desacuerdo, pero desde el punto de vista de ellos, no tenían ninguna opción que se pudiera considerar como buena. Tenían unas semanas escondidos esperando que el polvo de aquella tormenta se asentara. Por eso habían disminuido su presencia en las redes sociales y en las regiones de la Isla adonde usualmente operaban destruyendo proyectos de desarrollo del gobierno. Por su parte Raúl se sentía deprimido que después de tanta lucha, todavía no había un final en el horizonte.

Pedro comprendiendo el costo que todo aquello tenía en la salud de su primo, se fue al charco de La Encantada e intentó por un largo rato ponerse en contacto con sus aliados de La Nueva Asociación Antillana. Tenía todas las intenciones de proveerle a su primo un momento de felicidad, después de unos años de arduo trabajo y de terrores compartidos. Eventualmente se puso en contacto con Salomé y acordó con ella una llamada para un poco más tarde. Pero en su intento de ayudar a su primo, Pedro cometió el primer error en su campaña en contra del colonialismo, pues el gobierno militar poseía accesos a satélites que eran capaces de recoger señales que sistemas inferiores no podían y el gobierno ya tenía sospechas acerca de Trujillo Alto. Una hora más tarde regresó a su guarida con las buenas noticias para Raúl, sin darse cuenta de que, desde el espacio, un satélite le seguía los pasos. Llegó al Salto y se dirigió al lugar favorito de Raúl, la piedra que tenía vista directa al barrio. Lo encontró allí cabizbajo y pensativo.

- *Primo no lo piense mucho.* -dijo Pedro.

-*Usted cree que alguna vez podremos volver a vivir en el barrio libremente.* -respondió Raúl en una voz cansada.

-*Eso es lo que espero.*

-*Quiero pararme frente a la tumba de mis viejos otra vez. Ver a mi mamá.*

-*Yo también.*

- *¿Y si perdemos esta guerra?*

-Ten más fe, que, aunque tú no lo creas estamos ganando.

- ¿Cómo que estamos ganando?

-Has visto como la gente nos apoya. Créeme que ya ellos también están cansados del abuso.

-Yo no lo siento así.

-Recuerda que "tanto está la gota cayendo en la piedra hasta que hace un hoyo."

-Eso decía mi papá.

-Eso lo decimos todos.

-Yo a veces pienso que todo esto no nos está llevando a nada.

-No se me rinda que todavía falta un poco.

-Yo lo sé. Yo estoy contigo hasta el final.

-Te lo agradezco, pero ahora necesito que hagas algo por mí.

- ¿Qué necesitas?

-Salomé está esperando tu llamada a las 7 PM.

-Salomé, ¿te pudiste contactar con ella?

-Si primo, ella está ansiosa de hablar con usted.

-Pues entonces me voy preparando que ya son las 6 PM.

Raúl salió rumbo a La Encantada casi de inmediato. Era la primera vez que escucharía la voz de la mujer en casi un año. Aunque estaba enterado de todo lo que ésta había logrado por la causa de su país, no había podido escucharlo de la boca de ella misma. Llegó al lugar con unos veinte minutos de adelanto y sin pensarlo dos veces se lanzó al charco a zambullirse como lo hacía en su niñez muchos años atrás. Con el cuerpo refrescado y un poco de alivio emocional se sentó en una piedra que estaba a la parte sur del lugar y miró alrededor toda la naturaleza que lo rodeaba. Pensó en todos los seres vivientes que habían disfrutado del lugar desde sus ancestros Tainos, Españoles y Africanos hasta sus compatriotas y familiares Puertorriqueños. Analizó la situación presente, y la posibilidad de que, en un futuro no muy lejano, cuando él ya no existiera, tampoco existirían personas como él en aquella Isla que él adoraba. Aborreció a todos los que pretendían quitarles a generaciones futuras lo que era de ellos bajo el pretexto de la libertad y el progreso. De repente, el teléfono comenzó a sonar y todos aquellos pensamientos profundos se disiparon de su mente como se disipa la neblina con el calor del día.

-*Hello.* -contestó Raúl con su corazón latiendo como un tambor de orquesta.

-*Mi amor ¿cómo estás? Llevó tanto tiempo tratando de hablar contigo, tratando de volver, pero no me dejan.*

-*No te preocupes, estoy bien mi vida. Yo sé que tú quieres regresar.*

-*Me lo han hecho tan difícil. El gobierno de tu Isla dice que no podrían recibirme ni como funcionaria de mi gobierno. Aunque los infelices me ofrecieron un trato.*

- *¿Un trato?*

-*Querían que yo les dijera adonde se esconden ustedes, pues ya tú sabes que ellos están al tanto de mi relación contigo.*

- *¿Qué te ofrecieron?*

-*Supuestamente perdonarme todos los cargos que existen en mi contra.*

- *¿Qué cargos?*

-*Terrorismo y otras cosas. Esos hijos de la semilla se creen que son dueños del mundo.*

- *¿Qué les dijiste?*

-*Los mandé al mismo carajo. Yo no me vendo. Además, mi presidente sacó la cara por mí.*

- *¿Y que él les dijo?*

-*Lo mismo, que se fueran al carajo. Entonces me prometieron que no podría visitar a Puerto Rico legalmente nunca más.*

-Tú sabes que ellos son buenos desterrando a la gente. Pero no hablemos más de eso. Cuéntame ¿cómo está tu mamá?

-Mi mamá falleció hace unos días.

-Ohh, cuanto lo siento.

-Yo también, pero debo de darte las gracias por haberme convencido de regresar a verla en sus últimos días.

-Aun así, debes de estar triste.

-Por supuesto, pero no más de lo que estaría si ella se hubiese ido sin yo decirle adiós. Gracias a ti tuve la oportunidad de cuidarla hasta su último momento.

- ¡Qué pena! Me hubiese gustado conocerla.

-A ella también. Sabes que siempre me dijo que te debía a ti el favor más grande que alguien le hizo en su vida.

- ¿Qué favor fue ese?

-Darme la oportunidad de estar de vuelta en casa.

-Cuanto me hubiese gustado que eso pasara en otras circunstancias.

-A mí también. Te extraño mucho.

-Yo también.

-Dime ¿cómo está el jardín de tu familia?

-A la verdad que yo no sé.

Raúl comenzó a relatar como estaban las cosas en la Isla. Le contó acerca de las misiones desde que ella se había ido. Los proyectos que atrasaron con sus ataques constantes. Le habló de la muerte de Segundo Belvis y de lo que se hizo al respecto, y como era la costumbre, no mencionó nombres para mantener la seguridad de las personas envueltas. Salomé por su parte le relató lo que ella había hecho y de cuantas veces le dejo mensajes después de cada misión. Éste le dijo que estaban al tanto de todo esto y de cómo las amapolas le daban deseos de seguir la lucha. La conversación fluyó como si ellos nunca se hubiesen separado hasta que Raúl se dio cuenta de que se estaba excediendo en el tiempo y esto no era prudente. Entonces, decidieron hablar nuevamente en unos días y Salomé se despidió con alegría en su voz haciendo un comentario que venía del pasado.

-*Bori, Bori, mi amor, te hablo en unos días.*

-*Es una cita.* -contestó Raúl.

-*Una de las muchas que vendrán.*

-*Eso espero yo.*

-*Recuerda que nos vemos al frente del jardín de tú abuela.*

- *¡Que Dios te oiga!* -dijo éste, invocando al Dios de su mamá por primera vez desde su juventud.

-*Hasta luego mi amor. No te olvides, nos vemos frente al jardín.*

Terminada la conversación Raúl caminó lentamente por El Camino Real hasta el atajo que lo llevaría al Salto. Al llegar al lugar habló con sus compañeros acerca de su conversación con Salomé. Lola expresó deseos de hablar con su amiga y Raúl la invitó a ir con él para la próxima conversación. Estuvieron hablando por un largo rato hasta que Pedro los exhortó a acostarse y descansar, a lo que éstos respondieron que si había alguna misión de la que no se habían enterado y éste les respondió que era mejor estar descansados por si acaso había que salir a hacer algo improvisto. Comenzaron a hablar del porvenir y lo que les deparaba el futuro. Entonces a Raúl se le ocurrió jugar dominós como lo hacían sus padres y abuelos en ocasiones. Lola estuvo de acuerdo y logró convencer a Pedro de que bajara la guardia por unos momentos. Ya con la mesa al frente y sus fichas en mano, decidieron tomar un poco de pitorro. Después de unos minutos jugando dominós, charlando y tomando se sintieron un poco aliviados de la carga emocional que cargaban por muchos años. A las 2 AM, embriagados se fueron a descansar cada uno por su lado. Pedro se quedó en la piedra mirando el barrio dormir en la distancia. Raúl caminó unos pocos pasos y se recostó de un árbol a tratar de recuperar su balance, pues su felicidad estaba completa luego de su contacto de la tarde. Lola llegó hasta la entrada de la cueva y se acostó en un colchón tirado en el suelo que le servía como cama.

Mientras tanto en una base militar en San Juan se debatía la validez de la información que se había recaudado en esa tarde. Era posible que en ese monte no había nada de importancia, pues los satélites no le dieron imágenes definitivas de Campos y/o alguno de sus secuaces. Aun así, se tenía que investigar la ocurrencia, pues atrapar a aquellos maleantes era lo más importante para el gobierno del país y las compañías inversionistas que habían perdido millones de dólares por culpa de ellos. Se hizo un plan de emergencia, se discutió por toda aquella tarde y a la 1 AM, tres unidades compuestas de doce soldados fuertemente armados se dirigieron a los puntos determinados para llevar a cabo el operativo.

El plan envolvía dirigirse al área que se había visto en el satélite, en las horas de la madrugada, pues un ataque a corto tiempo en un lugar desconocido contaba con riesgos; porque la falta de familiaridad con el terreno ponía a los soldados en desventaja. Atacarían a primera luz, moviéndose desde las direcciones accesibles. Una por el camino adyacente al lugar. Otra desde el pueblo de Gurabo y por último caminarían quebrada arriba por los pedregales de esta. El objetivo era arrestar a Pedro y a sus secuaces si era posible, pues, aunque preferían matarlo, eso conllevaba riesgos de convertirlo en un mártir en una Isla que estaba como yerba seca bajo un sol ardiente.

Los soldados se dispersaron por las tres direcciones lentamente tratando de moverse efectivamente, pero con mucha cautela. Se comunicaban en secreto y en voz baja para mantener el elemento de sorpresa. Todos las unidades estaban en camino al lugar cuando el silencio de la mañana fue roto por el sonido de una bazuca[73] de latas de las que se usaban en el pasado para alborotar en las navidades. Luego otra sonó y otra, y los soldados se asustaron por los sonidos apuntando sus rifles rápidamente en todas las direcciones al mismo

---

[73] Bazuca: artilugio hecho con latas de metal vacías atadas con cinta elástica de goma a la cual se le hecha gas por un pequeño agujero para luego encender un fósforo. Los gases atrapados en las latas causan una reacción explosiva que hace ruidos como si fuese un disparo de una arma de fuegos. Se usa en P.R. para hacer ruidos en las navidades.

tiempo.

En el Salto, Pedro Campos se levantó de repente y su mente registró que una amenaza se aproximaba. Se puso de pies y como guiado por el instinto buscó a sus compañeros en los rededores, al mismo tiempo que buscaba la amenaza. Este sistema de avisos era algo que él mismo había inventado y las personas del barrio sabían que hacer si notaban actividad rara en el lugar. Ya en pies Pedro vio que Raúl se había despertado y estaba como él buscando el peligro. Pedro lo miró desde lo lejos y le hizo señales de que se fuera a esconder los más pronto posible, pero ya era demasiado tarde. Un soldado se divisaba en la distancia dirigiéndose a ellos. Luego apareció otro y luego otro. La primera unidad ya los había encontrado. Dentro de la cueva, Lola se armaba con un rifle y había enviado la comunicación a Eugenio y Obdulia acerca de lo ocurrido. Éstos en la distancia sintieron deseos de correr a socorrer a sus amigos, pero las instrucciones de Pedro eran claras y obvias. Por eso con todo el pesar que les causó quedarse escondidos, lo hicieron con el corazón ardiendo en las preocupaciones.

Pedro trató de correr a buscar un lugar adonde protegerse mientras negociaba los términos de su entrega. De repente otra explosión de una bazuca llenó de ruido el aire y unos de los soldados aterrorizado por la proximidad de este hizo varios disparos en dirección a Pedro, alcanzándolo en la espalda con múltiples balas. Éste cayó de inmediato al suelo y Raúl al ver a su primo caer corrió instintivamente a socorrerlo, pero casi de inmediato recibió varios disparos en el centro de su estómago en su región hepática y también cayó de bruces al suelo. Los soldados gritaban instrucciones a los dos heridos mientras se movían lentamente en su dirección. Raúl herido miraba a Pedro en el suelo y éste no parecía moverse. Entonces se arrastró hacia él con sus fuerzas disminuyendo mientras dejaba una mancha de sangre a través del suelo. Un soldado hizo una última advertencia y levantó su rifle en dirección a Raúl. Lo apuntó y antes de disparar recibió un disparo en el centro del pecho que lo envió al suelo mientras sus compañeros buscaban adonde resguardarse de otros disparos que Lola les hacía desde un punto oculto.

Entre el ruido de los tiros y la pérdida de sangre, Raúl comenzó a sentirse débil, pero estaba determinado a llegar hasta donde estaba tirado Pedro. De repente sintió como alguien lo halaba hacia atrás y lo arrastraba hasta detrás del árbol que en la noche anterior le había servido para recostarse. Lola histérica y determinada, lo arrastró hasta allí a la vez que hacía disparos para cubrirse.

- *¡Raúl! Raúl estás herido. Trata de no moverte.* - le gritaba Lola al ver la sangre en el suelo.

-*Pedro, hay que rescatar a Pedro.*

-*Yo sé, pero estamos rodeados, tenemos que esperar el momento.*

-*Lo hirieron en la espalda. Hay que buscarlo.* -volvió a decir Raúl a la vez que su sangre le salía por la boca.

-*Trata de conservar tus energías. Yo voy a tratar de hacer algo, te lo prometo.*

- *Mira mamá ya lo hice, ya cum...* -dijo Raúl comenzando a delirar frente a los ojos de Lola, la cual comenzó a llorar al darse cuenta de lo que estaba presenciando.

-*Salomé perdóname por...* -dijo el hombre cuando las fuerzas de hablar se le iban agotando.

-*Raúl trata de ...*

-*Lola ¿no los oyes?*

- *¿No oigo qué? Descansa no digas nada.*

-*Pedro tenía la razón, ya estab... cerca.*

- *¿Cerca de qué? Por favor, Raúl no te esfuerces.*

-*Escucha mi amiga, escuchalos...*

Lola conmocionada se detuvo por un momento y mirando como la luz de los ojos de Raúl comenzaban a apagarse se dio cuenta de lo que el hombre moribundo decía. En la distancia se escuchaban lo que parecía ser una muchedumbre de personas gritando a todos los vientos un sin número de insultos envueltos en las frustraciones de todo un pueblo. Era una manada de gente joven y cansada que caminaba al lugar armados de palos, machetes, cuchillos y por sobre todo armados de valor. Los soldados se vieron rodeados y sin opciones, pues sus órdenes estaban claras y no podían matar a nadie.

- *"Fuera gringos hijos de la gran puta." "Con nosotros no joden más, puñeta." "Al carajo con todos ustedes."*

Fue en ese momento que Lola encontró el respaldo para ir en busca de Pedro, pues los soldados del escuadrón se encontraban rodeados por centenares de Puertorriqueños cansados del aplaste del gobierno. Y aunque estaban fuertemente armados, los doce no sobrevivirían un confrontamiento con la muchedumbre enardecida. Fue así como Lola llegó frente donde Pedro estaba y éste moribundo igual que su primo, apretó las manos de la mujer, manchándoselas con su sangre, a la vez que le decía en una voz baja y débil:

-Mi compañera, ahora la misión es tuya.

-No digas eso. -rogó Lola llorando.

-No te preocupes por mí, ellos van a necesitar tu ayuda. -dijo el hombre mirando a la muchedumbre.

-Pedro, trata de no hablar por favor, aguanta un poco más.

-Eso no será necesario, ya lo hecho, hecho está.

-No digas eso.

-Salva a Raúl, por favor. No lo dejes que se muera en este monte.

-Está bien, así lo haré.

-Prométeme que lo vas a ayudar.

-Te lo prometo.

-Entonces vete déjame morir como se debe.

-Pero sin ti, yo no sé qué hacer.

-Tú sabes que hacer, hazlo por ti, por mí, por Puerto Rico. -dijo el hombre y casi de inmediato su cuerpo dejo de moverse y sus ojos se quedaron abiertos con su brillo apagado.

- ¡Pedro! ¡Pedro! No por favor... no me dejes sola. ¡No!

Mientras tanto el batallón de soldados trataba de mantener a las personas que los rodeaban al margen. Raúl con el dolor de los balazos en su estómago, comenzó a delirar. Las imágenes de su vida comenzaron a correr por su mente como varias películas de corto tiempo. Un olor a café invadió su olfato, antes de verse en su niñez tomándose una taza de este, junto con su abuelo Agapito y su papá Ramón. Se miró caminando por los montes de Trujillo Alto, antes de encontrarse caminando las aceras de New York. De esta memoria su mente moribunda brincó al ver los ojos aterrorizados de Destiny, la primera vez que se congeló el mundo, para luego sentir el último abrazo que la joven le había dado. Unos segundos más tarde, la imagen de Julia embriagada y desesperada por volver se centró en su mente antes de recordar las siluetas que las cenizas de ésta formaron al caer a las aguas de su Rio Grande de Loiza.

Y con los latidos de su corazón volviéndose infrecuentes, el olor distintivo de la piel de una mujer invadió su olfato, a la vez que sintió el calor del cuerpo trigueño de Salomé, mientras ella le susurraba palabras de amor en sus oídos y le hacía promesas que no tendría la oportunidad de cumplir. En ese momento se le escapó un lagrima lenta y dolorosa, pues en sus entrañas sintió la decepción de saber la huella que las promesas de la mujer dejarían en su propia alma. Finalmente, la imagen de una hermosa mujer sonriente ocupó su mente moribunda, y por primera vez creyó ver a Dios con toda la convicción de la fe, al realizar que ésta era su mamá Manuela en sus años de juventud. La miró sonriendo ante sus ojos, llena de vida, jubilosa y feliz. Entonces se sintió en paz consigo mismo, antes de que la mujer lo mirara directamente a los ojos para decirle en un tono bajito y tierno:

-Raúlito mijo, ¡Estoy tan orgullosa de ti!

Con estas palabras se le dibujó una sonrisa en sus labios, y su corazón que tanto había añorado vivir en paz en su Isla del Encanto, Puerto Rico, dejo de latir para siempre. Lola por su parte abrazaba el cuerpo de Pedro, con sus manos llenas de las sangres de los dos hombres. Rodeada del tumulto, observó como los soldados se retiraban lentamente, arrastrando a su compañero muerto, mientras la gente se aproximaba a ofrecerle ayuda. Entonces una persona le proveyó con una camiseta blanca para que le cubriese el rostro a Pedro. Ésta lo hizo de inmediato y corrió a donde estaba Raúl desangrado. Lo miró de frente y se arrodilló frente aquel cuerpo que exhibía un rostro que lucía una paz total. Luego le plantó un beso en la frente y al sentir el cuerpo aun tibio, se llenó de una rabia que la instigaba a matar, pero pensó en la responsabilidad que caía a sus pies, y por primera vez en mucho tiempo, la misión era más importante que la venganza.

En aquel interminable día la gente se dio cita en aquel monte de Trujillo Alto, para demostrar su aprecio y respeto por Pedro Campos y su amigo Raúl Canales. Y las caras compungidas de la gente relataban una historia que llevaba más de quinientos años en constante redacción. Al pasar los minutos se decidió de manera colectiva que Pedro representó a Puerto Rico por mucho tiempo. Y ahora era el turno de Puerto Rico de representarlo a él. Eugenio y Obdulia aun en la lejanía sentían la decepción y el dolor de las muertes de sus compañeros, aunque se consolaban en las imágenes que transmitían a través de las redes sociales en miles de celulares, adonde sus compatriotas por fin le daban el lugar y el valor al sacrificio de sus compañeros.

Al otro día las noticias reportaban lo sucedido según los soldados y en la versión de éstos Pedro y Raúl arremetieron en contra de un batallón de soldados que se dirigían a arrestarlos después de tantos años persiguiéndolos. De acuerdo con las informaciones oficiales, los soldados no habían podido recuperar los cuerpos ni las armas de fuego, pues una mafia de personas se interpuso en los operativos militares. Luego de esto continuaron hablando del suceso y trataron de convencer a gente enardecida de que sus intenciones no eran matar a Campos ni a ninguno de sus secuaces. Funcionarios del gobierno hicieron docenas de entrevistas tratando de soplarle aires fríos al calor de la situación. Esta técnica había sido siempre la misma, miente, miente y miente hasta que la mentira se convirtiera en la verdad.

En una área indefinida de la Isla Obdulia lloraba de la rabia mientras editaba el video que mostraba la muerte de Pedro y de Raúl. Este era el plan de contingencia que Pedro había preparado. Tenían varias cámaras alrededor del Salto por si acaso eran sorprendidos y no sobrevivían el encuentro. De esto ser así, Eugenio y Obdulia difundirían las imágenes a través del canal de internet para levantar la conciencia del pueblo. Mientras Obdulia editaba el video del asesinato y Eugenio preparaba el guion de lo que iban a decir después del mismo, el vacío de la muerte y la perdida los invadía a los dos, pero hacía más resoluta su causa. Al otro día con todo ya listo, enviaron los videos a las redes sociales y en unas dos horas, los tumultos desorganizados pero constantes comenzaron a aparecer en todos los pueblos de la Isla y los estados de mayor cantidad de Latinos en Los Estados Unidos de América.

Unos días más tarde, el presidente Robert R. Warren enfrentaba la amenaza más grande a su intento de reelección, pues la población Latina de la nación pedía justicia. Por esta razón el apoyo de esta comunidad colapsó totalmente, pues las encuestas decían que, si las elecciones fueran en aquel momento, solo podía contar con 3% del voto Latino. Para complicarle las cosas, el presidente de Méjico amenazó con cerrar las fronteras de su país por completo, algo que se llevaba años negociando sin llegar a un acuerdo. Por otro lado, el presidente dominicano Francisco Rosario Mella amenazaba con un enfrentamiento en las aguas del océano Atlántico, si las cosas en Puerto Rico no cambiaban, mientras que en Haití el presidente Henri Dessalines ofrecía su ayuda de la misma forma. En Cuba, el presidente José Pérez hacía declaraciones de apoyo, pero no se comprometía a mandar ayuda militar; pues su guerra contra la invasión francesa continuaba hasta aquel momento.

Enfrentando todos aquellos tumultos y con pocas opciones de sobre vivencia política, el presidente americano decidió levantar la ley marcial y buscar una solución política que no terminará en una desastrosa guerra que nadie podía ganar. Solamente necesitaba a una persona de confianza que pudiera reunirse con la nueva líder del movimiento local, la señora Dolores Sotomayor, a la cual buscaban por todas los rincones de una Isla que se estaba quemando y vaciando al mismo tiempo, porque los locales estaban en constante estado de desobediencia civil y los ciudadanos preferidos huían en aviones a diferentes partes de América. Eventualmente Warren se encontró con una figura del pasado Puertorriqueño, el ex-gobernador el Dr. Ricardo Rafael Barceló Colón, quien aun en ese tiempo se encontraba amarrado en litigaciones en los tribunales del país por su supuesto papel en el movimiento de Pedro Campos.

El Dr. Barceló llegó a la Casa Blanca en el estado de Nuevo Méjico, pues el gobierno americano se vio forzado a mover sus operaciones al sur por las constantes fluctuaciones de la atmósfera en el norte, adonde solo vivían los pobres y desahuciados en el año 2051. Los que a su vez se congelaban y se asfixiaban cada día más, para que los mejores pudieran sobrevivir a costa de los sacrificios de su salud y sus vidas. La reunión ocurrió en secreto, pues el presidente Warren todavía insistía en repetir la mentira oficial de que Lola era una terrorista y el gobierno americano no negociaba con terroristas. El Dr. Barceló insistió que él no podría representar al presidente si éste no cumplía con dos requisitos muy importantes. El primero, se tenía que retirar todos los cargos en su contra y el segundo, el presidente tendría que desistir en llamar a la mujer terrorista. Esto provocó que Warren amenazara al hombre con cárcel, pero el Dr. Barceló entendía que la amenaza no contaba con ninguna seriedad por lo que se rehusó a alterar sus términos. La primera reunión terminó sin un acuerdo, pero el presidente Warren entendía que estaba atrapado y unos días más tarde, después de agotar todas las otras avenidas, llegó a un acuerdo con el Dr. Barceló que esperaba cambiara su suerte con los electores Latinos y con la percepción del mundo acerca de la democracia que el país siempre predicó.

El Dr. Barceló habría de viajar a la Isla a tomar acciones que simbolizarían el intento de llegar a un alto de hostilidades. Luego habría de contactar a los cabecillas del movimiento para tratar de resolver diferencias sin más altercaciones. Si esto era exitoso, entonces se harían negociaciones fuera de la vista de los ciudadanos hasta llegar a un acuerdo que le daría a Warren la oportunidad de salvar su carrera política a cambio de alguno que otro ofrecimiento mínimo de su parte.

Futuros

Era enero del año 2052, el Dr. Ricardo Rafael Barceló Colón llegó al aeropuerto Ted S. Graham en rumbo a La Fortaleza a despedir oficialmente al gobernador de carácter militar el general Jonathan W. Walton. Luego de esto hizo sus primeras declaraciones en su carácter de gobernador interino, declarando como muerto el reino del terror militar en la Isla y prometiendo regresar a esta a una vida normal. Luego comenzó a hacer gestiones en secreto para averiguar si Dolores Sotomayor lo dignaba con su presencia. Y como lo hizo la primera vez, se ofreció a aceptar los términos de ésta sin ninguna precondición. El proceso tomó un tiempo, pero eventualmente se hizo los contactos necesarios para que se efectuara una reunión en privado. Según lo acordado, unos días más tarde, un auto con cristales ahumados recogió al gobernador interino para llevarlo a un lugar desconocido donde la reunión tomaría lugar. El Dr. Barceló accedió a llevar sus ojos vendados como la primera vez, sin preocuparse por su seguridad personal. Al llegar a su destino, esta vez en otro monte, lo sentaron en una silla e inmediatamente escuchó la voz de Lola hacerle una pregunta con un tono de coraje:

- *¿Qué es lo que quiere usted de verdad?*

- *¿Me puedo quitar la venda, por favor?* -dijo el Dr. Barceló.

- *¿Para qué quieres saber dónde estás?*

-*Solo quiero hablar con ustedes.*

- ¿A qué viniste a matarnos a todos?

-Ya veo que algunas cosas no cambian nunca. Pero tienes razón para desconfiar de mí.

-Usted sabe que yo no confío en nadie.

- ¿Dónde están los demás?

-Eso que te importa.

-Dolores cálmate que yo no soy tu enemigo.

-Pero tampoco eres mi amigo.

-Yo creo que me he ganado un poco de respeto por lo que hice anteriormente.

-Yo no sé qué pensar de usted, pues no sé qué es lo que busca.

-Yo solo busco lo mismo que tú. ¿puedo quitarme la venda y hablarte de cara a cara?

-Quítatela si te da la gana, pero contesta la pregunta que te hice: ¿qué es lo que quieres?

El hombre se quitó la venda e inmediatamente se arrodilló frente a la mujer, la cual se sorprendió por la acción, pero no dijo nada mientras lo miraba secamente.

-Quiero darte las gracias desde los más profundo de mi corazón. Estos años de ausencia me han enseñado muchas cosas. Una de ellas es que nadie quiere morirse lejos de esta preciosa Isla. Y si no fuera por ustedes, mi vida hubiera llegado a su final lejos de mi tierra. Quiero pedirte perdón nuevamente por mi falta de visión y por haber contribuido a lo que ha pasado aquí en mi patria. Quiero que me des la oportunidad de pararme frente a las tumbas de Pedro Campos y Raúl Canales a darles las gracias por sus sacrificios. Pero, sobre todo, quiero decirte que estoy eternamente endeudado con ustedes, y por eso es por lo que quiero ofrecerles mi apoyo incondicional, decidan lo que decidan.

- ¿Sabes que te estamos grabando? -dijo Lola con desconfianza.

-A mí eso no me importa, pues si tengo que quedarme aquí siguiendo tus ordenes, al menos estoy aquí en mi Isla del Encanto.

-Entonces, ¿estás dispuesto a todo?

-Eso no le entendía antes, pero en mi exilio aprendí que es mejor morir con dignidad que vivir en arrepentimientos.

- ¿Cómo nos puedes ayudar? Tú ya estás viejo para la vida de guerrero.

-Eso yo lo sé, pero puedo contribuir de otra manera.

- ¿Qué manera es esa?

-Sabes que soy gobernador interino.

-Eso ya lo sé.

-Y como gobernador puedo efectuar ciertos cambios.

- ¿Cómo cuáles?

-Lo primero que haré es levantar todos los cargos en contra de todos ustedes.

- ¿Por qué vas a hacer eso?

-Porque me han enviado a negociar los términos de tu entrega.

- ¿Y tú crees que yo me voy a entregar? Estás loco mi causa es hasta la victoria o la muerte. -dijo Lola indignada.

-Yo lo sé.

-Entonces deberías de ir y decirle al cabrón presidente que si me quiere atrapar se va a tener que joder un poco más.

-Lola, creo que no me entendiste. Los términos que estaré negociando son los tuyos y él que se está entregando, aunque nunca lo acepte es el presidente de Los Estados Unidos de América.

-Ahora sí que no te entiendo.

-Déjame explicarte.

El Dr. Barceló comenzó a explicarle a Lola lo que estaba sucediendo desde un punto político y social en Los Estados Unidos. Para empezar la desobediencia civil del pueblo Latino se había convertido en un desastre económico para la nación. La mayoría de los trabajadores de orígenes Puertorriqueños se negaban a completar faenas de trabajo si la situación en la Isla no cambiaba. A estos se le añadían los ciudadanos de orígenes dominicanos, haitianos, cubanos y otros más. El presidente estaba enfrentando una ola de malas opciones que amenazaban con terminar con su carrera política y a la misma vez causar una depresión económica de proporciones catastróficas. Esto a su vez causaba preocupación en los ciudadanos preferidos de la nación, los que necesitaban huir al sur donde el país más inmediato Méjico cobraba facturas por los siglos de maltrato. Puerto Rico, según él, se había convertido en un lugar simbólico para que el país demostrara que aun creía en las cosas que predicaba acerca de la justicia y la democracia. Al terminar la discusión, el Dr. Barceló hizo la pregunta:

- *Entonces ¿cuáles son tus condiciones?*

-*Yo no puedo hacer esa decisión sola. Tengo que discutirlo con Eugenio y Obdulia. Ellos sabrán que hacer.*

- *¿Cuánto tiempo necesitas?*

-*Dame unos días y yo me pondré en contacto.*

-*Lola, espero tu llamada. Acuérdate que ya ganaste, ahora concéntrate en tu botín de guerra.*

El Dr. Barceló regresó a esperar por la mujer, pues estaba dispuesto a apostar su futuro en muestras de apoyo a la causa de la que mucho tiempo atrás estaba opuesto a muerte. Se tomó unos días para viajar por toda la Isla a ver todos los estragos que aquel grupo de jóvenes lograron causar por tan solo tener el derecho a existir como se los dictaba el corazón y su orgullo. Desvaneció un poco por todos los estragos que los Puertorriqueños que quedaban exhibían en sus rostros; y aunque le causó rabia, comprendió que en la guerra todo es legal. Seis días más tarde Lola envió un auto por él y esta vez no le pidieron que se vendara los ojos. El auto se dirigió a Trujillo Alto y para su sorpresa la reunión tomaría lugar en una casita del barrio Los Infiernos.

El Dr. Barceló entró a la humilde casita y de una vez reconoció que estaba parado en la casa de los abuelos de Raúl Canales. En la pequeña sala, Lola, Eugenio y Obdulia esperaban por él sentados. Le pidieron que se sentara y éste lo hizo dándole las gracias a Eugenio y Obdulia en persona por lo que habían hecho por Puerto Rico. Luego de esto Lola comenzó a hablar para promulgar su lista de demandas. El Dr. Barceló escuchó atentamente, interrumpiendo ocasionalmente para aclarar alguna duda. Al final del decreto las demandas eran las siguientes.

-Los aeropuertos de la Isla deben de ser abiertos inmediatamente en ambas direcciones.

-Las personas que fueron expulsadas a través de Lotería de Servicios a la Nación deberían de tener la oportunidad de regresar y el gobierno debería devolverle sus propiedades si esto era posible, o tendrían que acomodarlos según sus demandas.

-Las personas encarceladas injustamente deberán ser puestas en libertad, como ellos dejaron salir a sus espías traidores de la patria. Y esas personas deben ser compensadas por el tiempo perdido.

-Los nombres del aeropuerto y otros lugares históricos deberían ser restaurados.

-La ley Jones debería de ser eliminada inmediatamente.

-Puerto Rico debería de ser puesto en libertad, rompiendo ataduras con la nación.

Al escuchar esta demanda, el Dr. Barceló pidió una pausa y le comunicó al grupo que esa demanda no se podría hacer, pues era una de las áreas de no negociación. Lola se molestó y se puso de pie. Eugenio trató de calmarla y Obdulia le pidió un poco de paciencia. El ex-gobernador se paró al lado de ésta y le dijo:

-Lola hay más de una forma de pelar a un gato.

- ¿Qué carajo significa esto?

-Si me permites, yo también quiero poner una demanda en esta negociación.

-Ya lo sabía que estabas aquí por conveniencia.

-Escúchame mujer y luego júzgame.

Entonces habla. -dijo Lola de mala gana.

-Quiero proponer un gobierno diferente.

-Explíquese.

El ex-gobernador propuso la creación del ELI o Estado Libre Independiente de Puerto Rico. Según él este estado contaría con los beneficios de una relación basada en mutuo respeto adonde los dos territorios se tratarían como compañeros en lugar de amo y subyugado. Con la creación del ELI se establecerían reglas en las que ninguna decisión acerca de Puerto Rico se podía hacer sin el voto exclusivo de sus dos senadores. También se establecía que estos dos senadores no tenían el derecho a apoyar ningún cambio en el sistema de gobierno de la Isla sin primero consultar al pueblo. Además, Puerto Rico tendría la oportunidad de romper ataduras con la nación cada 10 años a través de un plebiscito vinculante. Y por último ningún gobernador de la Isla tendría poder absoluto para hacer decisiones adonde no se tomará en cuenta lo que las diferentes posiciones políticas de la gente y se llegase a un acuerdo aceptable para todos. Por lo que se proponía la creación de un gobierno parlamentario que incluyera más de tres opciones como en el pasado. Al terminar con su lista de sugerencias el Dr. Barceló hizo una pregunta:

- ¿Qué piensan ustedes?

-Yo creo que eso puede trabajar. -ofreció Eugenio.

-Yo no sé qué decir. -añadió Obdulia.

-Tú lo que quieres es volver a ser gobernador. -dijo Lola con indignación.

- ¡No! Ya esa vida no es para mí. Yo lo que quiero es servirle a mi pueblo de una manera correcta antes de morirme. Ya no quiero estar

en la política.

- ¿Usted cree que el presidente Warren esté de acuerdo con estas demandas? -preguntó Eugenio.

-No tiene muchas opciones o se va a convertir en el presidente a cargo de la destrucción de su nación.

-Yo quiero que todos estos hijos de puta se larguen de mi Isla. -dijo Lola.

-Lola recuerda lo que decía Pedro. -ofreció Eugenio.

- ¿Qué?

-Que todas las personas solo quieren vivir con dignidad.

-Eso es verdad. -apoyó Obdulia.

-Entonces, ¿tenemos un trato? -preguntó el gobernador.

- ¡No! Aun no tenemos un trato. -respondió Lola.

- ¿Qué nos falta? -inquirió el Dr. Barceló.

-Nos falta Salomé Mercedes Mirabal. -dijo Lola con firmeza.

- ¿La mujer de Raúl Canales?

- ¿Algún problema?

-No chica no. Eso para mi será un placer o mejor dicho un gran honor.

- ¿Cuándo puedes traerla?

-Tratare de traerla lo más pronto posible. Solo dame la información que necesito.

- ¿Estás seguro de qué puedes?

-¡Sí! Eso déjamelo a mí, yo me encargo.

-Sr. Barceló.

- ¿Dime?

-Muchas gracias por su ayuda. -dijo Lola agradecida.

-*Si quieres darme las gracias, hay algo que puedes hacer por mí.*

- *¿Qué es eso?*

-*Que me lleves a las tumbas de Pedro Campos y Raúl Canales.*

-*Sígame, yo lo llevo.* -dijo Obdulia.

El Dr. Ricardo Rafael Barceló Colón salió de la humilde casa acompañado de la mujer y ésta lo llevó al jardín de la abuela de Raúl. Allí frente a muchas matas de flores había varias tumbas en este orden: Salvador, Fortunata, Manuela y al lado de esta, la tumba de su hijo Raúl Canales. El ex-gobernador se arrodilló frente a la tumba y la tocó con sus dedos antes de pronunciar la palabra: *"Gracias."* Luego de esto, Lola y Eugenio salieron de la casita y le pidieron al ex-gobernador que los acompañara a otro lugar. Caminaron por el medio de un monte hasta el principio de El Camino Real y llegaron por este hasta la quebrada del Salto. Luego buscaron un punto especifico, una piedra adonde Pedro se sentaba a contemplar el barrio y el punto adonde tomaba sus mejores decisiones. Inscrito en la misma decía: Pedro Campos, líder de la conciencia puertorriqueña. El Dr. Barceló lució sorprendido y comentó con una pregunta:

- *¿Por qué no enterrarlo en el cementerio de los patriotas?*

-*Porque aquí va a estar mirando el barrio eternamente y eso lo hará feliz.* - comentó Lola.

-*Así como Raúl descansa al lado de su madre.* -aportó Eugenio.

-*Así descansan en paz los dos, uno en el barrio y el otro mirándolo a lo lejos.* -comentó Obdulia con un aura de romanticismo en su tono de voz.

El ex-gobernador se arrodilló frente a la piedra y susurró unas palabras que nadie más escuchó. Luego se puso de pies y le pidió al grupo que le dieran un tiempo para negociar los términos con el presidente Warren. Según él estas negociaciones tomarían un tiempo, pero nada era imposible. Después de todo, el mundo del norte continuaba transformándose en inhabitable y para el gobierno americano era mejor aceptar términos de paz que vivir en un constante estado de guerra con sus propios ciudadanos, aunque estos fueran Puertorriqueños.

El proceso se habría de tomar unos meses y en el mes de mayo del 2052 se llegó a un acuerdo que terminaría con las hostilidades que habían existido desde los 2030's. Al final Lola recibió todas las concesiones que pidió y esto puso en marcha un debate en el gobierno de Los Estados Unidos que culminaría con la introducción de **H.R 5001 A.** En esta ley se proponían todos los cambios que el grupo pedía, y estaban apoyados totalmente por el presidente Warren que buscaba su reelección a todas costas. Luego de muchos debates, amenazas de demandas y un sin número de atrasos, el proyecto fue aprobado por votos de 300-142 en la Cámara de Representantes y en el Senado con un margen de 64-38. Unas semanas más tarde el 26 de julio del 2052 nació el Estado Libre Independiente de Puerto Rico.

En agosto de ese mismo año, el nuevo gobierno interino de Puerto Rico, encabezado por el ex-gobernador Dr. Ricardo Rafael Barceló Colón se preparaba para realizar sus primeras elecciones adonde competían cinco partidos para un gobierno parlamentario según lo acordado por la nueva ley. Pero lo más importante en la agenda del gobernador se encontraba en el aeropuerto más ocupado del mundo, el Luis Muñoz Marín en Isla Verde. Adonde allí diariamente regresaban miles de Puertorriqueños, y el mundo era testigo del costo humano de las decisiones políticas forzadas. Decenas de ancianos se bajaban de los aviones conmovidos por el regreso; y muchos de ellos se arrodillaban y besaban el piso sucio de los terminales. Había otros que abrazaban a su seres queridos llorando como si fuesen niños que regresaban a sentir el abrazo de su madre después de un tiempo largo de ausencia. Jóvenes que querían volver a vivir en su tierra con una nueva apreciación por su patria y un sin número de personas que solo querían pisar la Isla del Encanto por una razón u otra.

En aquel día en particular el Dr. Barceló estaba encargado de recibir a una mujer llamada Salomé Mercedes Mirabal, la cual regresaba a la Isla que ella misma ayudó a liberar antes de hacer lo mismo con su país natal. A eso de las 8 AM, un avión del gobierno dominicano aterrizó en la Isla de Puerto Rico. Esto completaba su último compromiso con Lola, traer de vuelta a Salomé a Puerto Rico. El ex-gobernador la recibió como toda una héroe y le expresó su más profunda muestra de agradecimiento, además de su más sentido pésame. Luego de esto viajaron al pueblo natal de Raúl, Trujillo Alto.

En aquel día especial se presentaría por primera vez un homenaje a tres individuos muy importantes para la Isla en el pueblo de Trujillo Alto. El Dr. Barceló llevó a la mujer con su equipo de seguridad al lugar del homenaje. Allí los esperaban Lola, Eugenio y Obdulia, todos sentados en unos banquitos provisionales en el icónico puente de acero que definía a aquel pueblo. Además, estaban allí presentes Ángel, Carmen y Destiny que habían viajado desde Los Estados Unidos a presenciar la ceremonia. Durante unos minutos Ángel relató como conoció a su compadre del alma y de como él nunca se imaginó que éste se convertiría en un héroe para otras personas, así como lo fue para ellos cuando en un acto de valentía había salvado la vida de su hija.

Al llegar al lugar, Salomé se bajó de la limosina y se dirigió directamente a Lola, la abrazó de inmediato y las dos comenzaron a llorar por la pérdida que la última estaba enfrentando por primera vez en persona. El abrazo y los sollozos duraron unos minutos y eventualmente lograron componer sus emociones. Luego caminó hasta donde estaban Carmen y Destiny, y las abrazó de la misma manera que lo había hecho con Lola. Se sentaron juntas por unos minutos a hablar y aunque las tres lloraban por lo que se sentía el haber perdido a Raúl de aquella forma, estaban de acuerdo de que éste murió por una causa noble. Ángel, quien había terminado de relatar sus historias y sus chistes acerca de su amigo, se paró frente a Salomé, y ya en frente de ella dejó escapar unas lágrimas que estaba aguantando atrás. Para él la perdida de Raúl era un poco más intensa de lo que se imaginó, pues él también tenía la decepción de sus frustraciones como Puertorriqueño clavadas muy adentro de su corazón. Las tres mujeres lo abrazaron comprendiendo que, para él, llorar era un poco más difícil, pues en su casa le habían enseñado que los hombres no lloran.

La ceremonia comenzó cuando ya todos estaban calmados. Entonces desde el tope del puente descendieron unas pancartas gigantescas que se exhibían por primera vez. Las fotos alargadas de Segundo Belvis, Pedro Campos y Raúl Canales colgaban de la parte de arriba del puente ofreciendo datos relevantes acerca de cada uno de ellos y de sus innumerables contribuciones al pueblo de Puerto Rico. Además de esto se les ofreció un homenaje en vida a los cuatro sobrevivientes del liderazgo. La ceremonia duró unas horas y al concluir la misma Salomé le dijo a Lola:

-Quiero verlo.

-No te preocupes que yo te llevo. -contestó Lola.

-Nosotros solos, no con este reguero de gente.

-Yo me encargo.

Después de que habían concluido las ceremonias, Lola logró convencer al ex-gobernador de dejarlos irse a discutir opiniones en privado, sin escoltas o la prensa. Ya en el auto, los cuatro comenzaron a hablar de los asuntos pendientes a los que aún les faltaba una resolución final. En camino al barrio Los Infiernos la conversación comenzó con una pregunta de Lola:

- ¿Tu gobierno está listo?

-Ya estamos listos. -contestó Salomé.

- ¿Haití?

-También están listos.

- ¿Tú estás lista?

-Desde el año pasado.

- ¿El presidente Pérez está al tanto de todo?

-Sí, necesita toda la ayuda que le puedan proveer.

-Sabes que los muchachos de Raúl están pidiendo estar bajo tu mando.

-Eso no me lo esperaba, pero ¿quiénes mejores que ellos?

- ¡Ninguno! ¿estás segura de que no necesitas un poco más tiempo?

- ¡Estoy lista! Ya esperé mucho y mira lo que pasó.

-Eso no fue tu culpa.

-Aun así, aquí estoy sintiéndome culpable.

-No te culpes de lo que estuvo fuera de tu control.

-Yo lo sé, pero no logro librarme de estos sentimientos de decepción.

-Yo estaba ahí, y no pude salvarlos tampoco, sé lo que se siente.

-No sé por qué no puedo dejar de pensar que si hubiera estado allí a lo mejor él estuviera vivo.

- ¿Cómo crees que me siento yo que le prometí a Pedro salvar a Raúl?

-Igual que yo que le prometí a su madre cuidarlo.

-Amiga mía creo que las dos estamos en la misma situación. No podemos seguir culpándonos.

-Yo lo sé.

-El tiempo curara nuestras heridas.

-Lo extraño mucho. Él hizo algo por mí que yo no podré pagarle nunca.

-Acuérdate de una cosa.

- ¿Qué?

-Que como dijo una vez Rubén Blades: "matan a la gente, pero no matan a la idea."

-Yo sé que la idea sobrevive, pero aun así me siento triste y lo extraño mucho.

-Todos nosotros estamos igual que tú, pero la misión continúa.

- ¡Así es! ya mi gente está en Haití esperado por los tuyos.

-Ellos salen hoy según lo acordamos con el gobernador Barceló.

-*Aun no entiendo por qué nos está ayudando.*

-*Dice que tiene una deuda con nosotros y está dispuesto a pagarla a como dé lugar.*

-*Entonces pasado mañana nosotras nos vamos a Cuba, a ayudar a acabar con el abuso.*

-*Ustedes solas no. Esta vez yo voy.* -dijo Obdulia ofendida.

-*Esta vez vamos todos.* -ofreció Eugenio.

-*Por Pedro.* -dijo Lola.

-*Por Raúl.* -continuó Salomé.

-*Por Cuba, por la NAA y por todos.* -terminó Obdulia.

Así fue como los cuatro llegaron al acuerdo de irse a la Isla de Cuba que ya llevaba más de una década aguantando los intentos de una invasión francesa. Después de esto conversaron acerca de los sucesos en los que los cuatro habían estado envueltos en los últimos años y eventualmente llegaron a la casita de Salvador. Al bajarse del auto, Benito los recibió en su silla de ruedas acompañado de su esposa y sus hijos que habían sido devueltos por la agrupación que los protegió por unos meses. La tía de Raúl, Doña Rosa estaba sentada en el pequeño balconcito de la casa y se puso de pies de inmediato. Caminó lentamente hasta Salomé, y sin pensarlo le dio un abrazo a la vez que se quejaba del abuso que le costó la vida de sus dos sobrinos. La mujer se encontró conmovida por la expresión de dolor de la anciana y aguantó sus lágrimas como todo una guerrera. Doña Rosa la miró a los ojos y le aguantó ambos brazos para decirle unas palabras mirándola a la cara:

-*Sabes que esta casa es tuya.*

-*No señora yo no podría aceptar a...*

-*Esta es tu casa y la de Raúlito. A él le hubiese gustado que te quedaras aquí.*

-*Señora esta casa es de...*

-Es tuya y solo tuya. Y yo te la voy a cuidar hasta que regreses. -dijo Benito de repente.

-No sé qué decir.

-No digas nada, pues para nosotros tú eres parte de la familia. -dijo Doña Rosa.

- ¡Gracias!

-Gracias a ti por todo lo que hiciste por todos nosotros. -dijo Benito tocándole un hombro.

-Pero yo no hice nada.

-Salomé, acepta el cumplido chica que tú sabes que ellos no mienten mi hermana. -dijo Lola.

-Mi hermana, así me llamaba Pedro.

-Y mi hermana eres hasta la muerte. -respondió Lola.

-Ustedes son todos mis hermanos.

-Lo dices y no lo sabes. -ofreció Obdulia.

-Contigo yo voy hasta el fin del mundo. -dijo Lola.

-Ahora mismo, solo me tienen que acompañar 1,136 kilómetros.

-Eso ya está acordado. -ofreció Eugenio.

-Entonces dejen que vea a Raúl para despedirme.

-Tomate tu tiempo. -dijo Obdulia.

Salomé salió de la pequeña casa y agarró unas flores de amapola en la entrada del jardín. Unos segundos más tarde se paró frente a las tumbas y se arrodilló frente a la tumba de Raúl para poner las flores. Ya allí no pudo aguantar más las emociones de la finalidad que trae la muerte. Comenzó a llorar y después cerró sus ojos. En su mente sus mismas palabras se repetían de manera constante torturándola. Entonces sintió que por fin entendía perfectamente los tormentos de Raúl, mientras se escuchaba a sí misma repitiendo:

- "Hasta luego mi amor. No te olvides, nos vemos frente al jardín."

Salomé abrió sus ojos y comenzó a hablar en una voz bajita, dolorosa, y entre cortada por los sollozos de dolor:

-Ya lo ves, nos estamos viendo en este jardín. Perdóname por… no poder haber venido antes. Tú no sabes cuanto daría porque fuera yo y no tú. Raúlito, nunca te dije que tú me disté la vida de nuevo. Sin ti, yo… no hubiese regresado a mi país a ver a los últimos días de mi… mamá. Sin ti, yo no hubiese podido luchar por mi gente. Sin ti me… siento perdida. Mi amor hazme un favor: descansa en paz, se feliz y nunca te olvides de abrazar… muy fuerte a tu señora madre por mí. Me voy, pero algún día volveré a esta casita, a este jardín a cuidarlos… a ustedes hasta que Dios me lleve a… tu lado.

La mujer duró un largo rato frente a las tumbas cubriéndose el rostro con las manos, por lo que Lola caminó hasta donde ella estaba y le preguntó si estaba bien. Salomé la miró con los ojos hinchados de tanto llanto, y ésta volvió a abrazar a su amiga. Duraron un momento abrazadas hasta que Obdulia y Eugenio se unieron a ellas en este enlace. Allí rodeada de aquellos individuos con los que había compartido tanto, Salomé cerró sus ojos nuevamente para encontrarse directamente ante los ojos sonrojados de Raúl, cuando éste regresaba en el vuelo que se había denominado: El Último Vuelo a Puerto Rico.

Recordó como el hombre lloraba atrapado por aquella promesa que le había hecho a la mujer moribunda en la parte de atrás de una ambulancia, cuando ella musito las últimas palabras que se llevarían su aliento y pondrían en marcha una cadena de eventos que habrían de cambiar las historias y los destinos de miles de personas que llamaban al Caribe su hogar. Y aunque a Raúl le tomó más de una década cumplir su promesa, el eco de las palabras de su madre retumbaba en lo profundo de su orgullo herido y en la indignación que sentía cuando le querían quitar lo que era suyo. Y mirando a Salomé, Raúl repetía las palabras de su madre con un tono de tristeza mezclada con coraje e indignación:

"Raúlito…defiende lo tuyo…Hazlo por tu familia…Hazlo por mí."

Estuvieron abrazados por un largo rato, y durante este enlace se sintió un temblor en el Panteón Nacional de la Patria, en la República

F.A.H

Dominicana cuando los huesos del gran maestro por excelencia Eugenio María de Hostos temblaron de la emoción ante la posibilidad de la realización de su sueño de ver formada una Sociedad Antillana. Y en medio del abrazo de sus compañeros Salomé volvió a mirar la tumba de Raúl en el momento que una memoria entró en su mente; al recordar una conversación que sostuvo con él en un carro, luego de su regreso a Puerto Rico. Y por un momento, la mujer volvió a sonreír en medio del dolor, al imaginarse a Raúl reencarnado en un coquí, parado encima de la piedra favorita de Pedro, mirando a su barrio y a sus familiares del futuro. Por sobre todo se lo imaginó deleitando a sus futuros compatriotas Puertorriqueños al ritmo de aquella canción de amores eternos conocida por todos y la cual éste repetiría a través de los tiempos en su hermosa melodía que dice así:

Coquí. Coquí. Coquí.

Fin

Lugares

Foto por Eric D. Adorno

El Salto es un precipicio de piedra en el que corre una pequeña quebrada en el Barrio Quebrada Negrito de Trujillo Alto, Puerto Rico. Para llegar a este lugar hay que caminar por dicha quebrada, la cual tiene muchas piedras y poca agua. En mi niñez y adolescencia iba a este lugar con mi papá Felix Adorno Hernández (1942-2019) y algunos de mis amigos a agarrar buruquenas durante las noches lluviosas de poca luna. Un dato importante acerca de El Salto es la altura inclinada de este, lo que lo hace muy difícil para escalarlo sin tomarse un riesgo de lastimarse severamente o hasta matarse en el intento. La dificultosa tarea de subir por este precipicio y el conocimiento de que llegar a este solo se logra por dos rutas, es la razón por la que lo seleccioné como la guarida de mis personajes en este libro. Los otros lugares como Las 16, La Encantada y El Camino Real, también son lugares reales que ya utilicé en mi libro titulado PRSONA.

Genealogía Adorno

Genealogía de los Adorno con mi abuelo Pedro Adorno Ortiz como base.

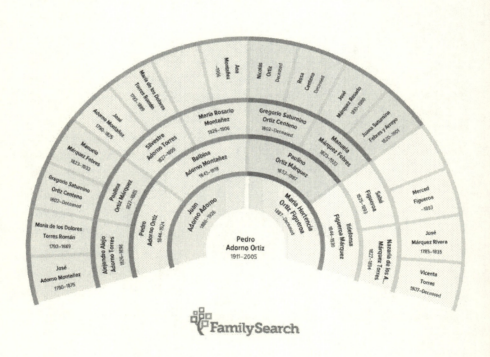

Autobiografía

Nací en el centro médico de Rio Piedras de San Juan, Puerto Rico en los años setenta, pero soy de un barrio rural de Trujillo Alto. Soy de una familia pobre y por supuesto asistí a las escuelas públicas del pueblo. Mi primera escuela fue la escuela elemental José Julián Acosta (clausurada). Mi segunda escuela La Segunda Unidad Rafael Cordero (clausurada) y mi escuela superior fue la Vocacional Miguel Such. Luego completar esta última me mudé a Nueva York y ahí atendí dos colegios del sistema universitario de CUNY (City University of New York), adonde completé mis estudios universitarios.

Durante mi niñez trabajé en diferentes cosas, como lo fue el recogido de latas de aluminio con mi viejo por todo el barrio y los barrios adyacentes. También aprendí a pescar para vender pescado frito y en ocasiones también vendíamos dulce de coco y otras cosas como alcapurrias y diferentes frituras. Durante algún tiempo en el barrio no había agua potable, lo que nos forzaba a ir a bañarnos a un manantial adyacente a nuestra humilde casa. En los años ochenta, mi papá, mi hermano mayor Félix y yo trabajamos para agrandar la casa que era muy pequeña con las ayudas que proveía el municipio para familias de bajos ingresos, y ahí también aprendí un poco de construcción para defenderme. A través de todos esos años nada era fácil, pero tampoco insuperable, y de los ejemplos de mis padres aprendí a ser lo que soy hoy, un hombre de trabajo. Nunca escuché a mi papá quejarse de la situación; más, sin embargo, hoy como adulto comprendo que se callaba todo lo que le causaba preocupación o dolor con una dignidad que muy pocas personas poseen. Aunque esto fue parte de mi niñez, hoy en día no me avergüenzo ni me quejo de nada, pues de mi viejo aprendí, que la lucha es parte del camino de la vida.

Aunque en el presente tengo un grado universitario, no le doy mucha importancia; pues para mí un papel no te cualifica como buena persona y pienso que, si me encontrase haciendo eso, le estaría faltando el respeto a mis padres y abuelos. Por eso en mi vida siempre he tratado a la gente con el respeto que me tratan a mí, como me lo enseñaron en casa. Eso no quiere decir que no aprecio las oportunidades que mi educación me ha brindado. Por el contrario, vivo eternamente agradecido de todos mis maestros que a través de mi vida educacional me enseñaron todo, y sé que sin su dedicación y empeño yo no hubiese logrado salir de la eterna pobreza en la que nací.

No pretendo ser perfecto y tampoco que otra gente lo sea. En lo personal odio las reglas de etiqueta, especialmente las que me piden comportarme de una manera u otra. Me gusta reírme de todo y eso es algo que aprendí de mi familia por parte de mi papá, no teníamos mucho, pero no andábamos lamentando que otros tuvieran más que nosotros. Mi papá "Felo" siempre fue para mí la persona que más admiraba, pues su tenacidad y determinación ante los retos me enseñaron a vivir con ánimos sin estar mirando hacia atrás tratando de cambiar lo que no se puede. Es por eso por lo que el retrato que incluyo en mis libros es de él, pues sin sus ejemplos de trabajo y lucha, yo no estaría aquí escribiendo historias para honrar su memoria y mantener parte de su historia viva a través de estas letras.

Otros Trabajos del Autor

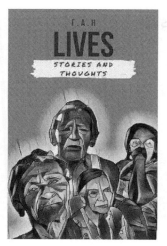

Lives: Stories and Thoughts is a captivating collection that explores a spectrum of tales, spanning from the palpable to the ethereal. Its focal point resides in the lives of ordinary individuals residing in a Puerto Rican neighborhood, although one could argue that these narratives could unfold in any corner of Hispanic America. Within these pages, the struggles of poverty and the profound significance of familial ties intricately shape the existence of its inhabitants.

This literary work encompasses a variety of stories, delving into contemporary themes, while others merely allude to the essence of life within these neighborhoods and the indomitable spirit of those who inhabit them, ceaselessly battling to endure. Additionally, the author delicately touches upon the profound impact of losing loved ones, offering a voice to the intricate reality one confronts when faced with the departure of the most cherished individuals in our life.

Gonzalo era un hombre de edad avanzada que estaba sufriendo de una enfermedad que lo agobiaba. Desesperado por una solución a su problema, regresó a su pueblo natal de Puerto Rico a buscar una cura mística para sus pesares de la vida real. Lo que pasó después fue algo que ni él mismo se esperaba, pues la cura a esa enfermedad estaba atrapada a través de los tiempos por más de cinco siglos. Acompáñalo en este viaje para ver si su incursión le trae la absolución milagrosa que él desea o si termina destruyendo lo poco que le queda de vida.

Memorias De Otras Vidas es un libro de historias que está basado en las vidas de los padres y abuelos del autor. Está titulada de esta forma, pues aunque las experiencias de estas personas no son experiencias directas del autor, éste reconoce que las mismas influenciaron la forma en que sus padres y abuelos lo enseñaron a mirar la vida. El libro está dividido en cuatro partes. Una parte está llamada Relatos, adonde el autor aborda temas de la vida común en los barrios de nuestros países. En estas historias se discuten diferentes temas como el amor, la indiferencia y hasta el abandono. La segunda parte titulada Mitos, es una parte dedicada al abuelo del autor, un jíbaro del pueblo de Puerto Rico; y en esta parte el autor relata versiones alteradas de los mitos que formaban parte del pensar de la gente de aquel tiempo; con la intención de dar a conocer aquellos relatos a una audiencia expandida y a la misma vez honrar la memoria de aquel hombre tan importante en su vida. Esperamos que disfrute leyendo las Memorias De Otras Vidas.

Este libro es un libro de historias que van desde lo real hasta lo místico y se centra en las vidas de personas comunes de un barrio de Puerto Rico, aunque podría ser un barrio de cualquier lugar en Hispano América adonde la pobreza y el énfasis en el núcleo familiar definen las vidas de las personas que viven allí. En este libro encontrarás historias con tópicos contemporáneos y algunas otras que solo pretenden denotar lo que es la vida en estos barrios y de cómo las personas que viven allí sobreviven la batalla que es la vida. Otro tópico que se toca es la perdida de personas queridas y el autor trata de ponerle voz a esa dificultosa realidad a la que nos enfrentamos al perder a las personas más importantes de nuestras vidas.

Made in the USA
Middletown, DE
29 November 2024

65620738R00189